河出文庫

契丹伝奇集

中野美代子

河出書房新社

目次

翮篇七話

契丹伝奇集

女傭〈じょよう〉

一　崑崙の章

「あら、旦那さま、おかえりなさいませ」

　くろぬりのベンツがまえぶれもなくくるまよせにすべりこみましたので、あわててドアをおあけしますと、旦那さまはかたてとかたあしだけをくるまのそとにおだしになったまま、あたしのてをそっとおとりになって、

「うちのもの以外は、だれもおらんだろうな」

　とささやかれました。いつもとちがうごようすに、あたしもきんちょうして、

「ええ、どなたも」

　ともうしあげますと、旦那さまはおくのざせきにからだをうずめているみしらぬおかたに、

「じゃ、おりてもらおうか」

　とこえをかけられました。みしらぬおかたは、くろずくめのしょうぞく、おまけにくろめ

がねまでかけておられるのですから、ひとめで旦那さまごのみの刺客としれるのですが、旦那さまにつづいてくるまからおりたたれたそのおかたは、九尺はあろうかというじょうぶ、こんな巨漢ではとても刺客はつとまりますまいから、いったいどんなごようむきでおつれになったのやらと、くろめがねのしたにえいかくてきにそびえたつおはなと、きりりとむすんだおくちもとにみとれておりますと、旦那さまが、

「だいじな客人をおつれした。はなしがすむまではだれもきてはならん。あいずをしたら、すぐさけとりょうりをだしてくれ」

と口迅におっしゃるなりおやしきにはいっておしまいになりました。おふたりのすがたがみえなくなったとたん、うんてんしゅの阿二に、

「ねえ、いまのお客さまはどなた。旦那さまはどこへいってらしたの。おでかけとなったらまるでなしのつぶて、これで半年ぶりのおかえりですものね」

と、いくらかけんとうちがいのうっぷんをぶちまけました。くちのおもい阿二、

「淮南からノン・ストップでとばしてきたんです。もっとも、崑崙であのお客さまをひろいましたがね」

とけんもほろろのへんじ。そのまま、ドアをバタンとしめて、車庫へはしりさってしまいました。

淮南からノン・ストップ？　崑崙であのお客をひろって？　阿二のへんじが、あまりにも

みえすいたうそだらけのものですから、どうせ旦那さまにいいふくめられてのこととはわかりきっていますが、それにしても、崑崙とはちょっぴりきがかりです。

おもしろくないので、そのまま奥さまのごしんじょにうかがいますと、旦那さまのふいのおかえりはもとよりごぞんじのはずもなく、ベッドのはじにおこしをおろし、琳花あいてにすごろくにきょうじていらっしゃいました。奥さまはこのところひどいようつうにおなやみで、あたしたちがかわるがわるおこしをおもみしていたのですが、さきごろ巫覡の巫炎が桂林の仙人からてにいれたとかいう雄黄と汞をおすすめしてからは、いくぶんいたみもやわらいだごようすで、すごろくのひとつもおできになるわけです。

旦那さまのおかえりをおしらせしなければとおもいながら、いましがたのくろずくめのとのごのことがみょうにきがかりで、しばらくだまってすごろくあそびをけんぶつしておりましたが、ふとおもいついて、

「琳花、旦那さまとお客さまのおさけのしたくをしておいで」

奥さまのあそびのおあいてをしているさいちゅうでも、琳花はあたしのめいれいにはしたがわなければなりません。はい、といってそこをたちさりますと、はじめて奥さまのおそばにこしをおろして、

「旦那さまのふいうちには、いつもおどろかされますわね。ひさびさのおかえりというのに、崑崙くんだりから刺客をくわえてこられましたわ」

すると奥さまは、そこでおもむろにあたしのかおをごらんになりました。

「刺客をおもちいになるじだいはすぎさったのだよ。まつりごとのごそうだんやくをおつれになったのだろう」

先々代の長沙王のごそくじょとしておうまれになり、長沙宰相たる朱秩すなわち旦那さまのもとにおよめいりされた奥さまは、いわばけらいすじへのごこうかということもあってきぐらいがたかくいらっしゃるのですが、ふだんはそのプライドは、奥さまのおそるべきどうまごえのなかにかくれております。ですから、のぶといおこえでおっしゃった奥さまのおことばは、だれがきいても旦那さまへのしんらいにあふれたものといえましょう。

「あら、まつりごとのごそうだんやくなら、祐さまがいらっしゃいますのに。祐さまも、みやこへごゆうがくにいらしてもう二年、おっつけおかえりのころですわ。みごとにがくもんをおさめられたそうじゃございませんか」

「玉瑛、おまえ、あの子のことをよくごぞんじだね。あの子からたよりでもあったのかい」

奥さまのどうまごえがいくぶんかんだかくなりました。祐さま、というのは奥さまのおうみになった、つまりごちゃく子、ことしでたしか二十一か二におなりのはずですが、「みやこへごゆうがく」はいいのですが、祐さまのおともでみやこへ行った尹伯達からのたよりでは、祐さまは、れいによってさけとおんなにみをもちくずしているらしく、おまけにいまはやりのぼうそうぞく、旦那さまをうまくごまかしてリンカーンコンチネンタルとやらをかいこみ、長安のまちをのりまわしているというのです。

もっとも、祐さまが「みやこへごゆうがく」になったのも、もとはといえばあたしにのぼせあがったあげく、お父うえたる旦那さまのおいかりをかって、あたしからひきはなすためでした。祐さまのようなちちくさいぼんぼんがどこへいらっしゃろうがあたしにはかまわないのですが、おともをおおせつかったのが尹伯達とは、旦那さまのお目もよくききます。あたしが尹伯達にくびったけなのをごぞんじだったのでしょう。ともかくも、尹伯達がみっかにあげずあたしによこすひみつのたよりでは、祐さまのだらくはあきらかでした。

「祐さまがあたくしふぜいにおたよりをくださるはずはございませんでしょう。でも、みやこでのことはなんでもぞんじております」

「伯達からのたよりだね。しかしね、伯達はわたしにはこういってきたよ。あの子は天下のまつりごとをおさめている。長沙のまつりごとなんぞちいさいものだ。おっつけどころか、とうぶんはかえられまい、とね」

「天下のまつりごとにあずかられるにしても、いちどは長沙におかえりになりますわよ。ぴかぴかのリンカーンコンチネンタルにおのりになって」

すると奥さま、

「崑崙の県圃(けんぽ)、居(お)るところ安(いず)くにか在る」

とわけのわからないことをつぶやかれました。さすが長沙王のお血すじだけあって、奥さまにはきょうようがおありになり、ときおりこんなむずかしいことをおっしゃいます。二百年ほどむかしみなげしてはてた屈原とかいうおかたをそんけいしておられるそうで、これもそのおかたの詩のもんくにちがいありません。どうせ、天下のまつりごと、とやらについてごちゃごちゃいっている詩なのでありましょう。

「崑崙といえば、あの西王母さまも、ちかごろではすっかりびじんにおなりになったようですわね」

すると奥さまは、あたしのむがくをあわれまれたのか、あたしのかおをまじまじとごらんになって、

「なにをおいいかね。西王母がざんばらがみの、それはそれはおそろしいすがただというのは、天下しゅうちのことじゃないか」

とまじめにおっしゃいます。それというのも、半年ほどまえ旦那さまがごしゅったつのみぎり、奥さまが、こんどはどちらへ、とおたずねになったのにたいし、旦那さまが、いやなに、ちょっと崑崙までだよ、とおっしゃったので、あたしもいくらかきがかりで、れいの巫炎に、崑崙のおんなあるじ西王母さまのしょうそくをたずねてみたのでした。西王母さまがびじんになられたというのは、ここ長沙ではいざしらず、みやこ長安ではだれひとりしらぬものもないニュースだということで、あたしもやきもきはしていたのです。さきほどの阿二のはなしでは、旦那さまは淮南からノン・ストップでとばしてきたとのこと、それならば、

ごじぶんの軑国に太守としておつとめにいっておられたわけで、ふしぎでもないのですが、崑崙であのくろずくめのいじょうふをひろってきたとは、まことにめんようなはなし。なぜなら、ここ長沙からは軑国はひがしのほうがく、そして崑崙は、はるかにしにいちしているからです。阿二のはったりか、あるいは旦那さまにいいふくめられてのうそなのか、またあるいはほんとうなのか、あたしにはよくわかりませんが、あたしのみるところ、長沙宰相にして軑国侯でもある旦那さまが、崑崙の西王母さまのところへあそびにいらっしゃるひまをおもちのはずはないようです。では、刺客ふうの、あのくろずくめのとのごは、どこのなにものなのでありましょうか。

「崑崙の県圃とはね」と、奥さまがおっしゃいます。「崑崙のやまやまのなかでもいちばんたかい嶺のことだよ。そこには天下をしろしめす神のおすまいがあるというのだが、だれもそのありかをしらないのでね、屈原さまが、いったいどこにあるのかと、そのたかいおこころざしをうたわれたのだよ。西王母なんて、崑崙のばけものじゃないか」

いったい、きぐらいのたかい奥さまがそのどうまごえでがくもんのこうしゃくをはじめられますと、あたしなんぞかたがこってしかたありません。天下をしろしめす神だかなんだかしりませんが、びじんになったという西王母さまのことがよほどきがかりです。そこで、

「祐さまなら、その崑崙の県圃とやらにおいでになれますわね」

とみえすいたおせじをもうしあげ、奥さまのごしんじょをはなれてしまいました。

尹伯達のおたよりのとおり、祐さまがみやこでみをもちくずしているというのなら、天下はおろかここ長沙のまつりごとも、また長沙宰相にして軑国たる朱家さえも、祐さまがおあとをつぐわけにはいきますまい。旦那さまのおよつぎは、祐さまには異母弟にあたる祺、まだやっとみっつですが、つまりあたしのうんだ子、その祺ということになりましょう。祺がうまれてまもなくのころ、旦那さまのおるすに祐さまをゆうわくし、そのどうていをうばったあたしは、祐さまがお父うえのそばめであるあたしにはげしくこいし、あげくは旦那さまからみやこへおいやられることをすべてみとおしていました。祐さまごゆうがくにあたってのこうけんやくの尹伯達は、はたしてあたしの意をうけ、祐さまだらくのしなんやくをみごとにつとめているようですが、奥さまへは、もっともらしいごほうこくもしなければならず、なればこそ、奥さまの祐さまへよせるごきたいも、なみなみならぬものがあったのです。

祐さまが崑崙へいったならば、県圃とやらどころか、びじんになった西王母さまにみもころもうばわれてしまうにちがいありません。

しかし、まてよ。もしも尹伯達のふたとおりのおたより、奥さまあてのがただしかったとしたら？　いやいや、そんなはずはないでしょう……

二　侏儒の章

琳花にめいじたさけさかなのしたくがどうなっているか、くりやをのぞいてみようとおもったのですが、さきほどのくろずくめのとのごがきがかりで、あしおとをしのばせて旦那さまのおうせつまのほうへまいりました。奥さまのごしんじょからは、ろうかづたいにいしだたみをしきつめたなかにわにでて、そのおくのしょうめんのむねにはいるのですが、おうせつまからはなかにわがよくみえるものですから、あたしは、うえこみのかげからしょうめんのむねのよこにまわり、おうせつまのうしろにまいりました。

みつだんをとくいとする旦那さまは、いままでもしばしばこのおうせつまに刺客をまねきいれ、こまごまとうちあわせをしておられました。そのほとんどを、あたしはこっそりたちぎきしていたのですが、旦那さまが刺客をおもちいになるのは、すべて長沙王のごせいりょくかくちょうのため、そして、旦那さまは、その刺客そうじゅうのじゅつにたけたおかたなればこそ、長沙宰相にまでおなりになったのです。

おうせつまからは、たしかに旦那さまとお客さまのおこえがきこえるのですが、ひくくてよくききとれません。かべづたいにおうせつまをそっとのぞいてみますと、旦那さまのうしろすがたはよくみえるのですが、そのすぐまえにおられるはずのお客さまのおすがたはどこにもみえません。九尺はあろうかというあのいじょうふ、いったいどこにきえたのか、それにしても、旦那さまのうしろすがたをよくかんさつしておりますと、おつむりをこころもちうつむきかげんにして、ゆかとはなしあっておられるようなのです。さては、あのくろずくめのとのごは、ぶれいにも旦那さまのまえでよこざにねころんでおられるのかと、そこらのゆかをしげしげとながめましたが、それらしい大男のすがたはどこにもなく、それでいて、おこえだけは旦那さまのまえからきこえてくるのです。あたしはいくぶんだいたんになって、おうせつまのなかへなかばみをのりいれ、おふたりのおはなしにみみをかたむけました。

「おれはな、百年まえの荊軻みたいなかくしんはんじゃねえよ。しかしな、かくしんはんの荊軻はしっぱいした。かねでかわれたおれはしっぱいしない。な、そういうもんだよ。あんしんしな」

すがたのみえぬゆかのあたりから、客人のこんなおうへいなこえがきこえます。あんのじょう、旦那さまはまたも刺客をやとわれたのでした。しかし、こんどはいったい、どなたのおいのちをねらおうというのでしょう。奥さまではありませんが、刺客をおもちいになるじだいはとうにすぎさったのです。長沙のくには四五十年まえまではいざこざがたえず、それいらいしばらくは長沙王もあちこちに刺客をはなたなければならず、わけてもまだおわかい当代の長沙王と旦那さまのコンビは、なかなかだとひとづてにききました。でも、ここのところは、長沙もたいへい、まつりごとのじだいにはいったとおもっておりましたのに。

「巨霊、おまえのいうことはよくわかった。おまえのじゅつをもってしたら、こんどのしごとはまちがいあるまい」

旦那さまはそうおっしゃって、わずかにおからだをひだりへずらされました。

そのとき、あたしはみたのです！　九尺はあろうというあのくろずくめのとのごのおからだが、なんと、わずか一尺そこそこにちぢまっているのを！

あたしの立っているところからは、そのちいさなおかおはよくみえませんが、ちいさなくろめがねは、たしかに、もとのままのようですし、しょうぞくにもかわりはないようです。それにしても、九尺のいじょうふがこんなこびとになりはてたとは！

あたしは、おもわず「あッ！」とさけびそうになりましたが、あわててくちをおさえ、かべのかげにかくれました。旦那さまのこんなひみつをみたとわかったら、いくらあたしをあいしておられる旦那さまとても、あたしをおてうちになさるにちがいありません。それでも、このふしぎなこうけいからめをはなすことはできず、ひたとかべにみをよせたまま、きっかいなこびとにみいっていたのでした。旦那さまは、たしかにきょれいとおっしゃったようでした。それが、あのこびとの、いや、あの九尺ゆたかないじょうふの――おなまえなのでしょう。どこかできいたことがあるおなまえ……。あたしのむねは、おどろきとおそろしさとで、はやがねをうっておりました。

「西王母にあいされたおまえのことだ。どうせただものではあるまいとはおもっていたが、こんなこびとにもなれるとはの」

「おいおい、みそこなっちゃこまるぜ。おれはな、こうみえても、みやこで陛下にまでかわいがられたおとこなんだ。もっとも、陛下は、こびとのおれしかごぞんじなかったがな。いつも陛下のつくえのひきだしにしまわれていたってわけよ。それが、ちえッ、東方朔(とうほうさく)のやつにおんだされて崑崙にまいもどり、しつぎょうってわけよ」

「こびとの巨霊のつねのすがたが、あんなおおおとこだとしるものはいないのだな」

「西王母さまとあんただけだ」

「うむ。して、しごとのときはどうするのだ」

「きまってるじゃねえか。こびとのすがたでめざす……のしんじょまでしのびこみ、そこでおおきなからだになってよ、このピストルでパーン、そしてまたこびとにもどり、にげける。おれは荊軻みたいに、ソウシヒトタビサッテマタカエラズ、なんていやだからな」

こびとになったり、おおおとこになったりできるんなんて、まったくすばらしい刺客ではありませんか。それにしても、旦那さまはどなたのおいのちをねらおうとしているのでしょう。「めざす……のしんじょ」の……のところがはっきりききとれなかったものですから、かんじんのことはよくわかりません。なにしろ、こびとのこえは、それなりにちいさいのです。

「こびとのすがたのままで、めざすあいてにとどめをさしてもらいたいものだな。おおきなからだにもどったら、まんいち、ひとめについたときはめだつじゃないか」

と旦那さまがおっしゃいます。ほんのいっしゅん、ふかかいなちんもくがながれましたが、

「わッハッ、ハッ、ハ！」

こびとの哄笑が、ちいさいながら、おうせつまいっぱいにひろがりました。そして、こびとのすがたが、旦那さまのおからだのかげからおどりでたのです。こびとは旦那さまのみぎがわにりょうあしをつっぱらせてたちはだかるなり、みぎてをすいへいにのばし、なにかをねらいうちするしぐさをしました。ゆみやをもっているふうでもありませんが、そのちいさなては、ぴかぴかひかるくろいものをにぎっています。やがて、「パーン！」というみょうなおとがきこえ、へんなにおいがたちこめました。とたんに旦那さまが、

「あいた、た、た」

とさけんで、ひだりてのゆびをかざされました。ゆびさきから血がしたたりおちています。

「いったいなにごとだ」

と、いかりのこえをだす旦那さまに、

「なに、ゆびさきをかすっただけよ。蚊にくわれたぐれえのきずさ。な、それだけのきずですんだのは、おれがこびとだからだ。こびとのおれがもつピストルだからだぜ。これじゃあ、ひとはころせねえんだ。わかったろ、おおきなからだのおれがもつピストルでいまみてえにねらったら、あんたのひだりてはふっとんじまうぜ。しんぞうをねらえば、いっぱつでできまっちまうというわけよ」

こびとはそういいながら、ピストルとかいうぴかぴかひかるくろいふしぎなつつのさきをくちにあてて、ふっとかるくふいたようでした。みていて、あたしのからだにいなづまのよ

うなものがはしりました。ああ、しかし、この刺客にこいすることはできないでしょう。たくましいとのごとしんじてそのうでにだかれても、おんなのあたしがねむっているうちに、一尺にもみたないこびとにちぢんでしまったら、ふしどのおんなはどうすればよいのでしょうか。

「わかった。ともかくも、おまえにばんじまかせよう。しかし、このやしきのなかでは、おおきなからだでいてもらわねばならん」

おそらく、旦那さまと刺客とのみつだんはまもなくおわることでしょう。「おい、さけだ！」と旦那さまがなかにわにむかってさけばれたとき、あたしが、「はい、ただいま」とおこたえするためには、こんなところでたちぎきしているわけにはいきません。そこであたしは、おうせつまのうしろから、うえこみのかげをまわって、くりやにまいりました。

きょれいとかいうあの刺客の名、たしかにきいたことがあります。みやこで陛下にかわいがられたとか、とうほう・さくにおんだされたとか――あっ、そうです、みやこからの尹伯達のてがみによくみえていた東方朔の名がおもいだされました。祐さまのだらくは、なんでも、この東方朔とかいうあそびにんとつきあったためらしく、巨霊という名のこびとのことも、東方朔とならんでたしかいちどはかいてありましたっけ。

旦那さまは、そのことをごぞんじないにちがいありません。いつか、ねものがたりに旦那さまにほのめかしてみるのもおもしろいでしょうが、へたをするとやぶへび、あたしのもくろみがばれてしまいそうです。しばらくは、なにくわぬかおをして、旦那さまのひみつをにぎっていることにしましょう。

くりやにはいると、琳花がおおぜいのこおんなどもをしきして、いくさらものごちそうをもりつけているところでした。

「それはそれはおおきなおからだのお客さまだから、ごちそうもたっぷりおだししなければいけないよ」

といいながら、あたしはたったいまこのめでみたこびとのすがたをおもいうかべていました。いまごろ、あのこびとは、九尺ものおおおとこにへんぼうしていることでしょう。そうおもったとたん、あたしのからだに、またもいなづまのようなものがはしりました。

「おおい、さけをもってこい」

おうせつまから、旦那さまのさけびごえがひびきます。あたしはくりやからかおをだして、

「はあい、ただいま！」

とさけびました。

三　甜瓜の章

旦那さまの客人へのおもてなしは、いつもながらにはでで、たとえばおさけとごちそうを

おだししますと、かんはつをいれず歌妓のたぐいをよべとめいじられます。このたびもれいがいではなく、阿二がさっそくベンツを駆っておなじみのおんなどもをあつめてきました。あたしもどうせきをゆるされて、旦那さまのよこにはべり、おんなどものうたやまいをながめましたが、ようほどに旦那さまはあたしのからだにてをまわされ、客人にも歌妓をあてがわれたものですから、あたしのめはしぜんにそのおかたがおんなをだくしぐさのひとつひとつにむいてしまいました。

客人は、もちろん九尺ゆたかなおおおとこのすがたにもどっていましたが、そのひざにいだかれたおんなは、まるで童女のようにちいさくみえ、ときおりきゃっきゃっときょうせいをあげてたわむれておりました。あたしは、じぶんがそのおかたのひざにかるがるとだかれるさまをそうぞういたしましたが、さきほどひそかにみたこびとのすがたがあたまにちらついて、なにかこう、ゆめでもみているようなふしぎなきもちにとらわれました。あたしのしせんがそのおかたへしばしばそそがれるものですから、そのおかたもあたしのほうにきをとられ、

「おんなどももけっこうですが、朱秩どのの奥がたがいちばんおうつくしいですな」

と旦那さまにささやかれたほどでした。旦那さまはまんざらでもないようにわらってうなずかれましたが、ないしんはいくぶんきがかりでもあるらしく、あたしをぐっとひきよせておひざにのっけてしまいましたが、あたしのめが客人をみないように、あたしのせなかが客

人にむくように、たくみにだきかかえられたのです。半年ぶりにころもをへだてておおうなしにあたしにおとぎをおめいじになるだろうとおもいました。

それにしても、客人は、もはやさっきのようなおうへいなくちはたたきません。このせきでは、旦那さまはそのおかたのことを巨霊とはおよびにならず、鄭伯之とかの名をおつかいでした。

「このお客人は、しばらくこのやしきにおとまりになるから、だいじにおもてなししてくれ」

というのが、あたしにそのおかたをひきあわされたときの旦那さまのおことばでした。刺客としてもくてきをたっするまでおやしきにひそむのはいままでもよくあったこと、してみれば、このおかたが一尺たらずのこびとにちぢまるしゅんかんも、あるいはぬすみみできるかもしれません。

宴たけなわのころ、琳花がこばしりにやってきて、

「奥さまのごようすがおかしいのです。ちょっとおいでくださいませ」

とあたしにみみうちしました。そこでさっそく旦那さまにもみみうちし、客人におじぎして宴席をたいしゅつしましたが、琳花のはなしでは、いましがたよるのおしょくじをごきげんよくおとりになったあと、おすきなまくわうりをふたきれめしあがったところで、にわか

にくるしみだされたとのこと、どうやら心の臓のほっさをまたおこされたのでしょう。ごしんじょにはいりますと、なるほど奥さまはベッドのうえでころげまわってくるしんでいらっしゃいます。奥さまづきのこおんなどもがおろおろしておりますので、あたしは、

「なにをぼやぼやしているの。すぐ阿二にいって巫炎さまをおつれするようにするんだよ」

と、まずしかりつけておいてから、奥さまのおそばにいって、

「奥さま、しっかりなさいまし。巫炎さまが、いいおくすりをくださいますからね」

ともうしあげました。しかし、みたところ、いままでのほっさよりははるかにくるしそうです。琳花がうしろにまわって奥さまのおせなかをさすろうとするのですが、もだえもがいていらっしゃるので、さすろうにもさすれないありさまです。

するうちに、奥さまはくるしみのなかからぽっかりとめをおあけになりました。そのうつろなめは、たしかにあたしにむけられているのですが、

「奥さま、どうされましたか。しばらくのごしんぼうですよ」

ともうしあげますと、

「祐……」

と、ひとことおっしゃるなり、またもやのたうちはじめられるのでした。祐さまがみやこでがくもんをおさめるのにおいそがしくて、とうぶんは長沙にもどれまいとしんじておられる奥さまですが、いまわのきわにひとめあいたいとおもわれたのでしょう。ところで、祐さ

まがおっつけおかえりとは、尹伯達のたよりでたしかなこと、ならばいっそ奥さまごぞんめいのうちであってほしいとおもいますが、だらくされた祐さまのおすがたをみないで、うつくしいげんえいをいだいたままみまかられたほうがいいかもしれません。どちらにしても、いま祐さまがおられないのはじじつなのですから、なんともごへんじのしようもなく、あたしはふとおもいついて、

「琳花、巫炎さまがおいでになるまでのあいだ、辛夷をおのませしなさい。心の臓にはよくきくはずだよ。どこかにあったろう」

とめいじました。琳花がくすりをさがしにでていくと、まだそこらにうろうろしているこおんなふたりに、

「ここはもうよい。それより、祺のおもりはちゃんとできているかみておいで。とうぶんてははなせないからね」

と、ごしんじょをさらせました。なに、祺には子もりがさんにんもついていて、あたしがいなくとも、しんぱいはないのです。いまごろはもう、ねむりについたことでしょう。

ごしんじょは、奥さまとあたしのふたりきりになりました。あたしは奥さまのベッドから三尺ほどはなれて、そこの席にこしをおろし、くるしむ奥さまをだまってみつめました。奥さまも、くつうのなかから、あたしをみつめられました。なにかをうったえたいのでしょう、しかし、やはりうつろなまなざしのままで、

「祐……」

とつぶやかれました。

あたしのこころに、ふとざんこくなくわだてがむらがりたちました。

「祐さまはね、みやこでがくもんなどおさめてはおられませんよ。さけとおんなにみをもちくずしてしまわれたのです。長沙におかえりになっても、旦那さまのおあとはつげません。おあきらめあそばせ」

ひくいこえでゆっくりとこうもうしあげているあいだ、奥さまは、ふしぎなことに、もだえくるしみもなさらず、うつろなめをじっとあたしにむけておいででした。あたしのもうしあげたことのいみがおわかりになったのかどうか、さだかではありませんが、ぶきみなせいじゃくが、ごしんじょにただよいました。

「がくもんのためといって旦那さまにおねだりになる、ばくだいもないおこづかいは、ぜんぶさけとおんなとスピードにきえているのですって。そりゃまあ、尹伯達は奥さまにはきれいごとばかりごほうこくもうしあげているかもしれませんわね。でも、ごぞんじかどうか、あのひとは、祐さまのだらくのための、わたくしのみっしだったのでございますよ。こんなことは、ごびょうきの奥さまのおみみにいれるつもりはありませんでした。でも、じじつは じじつ、どうかそのおつもりでおいであそばして。もっとも、これいじょうおききになりたくなかったら、奥さまのそのおみみ、そのおめ、そのおくちをふさいでさしあげましょうか。

いっそ、おらくになるかもしれませんわ」

　奥さまは、それでもじっとしておいででした。さっきまで、あれほどくるしみもだえておられたのは、もしかするとけびょうだったのでしょうか。とすれば、いまわのきわとしんじてあたしがべらべらしゃべったことは、とんでもないことになります。どちらにしても、いま奥さまのいきのねをとめてしまえば、きみょうなことに、あたしのさついはあとかたもなくきえてしまうのです。そうではありませんか。いま奥さまをころさず、奥さまがよくおなりになったら、奥さまのきおくのなかにあたしのさついがいきのこる、でも、いま奥さまをころしてしまえば、どうせ死にそうだったごびょうじょうのこととて、だれもあたしをあやしみはいたしますい。

　すると、奥さまがかすかにウーンとうめいてから、

「まくわうり……」

　と蚊のなくようなこえでおっしゃいました。心の臓がくるしいのに、まくわうりをたべたいなどということがあるでしょうか。いよいよゆだんがなりません。テーブルのうえに、さきほどめしあがったまくわうりののこりがみきれ、おさらにのこっていました。そのよこに、ぬれたふきんも……。

　あたしは、まくわうりのおさらとぬれぶきんとをもって、奥さまのまくらもとにまいりました。

「そんなにおくるしくて、まくわうりなんぞめしあがれますの。ええ、ええ、おのぞみなら、ほら、さしあげますわよ」

と、まくわうりのちいさなひときれを、おはしでおくちまではこびますと、あたしをじっとみつめておられた奥さまは、またもや、

「祐……」

とつぶやかれましたが、そのおくちにすべりこんだまくわうりのため、つぎのことばはでてまいりません。そのまま、もぐもぐと、いかにもおいしそうにまくわうりをそしゃくしておいででしたが、のみこまれるとどうじに、ぬれぶきんをもったあたしのてが、奥さまのおくちをぴったりふさいでいました。奥さまのあたらしいくるしみがはじまり、あたしもちからをこめて、おくちとおはなをおさえつけ、奥さまのりょうてがあたしをおしのけようとするすさまじいちからとたたかいました。

どれほどのときがたったものやら、むしあつい夏のよるのこととて、あたしのからだもあせびっしょりになり、やがて奥さまのおからだはぐったりとして、ことされたようでした。おむねにみみをあててみても、もはやこどうはきこえません。ぬれぶきんをはずしますと、きたないはなしですが、めしあがったばかりの、まくわうりがすこしふきんにもどしてありました。あたしのてばかりじゃない、奥さまのおすきなまくわうりも、奥さまのいきのねをとめるたすけをしたのでした。

すばやくよごれものをかたづけると、あたしはとつぜん、かんだかいこえでさけびました。「琳花！　たいへんだ。きておくれ。奥さまのごようすがおかしいよ。旦那さまをおよびしておくれ！」

四　河源の章

奥さまがおなくなりになってからみっかめのゆうこく、ふいに祐さまがおかえりになりました。これはまったくのぐうぜんで、「おっつけおかえり」という尹伯達のたよりはただしかったのです。リンカーンコンチネルタルというのも、うそではありませんでした。二年ぶりのはれのごききょうの日が、母うえのかばねをつつむ斂の礼の日であるとは、ぐうぜんにしろできすぎているではありませんか。琳花は、「あとみっかはやければ」とて祐さまにすがってなきくずれましたが、かんじんの祐さまは、しごくへいぜんと琳花をおしのけおくにおはいりになってしまいました。あたしのかおも、チラッとごらんにはなったものの、まったくのむひょうじょう、こちらがゾッとするほどどりりしい、そうめいなおめつきになっていて、それでいて、あたしをろぼうの石のごとくにむしされたのでした。二年まえ、あたしにすがりつくようななさけないおめつきで、ふりかえりふりかえりみやこへごしゅったつになったのとはまるでちがうごへんぼうぶり、さけとおんなにみをもちくずしたとは、とてもしんじられません。祐さまにしたがった尹伯達も、あたしのめくばせにはしらんかおで、奥さまのおなきがらをあんちしたおへやへとむかいました。祐さまはそこで、旦那さまにごききょうのごあいさつをされたあと、奥さまとさいごのごたいめんをされることになっているのです。

　おくはしんかんとしていますが、こちらはもう、ごそうぎのじゅんびでてんやわんやです。旦那さまのおいいつけで、喪礼はすべて儒家の法にのっとるようにとのことでしたが、儒家の法といっても、あたしたちにはいっこうにふあんないで、いまの天子さまが儒家のおしえを国教とおさだめになったそうですが、むずかしいことはわかりませんから、けっきょくは巫炎のさしずにしたがって、奥さまが羽化登仙できるようにまよけの儀をあれこれかさねただけでした。儒家の法にのっとるようにといいつけられた旦那さまとて、くわしいことはごぞんじなく、ただ飯含（はんがん）をおこなえよ、とおっしゃったのがゆいいつのぐたいてきなごしじでした。飯含というのは、ものいわぬ奥さまのおくちのなかにこめつぶをふくませて再生をねがうことなのだそうです。こめのとぎしるでおからだをすっかりきよめ、おくちにこめつぶをふくませ、おきものをつぎつぎと、いつものようにおきせしました。そのとき、おくから、きものはひだりまえにせよとの旦那さまのごしじがとどき、へえ、儒家の法とはふしぎなものだとおもいながらも、ちぐはぐな喪礼はどうやらすすんでいたのです。

　巨霊とか鄭伯之とか名のるれいの刺客はこのさわぎのなかにも、まだこのおやしきにひそんでいるらしく、しかし、ざんねんながらあたしには、あのこびとのおおおとこをぬすみみるひまはありませんでした。

祐さまがおかえりになって、おもいがけずも斂の礼は、奥さまのいとしいごちゃく子のてでおこなわれることになりましょうが、しばらくたってもいっこうにおよびがなく、こちらはいちどういらいらしはじめました。それでなくとも、このあつさです。ごいたいははやくもいたみかけていましたから。

執事の孟敬叔（もうけいしゅく）が、あたしのよこで、

「なにはともあれ、お坊っちゃまのごききょうはよろこばしいことじゃ。これでもう、おやしきのばけものもおおきいかおはできんじゃろうて」

ときこえよがしにひとりごちましたので、あたしは、

「あら、ばけものってなんのことかしらね。執事のぶんざいでそんなこといっていいの」

といいかえしてやりました。そのとたんに、あたしは、じぶんがもう軑国侯朱秩のまぎれもないせいふじんになったことを、はっきりとじかくしたのです。いままでも、そりゃあ旦那さまのそばめとして、また旦那さまの第二子である祺の母として、かくれもないけんせいをふるっておりましたが、しかし、せいしきのみぶんは、あくまでも侍女がしら、つまり琳花とえらぶところはなかったのでした。

このじかくが、あたしをだいたんにしました。おくからのおよびがなくとも、旦那さまの

おそばにゆけるとおもったのです。うしろで孟敬叔が、

「ふん、ばけものめ、どこへゆくきじゃ」

とつぶやきましたが、あたしはかまわずおくにすすみました。ぷん、とへんなにおいがはなをついてくるおへやに、奥さまのおなきがらがよこたわっています。そのおへやは、しかしひとのけはいとてなく、さらにすすんでなかにわにめんしたところで、あのおうせつまでむかいあう旦那さまと祐さまをはるかにみつけました。しかし尹伯達のすがたはなく、また、あの巨霊とやらもおりません。と、旦那さまがあたしのすがたをみとめたらしく、

「玉瑛、こちらへおいで。はなしがある」

とおこえをかけてくださいました。ほら、ごらんなさい、旦那さまは、もうあたしを奥さまなきあとのせいふじんとしてあつかっておられるではありませんか。

おうせつまにはいり、ひざをまげ、ひだりてをみぎてのうえにこまねいておふたりにおじぎしました。うっかり、いつものように、みぎてをうえにするところでしたが、すんでのところで喪中のおじぎにすべきことをおもいだして、ほっとしました。

「玉瑛」

と、旦那さまがいつになくやさしいおこえでおっしゃいました。

「はい」

とおこたえするあたしのこえがなぜかふるえます。ちらとぬすみみした祐さまのおすがた

が、だらくしたわかものとはとてもおもえぬ威にみちていたせいでありましょう。

「玉瑛、おまえには死んでもらわなければならない」

と、祐さまがいっきにおっしゃったおことばに、あたしはいっしゅん、血がこおるおもいがしました。

「祐……」

旦那さまがうめくようにおっしゃいましたが、祐さまはもういちど、はっきりくりかえされました。

「玉瑛、おまえは母うえにじゅんじなければならない」

じゅんしのことは、あたしもきいています。あるじの死に、けらいがじゅんじてよみのくにでもおつかえすること——でも、ちかごろでは、こんなふうしゅうはすたれたともききました。

ぼうぜんとしておりますと、旦那さまが、

「祐、つまらんことをいうな。儒家の法ではな、じゅんしはさけるべきものとされておる。死んだもののとむらいに、生けるもののいのちをむざむざとうばうのはおろかなことだと孔子もかんがえられたのだぞ。おれも、そうおもう。玉瑛に死んでもらって、おまえの母がよみがえるわけでもあるまい」

とおっしゃいましたので、あたしはここぞとばかり、おもいきりこえをはりあげてなきさけびました。つっぷして、からだをよじらせてなきさけびました。このおやこのこころを、それぞれべつの方向からうごかすには、なんといっても、あたしのからだのうねりを、あからさまにみせつけるのがいちばんだからです。

「このおんなが母うえにじゅんじなければならない理由は、このおんながいちばんよくしっているはずです」

　祐さまがれいぜんとこうおっしゃったので、あたしはギクリとしました。あのことは、みっかまえのこと、祐さまごぞんじのはずはない。もしや琳花でもぬすみみていて……いやいや、それでも琳花が祐さまにつげるひまはなかったはず。では、べつのなにかのことをさしておっしゃっているのでしょうか。それにしても、祐さまが「このおんな」とは！

「理由がなんであれ、儒家の法ではな、じゅんしはさけるべきものとされておる。ましてや、当今(とうぎん)陛下は、儒家のおしえを国教とさだめられたではないか。おまえはみやこで、そのことをよくまなんできたであろうに」

　儒家の法だかなんだかしりませんが、旦那さまはあたしのいのちをたすけたいいっしん、しかしとのがたのほこりとはあわれなもので、あいとはしょせん、ことばにならぬぜっきょうでしかないとごぞんじでありながら、すじみちをたどらずにはいられないものなのでしょうか。

「ところで、父うえは、淮南王劉安(りゅうあん)どのがちかごろ昇仙されたのをごぞんじですか」

祐さまのことばは、あくまでもしずかでした。

「昇仙された、だと。淮南王はつみをえて所領をけずられ、よってすがたをかくしじさつしたのだ。このおれが、ついこのあいだ、淮南からもどったばかりでよくしっておる」

「それは、おもてむきのこと。陛下は儒家のおしえをいちおうは国教にさだめられましたが、ごじしんは、神仙のみちをしんじておられます。ですから、淮南王の昇仙をおききになるや、たくさんの方士や道士をおまねきになったのです。それが陛下のまことのおこころのうち、儒家の法とやらでは、天下はおさめられませぬぞ」

どうやら、むずかしいおはなしになってきました。それでも、あたしのじゅんしのいっけんがどうなるのか、みとどけないではいられません。おとこのりくつはどうあれ、おんなのいのちは、じぶんでまもるほかはなさそうです。

「おまえの母も、神仙のみちにこっておったようだ。巫炎とやらいう方士をまねいて仙丹のくすりばかりのんでおったようだが、それでもみろ、神仙どころか五十そこそこでみまかったではないか。しかし、おんなは、まあよい。神仙のみちでもなんでも、な。まつりごとはそうはいかんのだ。儒家の法でなければならん。死がまぬがれぬものであるいじょう、生あるものはたっとぶべきだぞ」

祐さまは、じっとめをとじて旦那さまのおことばをきいておいででしたが、あたしにとっては、おいた父のごうりしゅぎと、わかいむすこのしんぴしゅぎとのたいけつ、とてもうしましょうか、そのほうがおもしろくなってきました。おやこのしそうのちがいを、おんなのからだでせいいっぱいすりぬけていけば、かちめはおんなにあるにきまっているからです。どのみち、しそうやしゅぎには、おんなのからだのようなじったいはないでしょう。

「ところで、父うえは、張騫のことをごぞんじでしょうな」

「なに、張騫だと？　ながいこと西域にいっておって、四年ほどまえにかえってきたおとこだな。それがどうした」

「ぼくがみやこにのぼったころ、この張騫がみてきたという、黄河の河源のことがひょうばんでした。なんでも、河源は、崑崙にあるというのです」

「河源は、積石山にあるのだ。『尚書』にもそうかいてある」

「いいえ、張騫は、にしのはてのとほうもないさばくのなかで、黄河とおなじようにひがしにむかってながれる、とほうもないおおきな河をみたそうです。西域では、河はすべてにしにむかってながれるのに、ですよ。その河源をしらべたところ、崑崙のにしのはじからながれでてきたにむかい、やがてひがしにまがり、またみなみにむかってさばくのなかをながれていた。そして、崑崙のひがしはじのふもとで地下にきえた、というのです。河はそこで崑崙のしたをくぐり、積石にでるのですよ」

旦那さまは、だまっていらっしゃいます。それにしても、河がどうしたのこうしたのと、こんなややこしいはなしが、あたしのじゅんしとなんのかんけいがあるのでしょう。

「張騫が陛下にこのことをもうしあげたので、朝廷は二年がかりでおしらべになりました。そして、ちょうどぼくがみやこにのぼったころ、張騫のせつがただしいとわかって、こうひょうされたのです」

「それが、どうした」

と、旦那さまはかすれたおこえでおっしゃいました。すると、祐さまは、てんぜんとおこたえになりました。

「いまにわかりますよ」

五　不仁の章

旦那さまと祐さまとのわけのわからないおはなしのはてに、あたしはたいせきさせられました。いったい、あたしのじゅんしのいっけんはどうなったものやら、でもどちらにしても、そのことはごまいそうのときのはなし、それまでにまたまた祐さまをいろじかけでろうらくすればいいでしょう。――ところで、いまの祐さまは、あたしのゆうわくにひっかかるでしょうか。尹伯達はといえば、さっぱりつかまらないのでした。

旦那さまのおうせつまからたいしゅつしてほどなく、おやしきのうちそとはたいそうなさわぎになりました。というのは、長沙王のごてんから旦那さまにきゅうなみっしがきて、旦那さまは奥さまの喪礼をほったらかしたまま、ごてんにさんじょうされたのです。しぜん、奥さまの喪礼は、すべて祐さまのおさしずにゆだねられ、ほとんど、かんはつをいれず、奥さまのおなきがらをおさめる一槨四棺ぶんの棺材がはこびこまれ、おびただしいかずの絵師、裁縫師、指物師のたぐいがまねきこまれました。おくのおおひろまだけでははいりきらず、そこにめんした第二のなかにわもつかって、よっつのお棺に絵をかくさぎょうじょうにいたしました。執事の孟敬叔はにわかにいそがしくなって、おおぜいのめしつかいやこおんなたちに、祐さまからのやつぎばやのおさしずをつたえます。

もはや、ゆうこく。おやしきのうちそとにはよるのとばりがたれこめはじめましたが、いたるところにあかりをともし、あわただしいさぎょうがはじまったのです。

祐さまはといえば、屋根までのはしごをとりつけさせて、みずからそこをのぼり、招魂の礼をなさいました。ほんらいなら、奥さまおかくれのよるにすべき古礼ですが、旦那さまが、これも儒家の法であるはいえ、こんにちではふごうりのゆえに廃されているのでとりやめにする、とおっしゃってなさらなかったのですが、祐さまが、みっかごとはいえ、母うえのみたまをおよびし、それから斂の礼をおこなうとおっしゃったのです。そんなこんなで、おやしきはごったがえしましたが、ともあれ祐さまは、かなしみにうちひしがれた孝子というよりは、なき母うえをてあつく葬るあっぱれな孝子のようにおみうけしました。

おなきがらに斂衣（れんい）をおきせするにあたって、祐さまはおきものをあらためられました。すでに旦那さまのごしじで、儒家の法にのっとりひだりまえにおきせしてあったおきものは、ふたたびみぎまえにおなおししました。

「生きているとき、みぎまえなのは、ひだりてでときやすいからだ。儒家はな、死んでしまえば、とくひつようがないからひだりまえにするのだというが、母うえのたましいはいずれもどってこられる。だから、みぎまえでよいのだ」

と祐さまがおっしゃったので、執事の孟敬叔はすっかりかんしんして、くちをひらけば、

「やはり、みやこでがくもんされただけ、お坊っちゃまはちがいますな」

ともうしましたが、あたしは、はらのなかで、ふん、こんなこと、なにががくもんさ、なにかこんたんがあるんだわ、とおもっていました。ともかくも、おきものをみぎまえになおし、飯含のこめつぶもなぜかとりのぞいてから、いよいよおなきがらにあたまからあしまですっぽりつつむ斂衣をおきせして、たてよこの絞(ひも)でがんじがらめにおしばりするのです。せっかくなかのおきものをみぎまえにおきせしても、これだけしばられたんじゃ、みたまがもどられたときの再生はむずかしいことでしょう。このあついさかり、二十まいものおきものにくるまれ、さらに斂衣でぐるぐるまきにされた奥さまのおなきがらは、くろうるしをぬった第四棺におさめられました。それはまた、まよけのもんようにいろどられたみつがさねのひつぎにいれられることになるのですが、絵師たちがけんめいにえがいているさいちゅうのこととて、そのよるは斂の礼だけでおわりました。

くたびれはてて、ろうかづたいにあたしのしんじょにもどりますと、祺も、祺の子もりたちもじゅくすいしております。そのおくのあたしのへやにはいり、ベッドにくずれるようによこたわろうとしたとき、そこになにやらうごくちいさなものがありました。ギョッとしてとびのきますと、

「シーッ。おれだよ。こびとの巨霊だよ。あんた、おれのこのすがたをみただろう。おどろくなよ」

と、れいのちいさいこえがくらいあしもとからきこえました。

「おれ、あんたが、おれたちのみつだんをぬすみみしているのをみちゃったんだ」

と、ちいさいこえがつづけました。あたしはだまっていました。

「あんたが、あのばあさんのいきのねをとめるところもみちゃったんだ」

とも、そのちいさいこえはいいました。おもわずドキンとしましたが、あたしはだまっていました。

「あんたが席をはずしてから、おれはあてがわれたおんなとしんじょにはいった。おれはあんたがほしかった。だから、おんなをいいかげんにあしらって、こびとのすがたであんたをさがした。そして、みたわけだ。かわいいかおでたいしたあくとうだぜ」

あたしはだまっていました。

「しかし、あんしんしろよ。あんたの旦那だって、そうとうのあくとうだぜ。奥がたの喪礼

というのに、あたふた長沙王のごてんによびだされたろ？　なぜだとおもう」

つったったまま、こびとはなすのはつかれるので、あたしはすわりこみました。

「しらないわ。なぜ」

と、あたしもちいさい、ふるえるこえでたずねました。

「長沙王が死んだからさ。刺客にズドンとうたれたんだ。つまり、このおれにね。いや、おれをやとった、あんたの旦那にね」

ああ、旦那さまが刺客をやとってねらったのは、ごしゅくんの長沙王だったのです！　あたしは、ぜっくくしました。しかし、かんがえてみると、あののぞきみのときいらい、そのくらいよかんは、あたしのあたまのどこかにただよっていたようなきもするのです。

「うんのいいときに奥がたがくたばってくれたわけだ。だれだって、そんなときにあるじをあんさつするはずはないだろう？　いくら刺客をやとっても、だ。あんたの旦那は、ぜっこうのアリバイをりようしたわけだよ。ところで、長沙王のきゅうしとなれば、宰相たるもの、奥がたの喪礼だってほっぽりださないわけにはいかんだろう？　つまり、あんたは、長沙王あんさつのきょうはんしゃというわけだ」

「きょうはんしゃ……」

「ところで、おれは、あんたをだきたい。しごとがおわったら、すぐ長沙からすがたをけすやくそくだったが、あんたがほしくてもどってきたんだ。くろうしたぜ。まよなかというのに、そこいらじゅう、まひるみたいにあかりがともり、しょくにんどもがうようよしてやがる。こびとのすがたでも、ここまでしのびこむのに、なんぎしたぜ」

「こびとにだかれるなんて、まっぴらだわ」

「なにがこびとだ。おれはしんしゅくじざい、あんたもしってのとおりの、おおおとこにだってなれるんだぜ」

と、みるまに巨霊は、九尺はあろうというあのいじょうふのすがたにぼうちょうし、あたしをだきすくめていました。

六　燭龍の章

斂(れん)の礼からふつか、おやしきのそこここにちらばったしょくにんたちのてによって、ひつぎやら非衣(ひい)やらにもんようをえがくさぎょうがたゆみなくすすめられていました。ひつぎは梓(あずさ)材でくみたてられ、うちがわはすべて朱のうるしでぬりこめられましたが、そとがわのもんようはよっつのひつぎそれぞれちがいます。おなきがらをじかにおおさめするひつぎは、そとがわをくろのうるしでぬって、まわりをかんたんなれんぞくもようでかこんだだけですが、そのすぐそとがわのひつぎは、朱のうるしの地(じ)に龍がのたうっているというごうかいな絵がら、とくにひつぎのふたには、虎が龍の胴によじのぼってかぶりついているさまが左右たいしょうにえがかれていて、いましふたりの絵師がそのたたかいの絵がらのすきまをうめる雲気文(うんきもん)をかきこんでいるところでした。

　このようなあかいひつぎのすぐそとがわのひつぎは、くろ地にながれるような雲気文という、ぐっとおちついた絵がらなのですが、雲気文のあいだは、よくみると、さまざまなちいさな怪神でうめられております。羊頭人身のもの、虎頭人身のものをはじめ、みたこともないふしぎなすがたの怪神、怪獣、怪鳥のたぐいが、たのしげな絵師たちのふでによって、つぎつぎとえがかれているのでした。これがひつぎでなければ、絵師たちのふでからはまだどんなとっぴな絵がらがうまれるものやらわかったものではありません。ただきみのわるいことには、こうした怪神のたぐいのおおくが、へびをくわえたり、おいかけたりしているのです。そういえば、へびは死にんのからだにはいりこむのだそうで、ここ長沙でも、おはかにまいそうするときは、へびよけのおまじないをいたします。鷲(しゅう)というとりがこのんでへびをたべるというのをきいたことがありますが、それらしいとりも、このくろいひつぎにはたくさんえがかれていました。

　絵師たちのなかでいちばんうでのたつのが、非衣の絵にかかっていました。非衣というのは、死者のれいこんがあまがけるときにきる飛衣(ひい)のことで、斂衣にくるまれたおなきがらのうえにふわりとかぶせるきぬのほそながいきれですが、うえのほうが左右にでばっていて、はばがひろくなっています。

さて、祐さまは、この非衣にえがく絵がらに、いじょうなほどのじょうねつをそそがれました。ひつぎの絵は、だいたいのところ絵師たちにまかせられましたが、非衣のだけは、なんども絵師に下絵をかかせては、こまごまとうちあわせをしておられました。うちあわせのとき、祐さまが絵師にこんなことをおっしゃっているのがみみにはいりました。

「ぼくは、母うえにおきせするこの非衣に、ぼくのせかいかんをひょうげんしたいのだ。儒家たちは死後のせかいのことをかんがえるな、といっているが、ぼくははんたいだ。死後のせかいのことをかんがえるのは、いけるもののいちばんしんせいなぎむだとおもう。母うえのれいこんは、この非衣をきてあまがけられる。そのゆきつくさきをえがかなければならない。母うえは、死後のせかいでも、この世におられたときとどうように、おおくのめしつかいどもにかしずかれるだろう。じゅんししてもらうおんなもきまっている。そのようなせかいを、あざやかにえがいてもらいたいのだ」

ああ、祐さまはまだ、あたしをじゅんしさせるおかんがえなのです。せかいかんだか、なんだかしりませんが、祐さまは、奥さまの死後のせかいに、あたしのすがたをもはめこんで、いっさいがっさい絵にしてしまうおつもりなのです。じゅんしからあたしをすくうことができるのは、もちろん旦那さまだけですが、その旦那さまは長沙王のごてんにさんじょうされたきり、これでまるふつかももどっておいでになりません。ごしゅくん長沙王をみずからあんさつされ、王家のそのだいじをなにくわぬかおで宰相としてとりしきられる――みごとなおやくめというべきでしょう。長沙王が刺客のてにたおれたことは、まだごくひになってい るはずですが、どこからもれたものやら、おやしきのなかでは、こうぜんとささやかれてい ました。たぶんおしゃべりのあの孟敬叔あたりがばらしたのでしょう。とすれば、祐さまだ ってごぞんじのはず、でもげんじつのなまなましいせいじにほんそうちゅうの父うえとはは んたいに、祐さまは死後のせかいにねっちゅうしていらっしゃるのでした。

どちらにしても、あたしがじゅんしするのかどうか、まだきまっていないのですから、あ たしのふあんといったらありません。あの刺客の巨霊にだかれたとき、よっぽどどこかへつ れさってもらいたいとおもいましたが、あたしもこびとになれるのならともかく、このまま のすがたでしゅっぽんすることはできないのでした。それにしても、巨霊がこびとのすがた からむくむくとおおきくなったときの、あたしのおどろきとよろこびは、いまだにわすれら れません……

祐さまと絵師とのはなしあいがすすむにつれて、非衣の下絵はしだいにふくざつになり、 祐さまのせかいかんとやらが、すこしずつあきらかになってきました。のたうつ龍やら怪神、 怪獣のたぐいが、ひつぎにえがかれたいじょうにあざやかにうかびあがりました。それでも、 非衣のいちばんうえ、まんなかのところだけはぽっかりとあいています。

「ここになにをえがくかで、ぜんたいの絵がらが生きもするし、死にもするんだ。それがぼ くにもわからない」

祐さまはしんこくなおかおでおっしゃってから、

「まあ、いいだろう。そこだけあけておいてとりかかってくれ。かんがえておくから」

と、ごじぶんのおへやにおかえりになりました。

おはかをほるさぎょうも、馬王堆ですすんでいるようでした。そこへはもちろんいってお りませんが、おおぜいのにんぷたちが、それはそれはおおきなおはかをほっているとのこと でした。じゅんししゃがいれば、おはかもそのぶんだけおおきくなるりくつで、あたしは、 またもやふあんにおののきました。

おやしきぜんたいがごそうぎのじゅんびでてんやわんやになっているおなじとき、この長 沙のくにも、王のとつぜんのおかくれでてんやわんやになっているはずでした。あたしは旦 那さまのおかえりをまちこがれていました。なにしろ、旦那さまが半年ぶりでおかえりにな ったそのよる、奥さまがきゅうのほっさでおなくなりになる、そのみっかごに祐さまがみや こからおかえりになる、旦那さまのめいをうけた巨霊によって長沙王があんさつされる…… で、旦那さまとねものがたりをかわすひまさえなかったのです。せめていっときでも旦那さ まにだかれることができたら、じゅんしのいっけんだってなんとかなるはずです。

旦那さまもさることながら、祐さまといっしょにみやこからかえったあの尹伯達ときたら、 これまたどうしたというのでしょう。あたしがめくばせしてもしらんかおで祐さまにしたが い旦那さまにごあいさつのためおくへはいったきり、ぜんぜんすがたをみせません。あのひとにあえれば、さけとおんなにみをもちくずしたはずの祐さまが、どうしてまじめくさったむずかしいことばかりおっしゃるのか、というぎもんもとけるはずですのに。

ところで、きぬの非衣は、絵師たちのてつやのさぎょうにより、みごとな絵をうかびあがらせはじめていました。まずぜんたいを、みどりいろでそめてから、そのうえにあわい墨で絵がらをえがき、さまざまな顔料でいろづけし、もういちどこい墨でふちどりしたりぼかしたりします。いちばんうえのみぎのすみは、あざやかなまっかなまる、そのまんなかにくろいからすがいるのですから、もちろんお日さまです。もっとも、ちかごろ、どこぞで三本足のまっかなからすがうまれたそうですから、お日さまのなかのからすもそのほうがいいかもしれませんが。お日さまはひがしのほうの扶桑（ふそう）の木になったくだものですから、このおおきなまっかなまるのしたには、扶桑の木になっているやっつのちいさな子どもたいようがえがかれています。あたしは、羲和（ぎか）とやらいうおんなの神さまがたくさんのたいようをうんで扶桑の木のしたでうぶゆをつかわせた、というはなしをきいたことがありますが、いくら神さまでも、おんながお日さままでうむことはできないとおもいます。おんながうむことのできるのは、祺（き）のようにやわらかいかわいいあかんぼうだけ。そして、そのかわいらしい肉をはぐくむあのひめごとだけではないでしょうか。

ともあれ、みぎがお日さまなら、ひだりは月ときまっています。みかづきの弧のうえにひきがえるとうさぎがいますが、ひきがえるとうさぎは、まんげつのときにしかみえないのですから、みかづきにするのはへんだとおもいましたが、まんまるにしたらたいようとみわけがつかないので、こんなみかづきにしたのでしょう。ひきがえるは、もともとは嫦娥(じょうが)というなまいきなおんなが西王母さまの不死のくすりをぬすんで龍にのって月ににげ、あげくにへんしんしたものです。奥さんの嫦娥ににげられた后羿(こうげい)はゆみやのめいじんでしたが、やもめぐらしですっかりくたびれて、いまは崑崙のどこかの山にひとりしょぼくれているそうです。あの巨霊のピストルとやらをかりれば、ひきがえるになった嫦娥をぶちころすこともできるでしょうに。

お日さまと月のしたには、それぞれ龍がのたうって、まんなかでむきあっておりますが、龍はまた、この非衣のしたのほそながいぶぶんにも、左右たいしょうに、たてにえがかれています。したの龍がのたうちからまるすがたは、よくみれば、おおきな壺のりんかくをなしているようでもあり、またひとのかおのようでもあります。どうやら、龍やらさまざまな怪神やらをはめこんで、とおめのきくひとにだけは、なんらかのぜんたいぞうをうかびあがらせるという、だまし絵をもくろんでいるらしいのですが、そうだとすると、これには祐さまのあくいにみちたかんけいがひそんでいるはずです。こまごましたぶぶんにめをうばわれていると、いつしか、ぜんたいによってほうふくされるといったかんけいが……。

とはいえ、あたしのめは、いやでも、なき奥さまがよこむきにたっておられるのをえがいた台のうえにすいつけられました。その台は、このぜんたいぞうをひとのかおだといたしますと、ちょうどひたいにあたり、その台は、あたかもとのがたがおかぶりになるかんむりのしたのはじにあたるのです。ともかくも、その台のうえのまんなかにひだりむきにたってお
られるなき奥さまのまえには、かんむりをつけたおとこがふたりてをこまねいてひざまずいており、奥さまのうしろにはさんにんの侍女がたっているのですが、さてそのさんにんのう
ちいちばんてまえのが、どうやらあたしをモデルにしているらしいのです。しろっぽい、すけたうすぎぬのきものがにあうおんなはあたしぐらいのもの、いつぞや祐さまのどうていを
うばったとき、祐さまにこのはだかをみせてからみづくろいをしようとしましたら、祐さまはあたしのしろい、うすぎぬのきものをうばいとってひしとだきしめ、「きものはかえさな
いぞ」と、いやにおとなっぽくもうされましたが、祐さまにとってあたしのからだは、それいらい、そのしろい、うすぎぬのきものの、えもいわれぬはだざわりと、せいじゅくしたお
んなのにおいだけだったにちがいありません。祐さまがみやこにおたちのとき、あたしがさしあげたおせんべつは、そのきものだったのです。
　つえをついた奥さまは、侍女さんにんをひきつれて天界のいりぐちのすぐしたにおつきになった、そこで天界のおやくにんにむかえられて、いよいよ天界のごもんをくぐられるのですが、その天界がお日さまや月や嫦娥や二龍や怪神や風神や豹がえがかれた、うえのはばひろいところになりましょう。それにしても、天界のまんなかにはなにがえがかれるものやら、ひっこんだきりの祐さまはなかなかあらわれず、いっぽう、しごとのはやいこの絵師は、こ

の非衣のふしぎな絵がらをつぎつぎとえがきこんでゆきました。

おもてがわがさわがしくなりましたのでそちらへむかおうとしますと、第二のなかにわをわたるろうかのかなたに、みしらぬおとこがおおまたでこちらにやってくるのがみえました。そのよこに、執事の孟敬叔がおろおろとつきしたがい、

「もし、かってにおくにおはいりになってはこまります。ただいまは、ほかのときとちがってなき奥がたさまのごそうぎのじゅんびちゅう、もし、どうか、これ……」

などと客人にうったえ、そのうしろでは、これもこまりきったようすのめしつかいどもがとおまきにうろついております。

とこうするうちにも、客人はどんどんおおまたであたしにちかづいてきました。みればこのあいだの巨霊をしのぐ九尺いじょうのおおおとこ、おまけにうっとりするほどのびだんし、

「いきなりぶしつけなちんにゅうでもうしわけもありませぬが、ここは長沙宰相にして軑国侯たる朱秩どののごしそく朱祐どののおやしきですな」

それがまたろうろうたるおこえで、あたしになれなれしくこういいました。

あたしはいっしゅんこえをのみましたが、すぐさま、

「いかにもさようですが、あんないもこわずにごふこうのおくざしきまでまかりこすとはぶれいせんばん。なにものです」

と威をもってもうしました。そのびじょうふ、たじろぐどころか、あたしのまえまでつか

つかとやってきて、

「うつくしいごふじんがおいかりになるとますますおうつくしいですな。かくもうすわたくしは、陛下のおつかいでみやこからはるばるまかりこしましたものですが、長沙にもかようなびけいがおられるとは、さっそく陛下にもうしあげなければなりますまい」

と、はのうくようなおせじをならべながら、しせんはとうにあたしのうえをはなれ、絵師がうつむいてしごとをしているれいの非衣のうえにおちています。と、あたしのからだをやさしくどけて、非衣をのべたつくえのよこまでゆうゆうとちかづきました。

「みごとな絵だ。非衣の図がらでこれほどのものはみたことがない。ごししゃが羽化登仙されることうたがいもないが、しかしさて、日月（じつげつ）のあいだがあいているのがちときがかりだな。そこになにをえがかれる」

と、あいかわらずろうろうたるおこえ。絵師はおどろいてかおをあげましたが、ぼうじゃくぶじんのみしらぬ客人にあっとうされ、

「それがまだ……あるじよりおさしずがないので……」

とへどもどしています。すると客人、絵師のてからあっというまにふでをうばいとり、

「ここにはな、燭龍（しょくりゅう）をかくのだよ。ほら」

と、めにもとまらぬはやさでえがきはじめました。あわい墨でくねくねしたせんをかいているうちはよくわかりませんでしたが、くねくねしたものにまっかないろをほどこし、さら

にそのうえに、こい墨でせんをかきくわえるうちに、人身蛇尾のふしぎなかたちがうかびあがります。絵師ばかりではない、あたしも、あとをおってきた孟敬叔も、めしつかいどもも、このぶれいなちんにゅうしゃをとがめるのもわすれ、燭龍とやらのきっかいなすがたがしだいにかたちをなすのにみとれています。おとこはふでをはしらせながら、

「燭龍がおんなのすがたをしているとはかぎらんが、よみのくにでくちに燭(あかり)をくわえてやみをてらす蛇身の神はなんとしても、おんなでなければならん。しかしさて、どんなかおにしたものか」

とて、そこでみおろしているあたしたちをみまわしました。そして、あたしのかおにめをとめて、

「そうだ、このうつくしいごふじんこそ、西王母いきうつし。燭龍のかおは、西王母のおかおにすべきですな」

というのです。西王母さまがいくらちかごろびじんになられたからといって、あたしがいきうつしだなんてあんまりではありませんか。しかし、こちらがあっけにとられているうちに、たっしゃなふでは、いともかんたんに、ざんばらがみのおんなのすがたをえがきあげました。ながいざんばらがみのすそは、くねくねとのたうつ蛇身にたゆたげにかかってたれさがり、そしてさて、ふくよかなそのかおに、ほそいほそいふでのさきで、かすかな点をよっつしたたらせましたが、そのよっつの点が、ほかならぬあたしのまゆげとめ、それはもうか

みわざとしかいいようのないざえにいちどうみほれておりましたが、あたしのたましいはぬきとられ、非衣の絵すがたにのりうつったかのようでした。

そこへろうかをわたるあらあらしいあしおとがひびき、あたしたちをかきわけて客人のかたをむんずとつかんだおかたがあります。

「東方朔め、こんなところでなにをしている。とっとでてゆけ！」

旦那さまのふいのおかえりでした。

七　父子の章

東方朔ですって！　あの巨霊がこびとすがたで旦那さまとみつだんしていたときにでたなまえ、そして、尹伯達のみやこからのたよりにもしばしばでてきたなまえです。みやこのなだたるあそびにん東方朔が、どうして長沙くんだりまできたのでしょうか。

「これはこれは。朱秩どのにてあらせられますな。たしかに、わたくしは東方朔でございます。みやこにては、ごしそく朱祐どのとしたしくさせていただきました。ところで、ここでは朱秩どのにおめにかかれたとは、はなしがはやい。ひとつおたずねいたしますが、朱秩どのの奥は、こびとの巨霊をごぞんじありませぬか。長沙王のにわかのごへんし、そして朱秩どのの奥がたのごふこうと、うちつづくおとりこみのところきょうしゅくですが、かくもうすわたくし、じつは陛下のごようでここまで巨霊をさがしにまいりました」

陛下のごよう、ときてはさすがの旦那さまもていちょうにおもてなししないではいられません。めしつかいどもは、旦那さまのおなりとともにうんさんむしょう、孟敬叔だけがかしこまってはべっておりましたが、それでも絵師たちもいることとて、旦那さまは東方朔をおつれになってごじぶんのおへやへと、べつのろうかづたいにいっておしまいになりました。東方朔はともかく、旦那さまがおかえりになったいじょう、あたしはなにがなんでも旦那さまにおすがりしなければなりません。このチャンスをのがしては、あたしはほんとうにじゅんしさせられてしまうのです。それに、東方朔がいましがたえがきあげた燭龍とやらのかおがあたしをモデルにして西王母さまににせたというのも、えんぎでもないかんじではありませんか。でも、旦那さまは、客人とのみつだんで、またもあたしのおもうままにならないのでした。

孟敬叔がぶつぶついいながらいってしまいますと、絵師がふたたび非衣にとりついて、こまごましたところのしあげにかかりました。あたしは、もうほとんどできあがった非衣の絵がらをながめておりましたが、いまなら、東方朔とこの非衣の絵がらをねたに、祐さまをぎゃくにこまらせることができるのではないかとおもいついたのです。なんのこんきょもないかくしんに、あたしはかけてみることにしました。

祐さまは、ここからはとおいごじぶんのおへやにひとりでいらっしゃるはずです。そこへ、おともなくおしいるとき、あたしはきもののおびをといていました。あたしは、しろっぽいきぬのきものをきていました。

祐さまは、たしかにおひとりでした。おつくえによって竹簡（ちくかん）にかきものをしておいでしたが、ひとのけはいにおつむりをあげ、

「だれだ！」

とするどくおっしゃってから、あたしの、おびをといたすがたをごらんになりました。わかいまゆが、きりりとゆがみ、すずしいめもとに、いっしゅん火花のようなものがはしりました。それが、どんなにかくしてもかくしきれないおとこのしきじょうであることを、あたしはしっていました。その火花を、あたしのはだかのうえに、やきつかせなければなりません。あたしはだまって、祐さまのそばににじりより、まるはだかのこのからだをおしつけました。

「なにをする、母うえのもちゅうだぞ。みだらなことをするな」

祐さまはあえぎあえぎ、かすかにそういわれましたが、そのあえぎは二年まえのあのときとまったくおなじ、そしてあたしも、けっしてすきでもないこのわかいおとこに、いのちをにぎられているおもいから、いつのまにかはげしくあえいでいたのです。

「よせ、玉瑛、もうおまえのてにはのらんぞ、よせ……」

きょひしながら、祐さまはかぎりなくくずれていました。ちからということをいえば、も

ちろん、わかいおとこである祐さまがつよいにきまっています。ほんとうにあたしをこばむのなら、あたしをはりたおし、あたしをおしのければよいのです。そうしないで「よせ」といいつづけている祐さまに、あたしは、祐さまのよわさをのぞくことができました。祐さまがみやこにゆうがくされた二年のあいだにさけとおんなにみをもちくずしたという尹伯達のおたよりは、どうやらまっかなうそだったらしい。でも、天下のまつりごとうんぬんという奥さまへのおたよりも、このよわさからみればただしくはなさそうです。儒家の法とやらをひどくきらって神仙のみちにこっているらしいことはあたしにもわかるのですが、だからといってあたしを奥さまにじゅんしさせようとしているのは、いったいどういうことなのでしょうか。

ともあれ、あたしはとうとう祐さまにせっぷんをしました。このにくのふれあいで祐さまにはげしいなだれがおこりました。そこで、あたしはひどくれいせいになることができたのです。祐さまがなだれおち、あたしのはだかのからだにふれたそのしゅんかんから、すべては二年まえとおなじになったのです。神仙のみちであれ、ほかのがくもんであれ、あるいはよしんばさけとおんなであれ、みやこでまなんだものはすべてゼロに帰してしまったのです。わたしは、このしゅんかんをまっていました。祐さまはもうこわくもなんともない。このおやしきのけんりょくしゃは、やはり旦那さまでした。

そのよる、あたしはひさびさに旦那さまのふしどにまねかれました。旦那さまはじょうきげんでした。ことがおわってから、旦那さまはじょうきげんのよせいをかってこういわれました。

「いやはや、うちそとたじたなんの日がつづいたが、どうやらすべてうまくいったよ」

「あの東方朔とやら、なにものですの」

「なあに、陛下のごようで、とかいっておったが、はなしをきけばほらだらけでな。陛下のおそばにおつかえしているのはうそではないが、ただのほうかんにすぎんのだよ」

「こびとの巨霊をごぞんじないか、とかもうしておりましたわね」

「うむ。いまの陛下もこまったもので、きゅうていにこびとや巨人などをあつめかわいがっておられるというのだが、そのこびとどもと巨人どもが、なかがわるいんだそうだ。さっきの東方朔はみてのとおり巨人のだいひょうでな、それがきゅうていのこびとをねこそぎついほうした。あいつは陛下にこうざんげんした。『こびとどもはみのたけ一尺たらずですのに、おてあてはひとふくろのあわと銭二百四十。わたくしめはみのたけ九尺あまりですのに、おてあてはやはりひとふくろのあわと銭二百四十。これではこびとどもはまんぷく、わたくしめはくうふくにたえられませぬ。おまけに、こびとどもは、まつりごとのちからはなし、いくさやはたけしごとをするちからもありませぬ。まことにもってむえきなそんざいでございますゆえ、そっこくみなごろしにあそばしませ』とな。陛下はそのときかかたいしょうされたそうだ。こびとどもはおそれて、ないていのちごいをした。陛下はさすがにあわれまれて、いのちはたすけきゅうていからついほうした。ところが、巨霊とやらいうこびとが、きゅうていをさるにあたって、こともあろうにぎょくじをぬすんだというのだよ」

「まあ……」

「そこで東方朔が、ぎょくじをとりかえすためにひそかにおいかけてきたというのだが、おれはあのおとこのいうことなんぞ、しんじておらんよ」

「でもどうして長沙にまできたのでしょう。そんなこびとが……」

「だから、東方朔はうそをいっておるのだ」

「このあいだ、そうだわ、奥さまおかくれのときにおられたお客人も、東方朔にまけずおとらずのおおおとこでしたわね。あのおかたも陛下におつかえしていらっしゃいますの」

「いやなに、あれはただの崑崙のふろうにんでな、ちょっとしごとをたのもうとおもったが、このとりこみで、いったんひきとってもらったのだ」

ああ、旦那さまは、やはりあたしにさえも、しんじつをはなしてはくださらないのです。あたしが、こびとの巨霊のひみつをぬすみみし、おまけにおおおとこすがたの巨霊にだかれたことを、もし旦那さまがしってておしまいになったらどうでしょう。あまつさえ、巨霊は、旦那さまの長沙王あんさつのいっけんまで、あたしにもらしてしまったのでした。しかも巨霊は、あたしが奥さまのおくちをふさぐところをみたというのです。旦那さまのふしどとて、あたしがやすんじてみをよこたえるところではありません。旦那さまが、あたしのひみつをぜんぶおしりになったとしたら——そうしたら、あたしは旦那さまにころされます。祐さまは、二年まえとおなじ祐さまになっておしまいになりましたが、じゅんしのことが祐さまのあたまのなかでどうなっているのか、それがわかりません。ようするにあたしは、朱秩と朱祐のおやこをてだまにとっているかにみえて、そのじつ、どちらにもいのちをにぎられているのでした。とすれば——このおやこがにくみあい、ころしあえばよいのです。そうほうともにほろびても、朱家には、つまりあたしには、祺がいるのですから。

「東方朔とやらいうおとこ、みやこで祐さまとおしりあいのようでしたわね。こびとの巨霊をおいかけてきたようにいいながら、そのじつ祐さまをおいかけてきたんじゃありませんこと？　祐さまのおかえりのすぐあとですもの」

「うむ……」

と、旦那さまはきゅうにふきげんになられました。このすきに、祐さまをいっきに売ってしまおうとあたしはおもいました。

「祐さまはいったい、みやこで二年かん、なにをあそばしていたのでしょう。奥さまのごぞうぎのじゅんびにあきれるほどうちこんで、おひつぎや非衣にはばくだいもないおかねをつぎこんでいらっしゃいますが。そのくせ母うえさまのもちゅうだというのに……」

「もちゅうだというのに、どうした」

はたして、旦那さまは、くらいいかりをさぐりあてられました。

「あのわるいごびょうきは、ぜんぜんおなおりになっておりませんのよ」

「なに？　また、おまえにてをだしたのか」

あたしは、ちょっとめをつむりました。

「え？　どうした？　あいつ、またもおまえにてをだしたんだな」

「はい」

といってから、あたしはすぐよこの旦那さまの、ぶよぶよにだぶついたおなかにてをまわしました。このおなかに、くろいおなかに、わかものらしくひきしまった祐さまのからだを売ればよいのです。

「むかしとおなじように、ごじぶんのへやにあたしをひきずりこんで。でも、あたし、にげかえってきましたの。ですから、なにごともなかったのですわ」

旦那さまは、ぱっとみをおこすと、あおむいているあたしのかおをしげしげとのぞきこまれました。そのめは、けっしてあたしをしんじてはいらっしゃらない。しかし、あたしがつくりだすじたいだけはしんじようとしていらっしゃるのでした。

「ほんとうだな、玉瑛」

「はい」

旦那さまは、たちまちみづくろいをなさると、あっというまにごしんじょをとびだしていらっしゃいました。

あたしは、そのままのすがたで旦那さまのベッドによこたわっていました。あのおいかりは、しんじつ祐さまにむけられたものではありません。でも、長沙王あんさつとそのあとのごたごたをうまくやりとげられた、あのじょうきげんのそこには、ばくはつをまつ、つくられたいかりがなんとしても要ったのです。あたしは、じっとよこになっていました。いまになにかがおこることをきたいして、じっとよこたわっておりました。そうです、あのおやこのあいだでなにかがおこり、いつわりのバランスがくずれてくれなければ、あたしのいのちはあぶないのです。

いつまでたっても、旦那さまのごしんじょは、燭のうすぐらいあかりがゆらめくばかりで、ひろいおやしきのかなたでおこっているはずのおやこのたたかいのけはいは毛すじほどもかんじられません。もし旦那さまがわが子のほうをしんじられたら？

――あたしは不安にかられてみをおこしました。すばやくきものをはおり、くらいろうかをつぎつぎとわたります。やがて、奥さまのごそうぎのじゅんびをしているひろまとなかにわにでました。よふけというのに、こうこうとともされたあかりのもとで、ひつぎも非衣も、絵はほとんどかんせいにむかっています。しょくにんたちはもくもくと絵ふでをはしらせておりますが、このおやしきでもっともけいけんに奥さまの喪にふくしているのは、おそらくこのいっかくだけではないでしょうか。

西王母さまの、いやあたしのかおをした燭龍と日月と飛龍とをえがいた天界、その天界にむかえいれられようとしている奥さまとさんにんの侍女、さらにそのしたにこまごまとえがきだされた怪獣や怪神たち——非衣の絵がらは、まさしく飛衣にふさわしいけんらんたるせかいをかたちづくっておりましたが、さて奥さまのおなきがらにこの非衣をおかけする生けるもののせかいはといえば、いたるところふあんにみちていたのです。

しょくにんたちのさぎょうじょうにぼんやりたちつくしていますと、たぶんおやしきのそとからでしょう、パーン！と、やみをさくふしぎなおとにつづいて、くるまがきしむキーンというするどいきんぞくおんがきこえてきました。……

八　槨室の章

あのおとには、ききおぼえがあります。そうです、こびとの巨霊が旦那さまとみつだんのみぎり、こびとがてにしていたピストルとかいうくろくひかるつつからはっせられたおとです。あのときは、こびとがもったちいさなつつにふさわしいちいさなおとでしたが、いまえんぽうからつたわるおとが、それにそっくりだったのです。巨霊はもうこの地にはいないはずですから、だれかがあのくろいとびどうぐをつかって、だれかをうったにちがいありません。ところで、旦那さまは、あのくろくひかるつつについてはなにもごぞんじなかったのですから、旦那さまがだれかを——つまり祐さまを——おうちになるはずはありません。とうぜん、祐さまが旦那さまをおうちになったことになります。

あたしにせまられて、あたしをだいた祐さまは、たしかに二年まえとはかわっていなかった。ですが、それはしきじょうのしはいするせかいだけのことだと、「パーン！」をきいたとき、いやというほどおもいしらされました。このピストルといい、ベンツといい、リンカーンコンチネンタルといい、おとこたちがこのむてつのどうぐは、おんなたちにはけっしてふれさせない、まつりごとのせかいにひそやかにかかわっているようでした。しかし、いまのいっぱつ、おそらくは祐さまの父おやごろしのいっぱつは、まつりごととはえんもゆかりもない、あたしというおんなをそばめにしている父おやをころしただけのこと、それにくらべると、あたしが奥さまのいきのねをとめた主ごろしのほうが、はるかにせいじてきだったかもしれません。そして旦那さまの長沙王あんさつもまた……。

ともあれ祐さまがみやこでまなんでこられたのは、さけとおんなではなく、てつと血、そして神仙のみちということになりそうです。旦那さまなきあとの朱家をしはいされる祐さまを、それにさきんじてしはいしていたあたしはけんめいであったと、ひそかにほっとしました。

ところで、旦那さまおかくれとなると、おやしきのなかはもっとさわがしくなってもよさそうですのに、あたりはあいかわらずシーンとしています。奥さまのごそうぎのじゅんびでいそがしいこのさぎょうじょうも、絵師たちがたんねんにふでをうごかしているだけで、なんのものおともいたしません。

あたしは、このしずけさにたえられなくなって、あしおとをしのばせ、じぶんのしんじょにもどりました。なにがおこったにせよ、このよるをねむりですごしてしまえば、あすのあさにははっきりするのです。ねむろう、ねむってしまおうと、ふしどにいそぐあいだ、ふとおもいついて祺のねどこをのぞきました。祺の子もりのこおんながいぎたなくねほうけているそのよこのベッドで、祺がちいさなくちをかるくあけ、かすかな、かわいいいびきをたてていました。旦那さまがおかくれとなると、この子はどういうことになるか——そうです、祺は、たしかに祐さまのはらちがいのおとうとにはちがいないのですが、いっそ祐さまのごちゃく子にすればよいのです。つまりは、あたしが祐さまのせいふじんになる。いともやすやすとなんだいをといたあたしは、さわやかにそのふあんなよるをねむりました。

めざめておきてみますと、おやしきはきのうとすこしもかわっておりません。執事の孟敬叔はあいかわらずひにくっぽい、いじわるなめつきであたしをいちべつするだけですし、琳花もいつもながらおどおどしてあたしにきょうじゅんです。おおぜいのめしつかいたちも、おのおののしごとにかけまわっています。

ゆうべきいた「パーン！」というおと、そしてくるまのきしむおとは、もしかしたら、あたしのげんちょうだったのでしょうか。あんなにもするどいおとが、へんかをつげるおとでないとしたら、この世にはへんかなどというものはなくなります。

奥さまのおなきがらをあんちしたおへやは、死にんのにおいがいっそうひどくなっただけですし、ごそうぎのじゅんびをすすめるさぎょうじょうも、しずかに、しかしせわしげに絵師やさしもの師たちがはたらいているだけです。ただ、きょうは、あたらしいほりもの師たちがごろくにんくわわっていて、大小の木俑（もくよう）をつくっていました。木俑というのは、木の人（ひと）形（がた）のこと、まいそうにさいして、じゅんししゃをかたどってひつぎとともにうめられるのですが、おおきいものは二尺いじょう、ちいさいものでひとのゆびほどのせたけ、なかには歌舞俑と楽人俑もあり、なにやかやと百数十個はあるでしょうか。ほりかたにも、ていねいなもの、ざつなものなどいろいろありますが、ほりもの師たちはみるもあざやかなてさばきで、つぎつぎとほっているのでした。木俑をひつぎとともにふくそうするのなら、じゅんしすることはいらぬはずです！　これで、いのちはたすかった、とあたしはたかみからずりおちるようなあんどかんにみたされました。

そのまましばらく木俑せいさくにみとれていました。すると、ふいにうしろでこえがしました。

「玉瑛さん、またせたな」

そのこえにこころをおどらせてふりかえると、やはり尹伯達、あれいらいさっぱりすがた

をみせなかったあのひとです。うれしくてすぐにもだきつきたくなるのをこらえて、ひじでそっとそのよこばらをつつき、

「まあ、あきれたひとね。どこへいらしてたの」

とささやきました。

「おれもいそがしかったよ。しかし、やっとばんじかたづけた。かくして、あんたのところにかえってきたわけさ。おれとあんたの天下になったんだよ」

「え？　それ、どういうこと？」

尹伯達のてがそっとあたしのこしにまわってやさしくしめつけると、

「あとで、ゆっくりはなす。それよりも、いまここに孟敬叔のじじいがくる。だから、だまってたっていてくれ」

とこごえでいって、あたしからすこしはなれました。あたしは、そのよこがおをつくづくみまもりました。しゅうれいなはなすじも、ひきしまったくちもともすこしもかわっていませんが、ただひどくほおがこけ、うっすらとひげがはえています。あの東方朔やおおきくなった巨霊ほどにはばかでかくはありませんが、でぶの旦那さまはもちろん、祐さまにくらべてはるかにせたけのあるみごとなびじょうふ、なればこそあたしものぼせあがったのでしたが、尹伯達もみやこからみっかにあげずたよりをくれていたのです。でも、このひとにもなそのぶぶんがすくなくありませんでした。

なるほど、孟敬叔がやってきて、尹伯達とあたしをうさんくさそうにじろじろながめまわすので、あたしはかれからすこしはなれてぷいとよこをむきました。

「さて、いそがしいことになったぞ。旦那さまはおまえもしってのとおり、長沙王のきゅうのおかくれで、またまたやっかいがもちあがりごてんにさんじょうされた。しばらくはおかえりにはなれんだろう。おぼっちゃまはおぼっちゃまで、陛下よりのきゅうのおめしだ。母うえさまのもちゅうであり、ごそうぎもすませていないのに、まことにもって異例のこと。しかし、これまたやむをえん。そこで旦那さまのおっしゃるには、なき奥さまのごそうぎ、とりあえずは、したのおぼっちゃまをあるじとして、かりにすませるようにとのことだ。もとより、したのおぼっちゃまは、よわいわずか三さい。よって、わたしにこうけんをせよとのごめいれいだ。みたところ、おひつぎ、非衣、木俑のたぐいはあらかたととのっている。そこで、ふくそうのしなじなだが、もろもろの什器、楽器、しょくもつなど、したくはできているか」

もともと尹伯達はゆうべんなかた、それがいっきに、こうまくしたてたものですから、あたしでさえきょとんとしてしまい、まして孟敬叔のような血のめぐりのわるいおいぼれ執事は、

「はい……へい……」

などとへどもどしています。いったい、朱家のあるじも、またそのごちゃく子も、いかに

天下国家のだいじだからといって、妻たるかたの、あるいは母たるかたのそうぎをけらいにまかせ、よるよなかぷいとでていらっしゃれるものではありますまい。あたしでさえそうおもうのですから、孟敬叔にはいっこうにのみこめなかったらしく、めをぱちくりしています。

「わかったか。せいしきのごそうぎは、旦那さま、おぼっちゃまのおかえりをまって、ということになろうが、ともかくも、きょうをもって、ごまいそうしなければならんのだ。わかったか。わかったら、すぐしたくにかかれ」

と、尹伯達がきつくもうしましたので、孟敬叔はやっとのことでなっとくしたようでした。

さあ、それからは、まるでせんそうです。奥さまのおなきがらをおさめたくろい第四棺のふたがあけられ、くだんの非衣が、斂衣にくるまれたおなきがらのうえにふわりとかけられました。かんせいした非衣の絵がらは――ああ、やっぱり、祐さまは、非衣のしたはんぶんに、そうれいなだまし絵をかかせたのでした。奥さまや侍女たちをのせた台のすぐしたに、まんまるい穀文の璧がありますが、左右の飛龍はこの璧のまんなかでまじわってまた左右にわかれ、ひとのかおのりんかくをなしています。璧のしたにはリボンがむすんであって、それがまた左右にわかれるさまは、とのがたのりっぱなくちひげそっくりでした。リボンのうえに左右たいしょうにとまっている人首鳥身の怪神とそのまわりのもんようのつらなりは、どうみてもするどいめをかたちづくっていますし、くちひげそっくりのリボンのしたには、かたくむすんだくちをおもわせる玉璜がぶらさがっている、といったぐあいです。こうしてこまごました絵がらをむしすれば、だれやらみごとなおとこのかおがうかびあがるのですが、このかお、どうもどこかでみたことがあります。——そうです、ゆうべちんにゅうしてきた東方朔のかおなのでした。それにしても、祐さまはなぜ、東方朔のかおを非衣にえがいたのでしょう。

第四棺のふたがとじられ、第四棺は、あかいうるし地に龍をおおきくえがいた第三棺におさめられ、第三棺は、くろいうるし地の、雲気文にちいさな怪神をたくさんちりばめた第二棺におさめられ、第二棺は、くろうるし無地の第一棺におさめられました。それを、こんどは、きょだいな木槨（もくかく）におさめるのですが、まんなかに第一棺をおさめますと、上下左右にしきられたよっつの辺箱（へんしょう）にたくさんのふくそうひんをつめる、というしくみになっているのでした。

「軑侯家」としるしたおびただしい漆器、陶器のたぐいがはこびこまれ、孟敬叔がひとつひとつてんけんして竹簡にいちまいずつもくろくをかきこむ、竹のこうりにつめられたきものやたべものをあらため、うえからなわでしばって「軑侯家丞」としるした執事の封泥匣（ふうでいこう）でとめる、執事の封印がまにあわないものは、「石尉」の封印をする……。またたくまに、よっつの辺箱には、奥さまがあの世でおつかいになるしなじなが、ぎっしりつめられました。そして、さいごに木俑です。

おなきがらをじかにおさめた第四棺にも、まよけのちいさな木俑をたくさんおいれしましを、とこの木のかけらにちょんちょんとめはなをかき、その木のかけらをひもでくくっただけのそまつなのがおおく、かろうじて麻のきものをきせたのがみっつ、というありさまでした。でも、辺箱におさめる木偶はなかなかりっぱなできばえでした。かんたんにほったものにいろをぬっただけでもみごとでしたが、二尺あまりもあるおおきな木偶には、ちゃんときものをきせ、おとこの木偶はかんむりもそのかたちなりにほってあり、おんなのは、いかにも女偶にふさわしく、うしろにあおいいとをたばねたかもじをたらしているのでした。

こうした木偶を辺箱につぎつぎとおさめましたら、尹伯達がちいさいこえで、

「さあ、これがあんたのみがわりだよ。じぶんのてでおさめるといい。おれのはこれだ」

と、ひときわみごとな女偶をあたしにてわたしたのです。ああ、その女偶をみたときのおどろきといったら！　きもののあでやかさもさることながら、その女偶は、あたしにいきうつしでした。からだはぜんたい、いくぶんまえかがみになっていますが、あたしのほっそりとした、しかもむちのようにしなるからだのせんがくっきりとほりだされています。そして、そのかおは、あたしのきれながのめ、たかいはなを、あますところなくうつくしくうつしておりました。うしろにたれたかもじのいとがこしのしたまでたゆたげにのびているさまは、あの東方朔が非衣のいちばんうえにそうそつとえがいたおんなすがたの燭龍の、ながいざんばらがみをおもわせました……。

尹伯達がもつかんむりすがたの男俑（だんよう）も、なるほどりっぱなできばえではありましたが、といっても、かならずしもいきうつしというわけではありません。びじょうふいっぱんのすぐれたおかおだちをへいきんてきにえがいたもの、といえそうです。

尹伯達にうながされて、あたしは、あたしそっくりの女俑を、奥さまのまくらもとにあたるきたがわの辺箱におさめました。あやうくじゅんしさせられたかもしれないあたしのかわりとなった女俑は、奥さまのとこしえの侍女として、奥さまの槨室（かくしつ）のひとすみにひっそりとみをよこたえたのです。かれのもつ男俑はひがしがわの辺箱にいれられました。

こうして、とほうもなくきょだいなものとなった槨室は、そのうえにさんじゅうのふたをかぶせられ、なんじゅうにんものにんぷによって馬王堆のはかあなにはこばれました。旦那さまも祐さまもいらっしゃらないそうれつがつづきました。

たかくつちもりしてからほったふかいふかいあなのなかに槨室がしずかにおろされたとき、あたしは、なぜしらず、ぶるぶるとふるえました。

九　女俑の章

奥さまを馬王堆にまいそうしてから、なんにちたっても、旦那さまと祐さまはおかえりになりませんでした。そして、いつのまにか孟敬叔のすがたも、琳花のすがたもみえなくなっていました。あれほどおおぜいいためしつかいたちのかおぶれもいっぺんしていました。

あたしは、よるひるわかたず、旦那さまのごしんじょで尹伯達とふしどをともにしていました。いつものように旦那さまがふいにおかえりになったらどうしようとおもうしますと、かれは、そのようなことはない、といいました。祐さまがふいにおかえりになったらどうしようともうしますと、やはりかれは、そのようなことはない、といいました。

そのうちにあたしは、旦那さまも祐さまも、すでにこの世にはいらっしゃらないのではないかとおもうようになりました。あたしのだいすきな尹伯達とだれはばかることなくあいしあえるのですから、なにもいうことはないのですが、かれのねがおをみておりますと、こくはくなうつくしさにおもわずぞっとすることがありました。あるとき、あたしは、ねむっている尹伯達にせっぷんをあびせました。かれがうっすらとめをあけたところへ、しっかりとほおをよせ、そのみみもとにささやきました。

「ねえ、みやこでのこと、なにもはなしてくれないのね。祐さまがさけとおんなにみをもちくずしただなんて、うそじゃないの。ほんとうのこと、おしえてよ」

すると、尹伯達はそれにはこたえず、

「巨霊というこびとがここへきたろう？　旦那さまにやとわれて、長沙王あんさつのためにきたろう？」

「ええ、きたわ。でも、巨霊はこびとではなかったわ。東方朔とおっつかっつのおおおとこだったわ」

「そうだろう。巨霊は東方朔と陛下のちょうをあらそってまけ、崑崙にのがれた。そして西王母にないてうったえたところ、西王母はむかし東方朔に仙桃をぬすまれたうらみがあるので、巨霊を東方朔にもまけないようなおおおとこにしてやった。そればかりではない、西王母はいまの陛下をにくんでいた。そこで、黄河にからいしおみずをそそぎこみ、さくもつをからそうとした。にしのくにをひがしにむかってながれるおおきなかわは崑崙のひがしのはじでさばくにきえ、崑崙のしたをもぐって積石にでて黄河となる。ところで、崑崙のひがしのはじにちかく、しおからいみずうみがある。このみずうみのみずを、西王母は崑崙のしたをもぐるかわにつないだのだ」

そういえば、いつか祐さまが旦那さまに黄河の河源がどうのこうのという、たいそうむずかしいはなしをしておられましたが、それがこのことなのでしょうか。旦那さまが、「それが、どうした」とたいそうしんこくそうにおたずねになり、祐さまが「いまにわかりますよ」とおこたえになったときのはなしなのでしょうか。それにしても、おとこというおとこが、ひとがすめるわけでもないはるか地のはての崑崙とやらに、こうもむちゅうになるのは、まったくふしぎなことです。はなしがすこしたいくつになったので、あたしは尹伯達にもういちどせっぷんして、

「まってよ。西王母がびじんになったって、ほんと？　旦那さまは、西王母のところにわざ

わざいらしたというじゃないの」

「ふふふ。やっぱり、やいていたのか。旦那さまはね、昇仙した淮南王劉安をおいかけて崑崙までいったのだ。旦那さまは、軑国の太守をつとめながら、長沙王にことわりなしに淮南の東海郡をも領地にしていた。それが淮南王のくちから長沙王につたわった。そうこうするうちに淮南王は昇仙して崑崙の県圃にはいってしまった。神仙のみちをしんじない旦那さまは、淮南王がやまおくでまだ生きているとおもっておいかけたがみつからなかった。そこで西王母にあったのだ」

「ねえ、西王母がびじんになったって、ほんと？　東方朔は、あたしのことを西王母そっくりとかいってたわ」

「ああ。西王母はびじんにもなれるし、ざんばらがみのそれはそれはおそろしいばけものにもなれる。ともかく、旦那さまは、あんたそっくりの西王母にくどかれた。そして、巨霊を刺客として長沙王をあんさつし、みずから長沙王になってしまえとそそのかされた。さいわい、巨霊がぬすんできたぎょくじがあり、旦那さまを、つまり長沙宰相にして軑国侯たる朱秩を長沙王にめいずるというみことのりもぎぞうした。西王母は、この漢帝国のちつじょをめちゃくちゃにすることによろこびをおぼえていたらしい」

「そして、そのとおりになったのね」

「なった。しかし、おもわぬじゃまがはいった」

「わかったわ。東方朔ね」

「そうともいえる。しかし、東方朔はぬすまれたぎょくじをとりもどしに巨霊をおいかけてきただけだ。ほんとうのじゃまものは、東方朔をおいかけてきた祐さまだった」

「まあ、なんで祐さまが東方朔を……」

「東方朔にあいされ、すてられたからだ」

「なんですって？　東方朔は、おとこじゃないの」

「そのとおり。祐さまは、おんながきらいだった。じぶんのおふくろも、あんたも、きらいだった。あのぼうやのよろこびは、東方朔しかなかった。東方朔をおいかけて、崑崙にいく。そこで、たまたまあんたそっくりの西王母にあって、おやじのひみつをしった。おやじと巨霊が長沙にむかい、それをおって東方朔が長沙にむかったのをしって、ぼうやも長沙にむかった。くるまがはやいものだから、どこかで東方朔をおいこした。かえってみると、おふくろの死。そして、あんた……」

「でも、祐さまは、あたしをだいたわ」

「いや、へどのでるおもいで、あんたにだかれたのさ」

あたしは、もうものをいうちからもありませんでした。けっして、あいしているわけでも、ほれているわけでもない祐さまをゆうわくし、おもいのままにしたのは、あたしをみればおとこはかならずこころをうごかすという、あたしのほこりのためでした。そのほこりのゆえに、こうしていのちもたすかったとしんじていましたのに、あの祐さまが、へどのでるおもいであたしにだかれていたとは！　尹伯達のいうことには、うそがある、とあたしはおもいましたが、つぎのしゅんかん、もしかすると、このおとこも、へどのでるおもいであたしをだいているのかもしれないと、せんりつしたのです。

「あんたはぼうやをゆうわくしたそのままのからだで、おやじとねた。そして、ぼうやを売ってわがいのちをながらえようとした。はたして、おやじは、おこってせがれのへやにかけつけた。そこには、せがれと東方朔がいた。東方朔はにげた。おやこのこうろんで、おやじは、せがれが長沙王あんさつのいっけんをすべてしっているとわかった。おやじは、せがれをしめころした。その死体をベンツにのせてはこぼうとしているところへ、東方朔があらわれた。あいつは、巨霊をおいかけるのにベンツがほしかったんだ。ところで、巨霊は巨霊で、東方朔をやっつけようとこのあたりでうろうろしていたね。東方朔をねらったたまが、旦那さまにあたった。巨霊は、ベンツにとびのってにげた。東方朔は、リンカーンコンチネンタルにとびのっておいかけた」

「やっぱり、旦那さまも祐さまも、なくなられていたのね……」

あたしは、やっとのおもいでこうつぶやきました。このおとこのいうことは、すべてつじつまがあうのですが、なにかしら、ばかでかいうそのなかにつつまれているようなきもします。

「それで、おふたりのおなきがらは、どうなったの」

「わッハッハッハ！」

尹伯達は、いきなりとびおきて哄笑しました。あまりわらうので、あたしもおきあがりました。

「馬王堆だよ。奥さまのひつぎをうめたあのあなのそこに、なかよくうめたよ。おれがおやこをうめてから、よくじつ奥さまの槨室（かくしつ）をいそいでいれさせたのだ。ふうふ、おやこ、さんにん、馬王堆のあなのそこだ。これで、朱家はおれのものになった」

旦那さまと祐さまのおなきがらが、奥さまのそれにさきんじて馬王堆にうめられていたとは！　それにしても、奥さまの槨室のあのものものしさにくらべて、おやこおふたりのおなきがらは、尹伯達のてによって、ちいさなあなのなかにおしこめられ、じかにつちをかけられているのです。儒家の法、神仙のみちどころではない、なんのそうぎもないままに、おとこふたりはつちにかえっていたのです。あのおやこは、あたしをあいしていた、それゆえに、おふたりともいのちをおとしたのだ、とあたしはじぶんにいいきかせました。でも、あたしがあいしているのはこのひとなんだわ、このひととあたしは生きのこり、おもうぞんぶん、あいしあえるんだわ、とあたしはかんがえました。

尹伯達にひしとばかりすがりつこうとしたとき、あたしは、あたしのからだが、あしのほうからうえにむかって、じょじょになえていくのをかんじました。おそろしさにたえかねて、このおとこのくびにうでをまわしますと、おとこは、そのうでをほどいてもうしました。

「おまえは、馬王堆のはかあなにうめられた女俑なのだよ」

さけぼうとしても、すでに女俑になったあたしには、こえというものはありませんでした。

耀変〈ようへん〉

一

駅の近くに窯をひらいて十数年という老いた陶匠が耀変天目茶盌を焼成したとの噂が立った。

その茶盌を見せてもらいに陶匠を訪ねようと思いながら、この地には珍しい先日の台風で荒れた庭の手入れなどにうそうそと日を過しているうち初雪が降った。

ヴェランダの籐椅子から硝子戸ごしに七竈の鮮やかな朱紅の果に降りかかる雪をながめていると、天目茶盌の噂などあり得べからざることのように思われる。

事のおこりは、こうだった。

台風の翌々日であったか、この駅から汽車で三十分足らずのS市へ出たついでに、ふらり磁雅堂に立ち寄ったところ、主が店先に茶をすすめながらこう言ったのである。

「篠崎先生が天目をおつくりになったそうですな」

「木葉(このは)か。前にもつくられたさ。俺も一つ買った」

「いえ、木葉ではありませんよ。耀変、耀変だそうです」

「耀変だって？　まさか。篠崎さんがそう言われたのかい」

磁雅堂がことさら秘密めかしくにじり寄って来たとき、夫婦づれの客があり、小僧も使いに出て留守だったため、品定めの相手に暇どった。夫婦づれが青磁鳳凰耳瓶を婚礼の進物かなんぞに誂えて出ていくと、今度は客を送り出した戸口から大声で、

「篠崎先生とは、もうかれこれ半年もお会いしてませんですよ。曾根君から聞いたのです。ついさっきまいりましてね」

「曾根君が言ったのなら間違いはなさそうだ。奇蹟だね。耀変とはなあ」

「それが一つ、おかしいんですよ」と磁雅堂は椅子にもどって、蓄妾の才もあるその白いむっちりした指に煙草をはさんだ。「曾根君も、肝腎のその耀変は見ていないのです。ただ、昨日の朝、篠崎先生が、耀変ができたぞ、できたぞ、と狂ったように叫んでいた、そのくせ、曾根君にも見せてくれないのですって」

「ふうん」

「来月早々に、篠崎先生の近作展がありますでしょう？　それに出品するまでは誰にも見せないとおっしゃったそうですが、じつのところ今月末に上京して、鷲見(すみ)先生の鑑定を仰ぐとかいうことでした」

「俺にも見せてくれないのかな」

「さあて。ま、おねだりしに伺ったらいかがです」

そんな会話を交わして帰ってから、まだ篠崎仁志の北望窯を訪れていないのである。

現代において、耀変天目茶盌を焼成することは可能であろうか。――篠崎仁志が、そのかみ満洲支那の窯址を踏査し、天目茶盌を新たに蘇らせようとひそかに志を立ててから久しい。木葉と玳皮盞は成功し、わけても名器の声が高かった木葉天目茶盌は、磁雅堂にも語った通りの顚末になったが、耀変ばかりは、いかに篠崎といえども焼成はまず不可能ではあるまいか。老いた陶匠の執念が、或る一転瞬のうちに耀変を幻視し、あげくは思いもあえず、できたぞ、できたぞ、と口走らせたと覚しい。まことに焼成したのなら、それこそ狂喜して唯一の弟子である曾根青年に見せるはずではないか。

アイヌ語ではオンコと呼ばれる一位の老木が風害で無残に半ばから折れ、そればかりは手をつける気のないままに放置しておいたが、それにもむろん雪が積もり、無残さはかえってうすらいだ。初雪に心がおどるのは若者ばかりではあるまい。或る朝目がさめたら大地の汚穢がすべて蔽われている、それほどの革命は、初雪を措いて他にないのである。

さるにても、初雪を踏んで北望窯を訪れるのもよかろう。篠崎仁志とは、磁雅堂ではないが、かれこれ半年も会っていない。訪れて、陶匠が自ら耀変のことを言い出したなら、見せてくれとせがむもよし、口を噤んでいたなら、その幻視したものを頒ってもらうには及ばぬ。

そんな朝、磁雅堂からのにわかの電話で、篠崎仁志が上京中に急死したことを告げられたのである。磁雅堂につづいて、北望窯の曾根からも同じ電話があった。曾根は泣いていた。初雪を踏んで、北望窯にかけつける。亡骸もない北望窯の暗い土間に数人が茫然と立っていた。

六十五歳の篠崎が北望窯に伴っていたのは五十を半ば過ぎた愛人であった。夫人は、岐阜に在る本宅に残り、この地へは一度も来ていない。夫人とのあいだに子息が二三いるはずだが、これも北望窯は知らない。陶匠は、妻子を棄てた男であった。

愛人とはいえ、北望窯にある限り「奥さん」と呼ばれていたそのひとは、木綿を晒したような白い顔に涙ひとつ浮かべるでなく弔問客に応対していた。応対のあいまに、東京から頻りにかかる電話に出ていたが、どうやら篠崎が耀変の鑑定を請うた鷲見勇造その人が相手であるらしかった。

急死といっても、それは事故死であった。酒をふるまわれて鷲見邸を辞しての帰路、国電山手線原宿駅近くの線路をはるか下にみおろす土手から酔いのため転落、頭部を強打したのだというが、線路脇の側溝に落ちたため、轢断は免れた。ところで、その地点は、鷲見邸からは程遠く、また陶匠の宿への帰路にもなかった。

電話が度重なるにつれ、篠崎仁志の亡骸は北望窯には帰らないことが判然とした。岐阜の本宅に帰る、葬儀も、愛人はもとより、北望窯の関係者の出席はすべてお断りする、というのが本宅の主張であるらしかった。

「篠崎さんが愛していたのは、この北望窯と冨士子さん、あなたですよ。鷲見さんだって、そのことはよくご存知のはずだ。岐阜を説得しなければならんお立場なのに、なんでも岐阜の言うままとは、けしからんじゃないか」

こう言ったのは、S市では名の通っている醸造会社の社長の川端で、篠崎の作品の蒐集家である。篠崎がこの地に北望窯をひらいたのも、この男の斡旋があったからだと聞いたことがある。篠崎の愛人の名が冨士子というのは、いまはじめて聞くことであった。

「十六年も篠崎と暮らすことができまして、私は幸せでございました。篠崎の亡骸は、岐阜のお望み通り、あちらにお返しすべきだと思います。ただ、篠崎と最期のお別れができないのが心残りで……」

と、冨士子はここではじめて涙をこぼした。土間に立っていた曾根も烈しく泣いた。その狷介な性格のゆえに弟子が居つかなかった篠崎のもとでただ一人、十年ものあいだ事えた曾根は、師のひたむきな狂信的な情熱をすべて承け継いでいたが、積丹の漁師の伜が陶芸の道に入っただけに、曾根の号泣は荒々しく、土間のあちこちの棚に並んだ素焼の壺をも震わせるかと思われた。

やがて、冨士子は涙を拭い、背筋をしゃんと立てて白いおぼろな横顔を暗い土間に向けた。

「曾根、泣くのはおよし。お前はいますぐ発って東京に行くのです。そして、鷲見先生にお願いして、先生にお別れしておいで。岐阜にお帰りにならないうちに。何とかお前の着くまでは待っていただくよう、鷲見先生にお願いしてみましょう」

「曾根君、それがいい。君はすぐ仕度をしなさい。鷲見さんには僕からもお願いしよう。せめてそれぐらいの努力はしていただいてもいいだろう」

と川端社長は言うと、富裕な陶芸蒐集家の威厳をもって、その場で東京の鷲見勇造を呼び出した。陶磁史研究家として、また実際の陶磁鑑定家として甚だ高名なこの芸術院会員を電話口に呼び出すには時間がかかったが、川端と冨士子の懇望には理解を示し、岐阜の本宅の夫人及び子息はすでに上京して、検視その他警察の取調べがすみ次第、篠崎の亡骸を運ぶと言っているが、曾根君の到着までなんとか時を稼いでみよう、ついては曾根君は僕の内弟子ということにして篠崎に会わせるから、くれぐれも北望窯の者だと悟らせないようにしてもらいたい、とのことだった。とはいえ、曾根が鷲見勇造の注文通りにうまく演技できるかどうか、それは怪しいものだった。

ともあれ、曾根はいま着ている黒のセーターの上にくたびれた上着をひっかけ、冨士子や弔問客への挨拶もそこそこに土間を突っ切った。

「待ち給え」と、川端社長が何がしかの札を曾根のポケットに押しこみ、「飛行機で行くんだよ」とその肩を叩いた。鷲見邸には篠崎が鑑定を依頼したくだんの耀変天目茶盌があるに違いない。篠崎の最後の傑作であるからには、鷲見の鑑定のいかんを問わず、それは北望窯に帰るべきではあるまいか。そこで、曾根に、耀変を持ち帰るようにと指示を与えた。

曾根はあくる日の午ごろもどった。鷲見の指定した渋谷警察署に着いたのが昨日の午後二時、篠崎の遺体が岐阜に運ばれたあとであった。鷲見勇造も見えない。東京の地理に不案内な曾根が祐天寺の鷲見邸を探しあてたのが夕刻、国立博物館での恒例の陶磁研究会に出席しているとかで強引にその帰宅までねばり、深更ようやく酒気を帯びてもどった鷲見勇造を問詰したところ、岐阜側が急ぐので引き留められなかったとお座なりの弁明、どうやら曾根のために手を尽くした風もないようであったという。のみならず、たまたま来訪を受けたばかりに、その帰途に事故死した篠崎仁志の警察での始末をさせられたのは大いに迷惑であったかのごとき口吻であったと、曾根はまたもや泣きながら報告した。耀変天目茶盌については、鷲見は全く知らぬことと言い放ち、篠崎が持参したのは凡庸な禾目（のぎめ）天目茶盌であったとて、曾根も熟知のその近作を、蓋に篠崎の落款のある木箱ごと返して寄こしたとのことであった。

こうして、北望窯から、篠崎仁志が忽然と消え、また耀変天目茶盌の噂も消えた。

二

この臨安（りんあん）にも、忽必烈（フビライ）の率いる蒙古の大軍が攻めてくる気配である。

すでに百余年もの昔、宋（そう）朝を南遷せしめた女真（ジュルチン）人の金（きん）朝も、窩闊台（オゴタイ）によって潰滅、蒙古の境域はわが中原の地に深く入りこんでいた。窩闊台から貴由を経て蒙哥が汗に即くや、蒙古帝国は一斉に南攻を開始し、湖北の鄂州は忽必烈によって包囲された。その蒙哥も死んで忽必烈が即位すると、国号を元と定め、夷狄王朝はわが宋朝を一ト呑みにせんとしているのだった。

鄂州守備の任にあった右丞相兼枢密使の賈似道は、昔日の狼のごとき覇者成吉思汗の直孫である忽必烈をおそれて、勅許をも得ずに、蒙古への臣従を条件とした講和を申し入れ、一方では鄂州での戦いは勝利であったと上奏したものである。かくては、以後の宋朝の蒙古人への対応はことごとく忽必烈の怒りを買い、臨安攻略はもはや時間の問題といえた。

とはいえ、ここ首都臨安の繁栄ぶりは、そのかみの北宋の首都汴京のそれをはるかに凌ぎ、城内の瓦子勾欄に群なす人の波はひきもきらず、北辺からしのび寄る夷狄の脅威はどこにも影を落としていないかに見えた。

まして今日は中秋の翌日、銭塘江を浙江潮と呼ばれるくだんの海嘯が逆流する日である。中秋の名月に歓楽をつくした人々が上下を問わず観潮の宴に流れる。廟子頭から六和塔に至る川沿いの家並は、観潮の人々のための賃貸しの席を提供し、貴顕の車馬が紛々としてそこを目指すのである。もっとも、浙江潮が最大の規模を呈するのは十八日、今日あたりは、だから観潮の群衆あての見世物や店舗が盛り場に櫛比し、呼びこみの声も耳を聾せんばかりである。

影絵芝居がある、人形劇がある、蹴毬がある、水芸がある、女相撲がある、蛇使いがある、闘牛闘鶏闘虫がある、爪あげがある、雑劇がある、講談がある、……それにありとあらゆる食べもの屋の屋台がある。雑踏に身を委せて歩いていると、講談師として近ごろとみに売り出している陳一飛が、三蔵法師の西天取経の故事をおもしろおかしく語っているのが見える。勾欄の中ではなく、往来からも見聞できるように葦簀囲いの席を設らえ、幼童どもを相手に語っているのだが、猴行者とやら名のる猿公が三蔵法師の弟子になったとか、三蔵法師がその猿公に西王母の蟠桃を盗んで来いと唆かしたとか、まことにもって面妖な話であるらしかった。

さてもこれから参内して、城内の民情をば上聞に達し、忽必烈の進攻にそなえるの議に与ることになっているのだが、陛下の心は蒙古兵よりも今宵からの観潮の宴に在ること疑いもなく、かくては賈似道のごとき漢奸の意のままになるであろうこと明らかであった。

陳一飛の講談の小屋を過ぎると、促織の闘技を見せる屋台にまたも幼童たちがたかっており、その屋台の蔭の地べたに古ぼけた陶磁の茶盌や壺を二つ三つ並べてひさぐ老翁が蹲っていた。珍しくもない商いに、そのまま通り過ぎようとしたところで、やおら顔をあげた老翁の牡蠣のように濁った目に呼びとめられた。

「何だ。壺か。壺なら要らぬ」

と言うと、老翁は黄ばんだ髯をしごきながら、

「壺ではない。茶盌を見られよ」

とて、一個の黒い茶盌をふるえる指先で示した。何の変哲もない無愛想な茶盌だと思って立ち去ろうとした時、その茶盌の内側にキラリ輝く星宿がこぼれたかに見えた。

腰をかがめてのぞきこむと、掌中に収まる茶盌の内部は、満天の星が互(かた)みにまたたき互みに消える夜半の蒼穹となった。……

「どうだ。ただの茶盌ではあるまい。この茶盌、名づけて耀変というのだが、貴人の所持すべき逸品だとは思わぬか」

「うむ」

その茶盌を手にしようとすると、

「待たれよ」

とて老いた指先に制止された。老翁のわずかな指の動きにも、見込(みこみ)に点綴(てんてつ)された神秘的な星宿が明滅する。

「そなたは天子に仕える身であろう。これを天子に捧げられよ。金(かね)は要らぬ」

老翁の言葉に嘘はあるまい。しかし、瓦子(さかりば)の一隅の路上でひさぐ得体の知れぬ茶盌をば陛下への献上の品とできるものかどうか。

「耀変とやらいうこの茶盌、どこでつくられたものなのか」

「建窯(けんよう)よ」

「はて聞かぬ窯（かま）だな。宮中の御用は修内司（しゅうないし）官窯に郊壇窯（こうだんよう）、それに龍泉窯（りゅうせんよう）などと決まっている。定窯（ていよう）、汝窯（じょよう）、鈞窯（きんよう）などもすぐれた陶磁の産地であったが、この時世では蒙古兵に踏みにじられていることであろう」

「龍泉窯よりさらに南、閩（びん）の山中にある。そこから山道を経て天目山に運ばれた耀変はいくつもあるというのに、天目山からさして遠からぬ都の貴人たちが知らぬとは異なことだな」

「天目山に運ぶとは、またどうしたことだ。ここ臨安に持って来たほうが商いになるであろうに」

　老翁は呟くように答えた。

「日本人じゃよ。天目山の禅源寺、昭明寺などに学ぶ日本からの留学僧が殊のほか耀変を好むのでな。耀変ばかりではない、建窯でつくられる油滴（ゆてき）と称する逸品も、あらかた天目山の日本人僧が購うておる」

　日本人か——たしかに、近ごろ日本人禅僧が天目山の諸寺にあまた留学しているとは聞いていた。しかし、彼等が、仏典のたぐいだけならいざ知らず、臨安にも稀な陶磁の名品を帰国に際して持ちかえるのは許せぬではないか。よろしい、その建窯とやらを官窯にし、そこでの産はことごとく朝廷が買いあげることにしなければならぬ。

「よろしい。この耀変、確かに陛下へ献上しよう。ところで、建窯には、このたぐいの逸品はまだあろうな」

「それが、ない。これが、儂の焼いた最後の耀変だ。これほどのものが今度いつできるものやら、儂にもわからぬのだ」

「日本人のためには数知れずつくっても、陛下のためにはつくれぬと言うのか」

「いやいや」と老翁は濁った目を閉じた。地面に胡坐したその股ぐらに、枯燥たる両の手がしっかと把握した耀変がある。いくつもの星紋と、その星紋の周囲に淡くひろがる虹色の光彩とが妖しく点滅した。

「耀変をつくる秘法は、」

と老翁は語り継いだが、声は低くこもっている。おまけに促織の闘技を見せる屋台に群がった幼童たちが歓声をあげ、けたたましくしゃべり始めた。どうやら勝負があったらしい。もっとも、こんな喧騒は、中秋から観潮にかけての臨安の瓦子では珍しくもない。夥しい通行人は路傍に胡坐する老いた物売と、値切るのに熱中しているかに見えるであろう買手とのやりとりに目を止めたりはしない。そんな光景は、至るところで見られるからである。

「その秘法は儂のものだ。誰も知らぬし、誰にも教えぬ。しかし、その秘法あればとて、常に耀変ができるとは限らぬのだ。耀変とはな、もともと窯変というて、窯の中で焼いているあいだに儂等にも図りがたい変化が表面に生じることなのじゃ。釉薬の成分、窯の温度、すべては儂の秘法のままだが、儂にも予り知らぬ偶然が窯変をもたらすのだ」

「言い遁れを申すな。すぐに建窯とやらにひき返し、この耀変をつくってくれ。官窯として、思うままの手当と保護を与えよう。だから、日本人の手には渡すなよ」

老翁は、はじめて頷いたようであった。さるにても、この老翁が、それほどの秘法を体得しながら、わずか一個の耀変茶盌を携えて上京し、雑踏の中に蹲っていたのは何故であろうか。まこと献上したいのなら、然るべき官署を訪なえばよいものを、見ず知らずの通行人の群れの中から、天子側近を見分けようとするのは、甚だ胡乱ではあるまいか。とはいえ、この老翁、たしかに目指す天子側近を猜てたのである。そこに、賭けてもよい。

「では、その耀変、俺が受けとる。今宵参内して陛下に捧げよう。三月後、必ず建窯に行く。信じてくれるな」

「信じる」

と、老いた陶匠は答え、股ぐらに抱えこんだ茶盌をさし出した。受け取らんとする刹那、老翁のふるえる腕に一閃の力がほとばしって、耀変は地面に叩きつけられ、同時にからだが揺らめいて前に倒れた。思わぬ発作による椿事かとそのからだを抱きとめようとした瞬間、老いさらばえてあらゆる蝶番がばらばらになったかに見える老翁は目くるめく速さで立ちあがり、忽ち走り去った。

何ということだ、こちらの金を騙し取ったわけでもないのに——と思ううちにハッとして懐を探ると、見事、嚢中の金子は一文のこらず掏られている。新手の掏児であったかと苦笑するには、盗られた高は大きかった。あんな老いぼれに、と追いかける気もなくして茫然と立っていると、足もとに散乱した茶盌の破片が、そこここでおのがじしくだんの星紋を煌めかせた。その二つ三つ、やや大きめのを拾って掌に載せる。形を成していたものが瞬時に毀たれた無残さはいかんともしがたいが、しかし、蒼穹から解き放たれた星宿の一つ一つが新たなる小宇宙となって掌中に在る。

いままで見たこともない神秘的な茶盌を罠としての老いた掏児――いや、あの老翁は果してただの掏児なのであろうか。耀変をつくりあげる秘法を手にした建窯の陶匠が、なんらかの目的で禁裏の人物を建窯におびき寄せるための盗みではなかったか。

陶片を掌中に弄びながらその場を離れると、夕刻の雑踏はますます喧しく、人の流れは一様に銭塘江をめざしていた。

三

八月十八日、当今陛下のおなりに扈従して六和塔に赴く。十六日の宵に始まる観潮の宴は、この日をもって殷賑の極に達するが、禁裏においてもそれは同じこと、二夕夜にわたる徹宵の宴も、この日の明けやらぬうちに臨安を出て、銭塘江を眼下にのぞむ六和塔への行列となった。

陛下が皇后陛下、皇弟殿下、寵妃の徐貴妃及び蔡夫人などを従えて六和塔上の玉座に就かれるや、江辺に整列した水軍が一斉に鬨の声をあげ、水軍の列の果て、銭塘江の畔にひしめいた民衆がそれに和した。塔内にひかえた雅楽隊が「聖寿永」を奏し、ここに宴は始まる。御酒を下される前の水果や蜜煎などが次々と運ばれ、それに合わせての茗茶が進ぜられる。

観潮の宴は、今年で終わるかも知れぬ、という気持が誰の胸にもひそんでいるのであろう、わけても殊のほか麗わしい陛下の御様子には、不安の影がほのかな星宿のように、ちらとまたたくことがあった。

賈似道は蒙古に国を売ろうとしている。しかし、目下のところその権勢を抑える者はおらぬ。彼は、陛下よりも皇弟殿下にしばしば話しかける。皇太子のない陛下の不安はこの皇弟殿下すなわち栄王に在り、いずれ賈似道は、栄王か、あるいは栄王の王子たる忠王を皇太子に推挙するであろう。忽必烈の思うままにわが宋朝が自滅することはもはや明らかであった。

徐貴紀を視つめる。皇后陛下よりやや退った席に座を占めているが、陛下最愛の妃である威厳をもって陛下との会話に興じている。徐貴妃となる前のあの女との愛欲の日々が蘇った。……

徐貴妃の秀麗な横顔のさきに銭塘江のゆるやかな流れがかすんでいる。塔上も塔下も、等しく喧騒につつまれ、あたかも臨安の瓦子のごときさまを呈し、雅楽の音もかき消されんばかりだが、ある瞬間、ひたひたと沈黙の波がただよいはじめ、人々の目は江上の一点に注がれた。と、はるか東のほうから、地をどよもす不気味な音が腹の底へとつたわってくる。

十六日の宵も、昨日の朝も、この種の音は聞いた。しかし、今日の音は、いままでついぞ聞いたこともない深い巨きな音である。それは果たして、浙江潮の魁の音なのか、それとも蒙古の大軍の、流沙を駆け抜けてきた車馬の音なのか。いま忽必烈が臨安を襲ったら、宴に連なる朝野のもの悉く破滅にころがり落ちるに違いない。この思いは誰しも同じと見えて、不安な静寂が天地を領した。

その音は、しかし、蒙古来襲の音ではなかった。海嘯の白い帯が、銭塘江のはるか下流にまぼろしのように見えはじめ、しかもその帯は常になく幅広に江上を覆っていたからである。これこそ、浙江潮であった。

そもそも、浙江潮とは、銭塘江のみに見られる奇観であり、中秋の名月に牽引されたかのごとき海水が、銭塘江の真水を嚙んで、その流れに烈しく逆らいながら上流へと遡る。真水の流れに乗りあげた海水は、およそ数尺から十尺ほどの壁をなし、その壁が遡上する速さは、駿足の馬の疾駆すら及ばない。かような海嘯が年にただ一度、中秋のあくる日から三日にわたって発生するとは、天の造化の妙というもおろかであった。もとより、年によって海嘯の規模に出入りはある。それにしても、いまし六和塔めがけて遡上する海嘯の壁の高さは、遠目でも十数尺はあろうと思われる。江の両岸を濯う力はさらでだに巨きいのに、今日の浙江潮は、両岸に群がる見物の民衆はもとより、民家や、いやこの六和塔までも剰さず浚ってしまうのではないか。蒙古が手を下さずとも、それを以て歓楽とする浙江潮がわが宋をば滅ぼすのではないか。

海嘯の音は、次第に耳を聾せんばかりになった。水の壁は、近づくほどに未曾有の高さであることがよくわかる。それでも、六和塔まではかなりの距たりがあり、頃おいもよく、塔上の宴席には御酒と珍味の皿が下された。六和塔の直下を浙江潮が通過するとき、陛下が盃を傾けられ、一同それに和するのである。

と、海嘯の壁が及んだ地点で椿事が起こった。数隻の小舟が壁に向かって漕ぎ出して、もろとも壁に呑みこまれたのである。毎年の観潮には、きまって威勢のよい臨安の若衆たちが小舟で壁に挑みその成否に金子（きんす）を賭ける悪習があって、朝廷ではそれを禁じていたのだが、この二三年なかったものを、今年はまた異常に高い壁に向かってむざむざ命を落とした無法者があらわれたのだった。十人ばかりを乗せた小舟が次々と海嘯に呑みこまれたとき、陛下のうしろ姿が傾いて、顔を伏せた徐貴妃の肩を抱いた。徐貴妃の白いうなじがおぼろな春の月のように、ちらと見えた。

あの耀変茶盌が思い出された。漆黒の地に点滅する淡い星紋は、聖上の腕にくずれたあの女体の美しさに如（し）かないのであろうか。懐中をさぐると、陶片が手に触れる。この堅さ、このひややかさは、たしかに女体には及ばない。しかし、この一片の茶盌のかけらには、いままでついぞ知らなかった物そのものの頑固な永遠性がひそんでいるように思われる。

女体の本質は、水である、とそのとき思いついた。絶えまなく流れる。時には静かに、しかし時にはこの浙江潮のように劇しく流れる。いましも数十人の男たちの命を奪い去って、上流へ駆け抜ける浙江潮は、徐貴妃のからだそのものではあるまいか。陛下の寵をほしいままにするまでに、徐貴妃が奪った男の命は数知れない。

建窯へ行こう、そしてあの老いた陶匠から耀変茶盌をあまた買い入れるのだ。とはいえ、堅くひややかな陶器は、果たして物そのものの頑固な永遠性を持しているのであろうか。いかなる名器であっても、蒙古来襲を目前にした臨安においては、それはたちまち脆く壊れる。徐貴妃もまた、臨安を去らぬ限り蒙古兵どもに蹂躪されるであろう。その時、もしかすると、耀変茶盌と徐貴妃の脆さは秤にかけられるのだ。建窯へ行こう……

するうちにも、浙江潮は六和塔の真下にまで迫っていた。海嘯の音は、江上から、また地底から湧いて天地を重苦しく轟し、江辺に整列した水軍は一斉に、動く水の壁に向かって矢を放った。数十人の男の命を呑んだ壁のすさまじさは、人々からいましがたの悲劇の記憶さえ奪い去って、岸辺の土砂を難なくつき崩しつつ遡る。

ついに、それが来た。そして、過ぎた。陛下の手が盃を執る。その乾杯に一同が和した時、久しく見たこともない規模の浙江潮への賛嘆の念は、蒙古軍への恐怖と入り混じっていたことを誰しもが感じたに違いなかった。あとは酔い痴れるほかはない。

御酒が次々に下される。十五盞(さん)下されて、一盞ごとに二種の料理が出る。まして観潮の宴は無礼講、賈似道のごときはもはや大声で栄王に話しかけ、栄王の席のあたりにどっと哄笑が爆けた。陛下は故らに賈似道を無視し徐貴妃を擁している。皇后陛下と蔡夫人が手持ちぶさたに料理をつつく。

浙江潮は、六和塔の直下を過ぎると、ここから東南に折れる流れに沿うて、やや勢いを減じながらも遡上する。この曲り角から上はその名も富春江とかわるのだが、建窯に行くには、富春江を船で遡り、さらにその上流の衢江をたどって衢県に至り、そこから閩へ通じる山道を行けばよい。かの老翁が言っていた建窯から天目山への路程を逆行することだ。

隣席の李如崗が酒盃をあげたまま話しかけてきた。

「明日も知れぬ風雲だというのに、三日つづきのこの酒宴だ。遷都の議はどうする。明日にも決めなければならんぞ」

「慶元府への遷都なら急ぐには及ばんだろう。臨安の民衆も、中秋以来の歓楽に酔うている。あわてて人心を乱すのはよくないと思うが」

すると、同じ卓の韓仲通が、

「誰しもこの歓楽から醒めたくはないものだ。しかし、遷都の議は急がずばなるまい。それと皇太子冊立の一件だ」

「慶元府への遷都は意味がない。それぐらいなら、臨安の守りを固めたほうがよい。それより、思い切って閩の海岸がよいのではないか。例えば泉州なら、海外交易で富んでいる。俺は思うところあって、閩を視察してこようと考えているのだ」

「泉州か。うむ……」

李如崗と韓仲通は考えこんだが、慶元府にしろ、泉州にしろ、忽必烈に圧されて南へ南へと遷都しても、行きつく果てに亡国の二字が見えているという思いだけは同じだった。どうせなら、この臨安で果てたほうがよい、という捨鉢な気持が、遷都を論じる情熱を喪わせている。情熱はいまや、耀変茶盌と徐貴妃の美、いやその脆さを量ることに向かっている。とすれば、泉州遷都のための準備として閩へ視察に赴くという思いつきは悪いものではなかった。

浙江潮が遠ざかり、第三盞の御酒が下されると琵琶は「憶吹簫」を奏し、料理は羊舌簽と萌芽肚胘となった。あたりのさんざめきに埋もれて、李如崗が低く言った。

「よし、やってみよう。お主は閩へ行け。俺は皇太子冊立の件を考える」

「忠王殿下ではいかん。かといって、栄王殿下もまずい。ところで、徐貴妃ご懐任のことは知っているか」

と韓仲通がささやいた。

徐貴妃が懐任したと？　思わず胸がさわいだ。目をあげて、江上をながめる風情で徐貴妃を視る。陛下の肩になかば隠れていたそのひとの横顔がふと動いて、視線が合した。

四

侍者に門下中書侍郎の裴良弼と中書検正の馮倚それに三人の小者だけを伴い、泉州から陸路北上して閩江を渡った。ここから建窯の所在地建陽県までは閩江の北源である建渓に沿うて谷間の道を行かなければならない。この道は臨安から泉州に至る要路として本朝とくにひらけたが、夏には日射病にかかる行路の者が多く、ために百余年もの昔、まだ臨安遷都以前の北宋の御代に三十三万余株もの刺桐を街路樹として種えた。

臨安を発ったのが観潮の宴から十日後の八月末、来るべき遷都に備えて慶元府とそれに福建路すなわち閩の二つの要港である福州及び泉州とを視察する旅は、六和塔での李如崗、韓仲通とのひそかな談合のまま隠密裡に企てられた。賈似道あたりに洩れたらひとたまりもなく蒙古軍に内通してしまうことだろう。茶人の陛下には、それとなく建窯産名器のことをほのめかし、官窯にするための内輪の視察と奏して勅許をとりつけ、臨安から海路福州へ下った。このいわば大義のための旅は、図らずも、陛下に奏したいわば口実を生かすための旅となったのである。

銭塘江を下り外洋の東海へ出るまでに舟山群島の無慮数百の島嶼をくぐる。そこから両浙路と福建路の海岸線に沿うて一気に福州へ下ったのだが、この海岸線沿いに点在する島もまた夥しく、いずれも海賊の跳梁跋扈するにふさわしい地形であった。

閩江の河口深く位置する福州は、背後に山地をひかえた天然の良港ではあるけれども、万一にも蒙古が水軍をもって海から攻めて来たら袋の鼠、都たるにふさわしくない。そこで福州を早々に引きあげて、再び海路泉州へ向かった。

泉州港の活況は聞きしにまさるものであった。わが戎克（ジャンク）はもとよりのこと、大食（アラブ）、波斯（ペルシャ）、天竺（インド）をはじめ遠く埃及（エジプト）からの船が舳（へさき）を列ね、檣（ほばしら）を並べ港内に停船していた。それらの船は忙（せわ）しげに交易の品々の積み下ろしをし、波止場には算（かぞ）えきれぬほどの紅毛の異人たちが往き来していた。

港はひろく遠くまで見はるかすことが可能であり、福州のあのせせこましさはない。都たるに立地条件は臨安より優っているかも知れない。

泉州においては、中央直轄の交易をつかさどる福州路市舶司（しはくし）の石瑜（せきゆ）が当方一行の接待にあたった。

石瑜の案内にて泉州城内に至れば、異国かと見紛うばかりの異人の氾濫、わけてもその南部は蕃坊（ばんぼう）と称する回回（ホイホイ）の居住区で、回回の寺院や尖塔が林立し、それらの壁面一杯に燦爛たる陶片をもって書きこんだ異形の文字による碑文はまことに奇怪であった。回回ばかりではない、天竺人による蕃仏（ヒンドゥー）寺院や土耳古（トルコ）人による景（ネストル）教碑など、城内の主な建造物はことごとく異人の手に成っていた。また、開元寺と称する寺院の西塔第四層に彫られた猿公（えてこう）の行者姿は、その肩に三蔵法師と覚しい僧形をいただいているところから、いつぞや臨安の瓦子で講談師の陳一飛が幼童相手に語っていた面妖な講談を思い起こさせた。長安から流沙の地を経て天竺に赴いた三蔵法師の話が、今度はその天竺から猿公の弟子を伴って海路泉州へもどったという次第なのであろう。三蔵法師その人の情熱もさることながら、法師の時代からすでに六百年余を閲した今日まで、法師の話を、荒誕なものへと移し変えても語り継ごうとするその情熱は、いったい何なのであろうか。

　泉州在住の異人の多くはすでに巨富を得てこの地に定着していた。富のためには故国にも還らず、なればこそ寺院や墓塋を建てて骨を埋めようという、その情熱もまた、不可解である。しかし、いまは彼ら異人のその情熱にすがるべきではあるまいか。泉州に遷都するとて外国貿易に手厚い保護を加え、その見返りに、蒙古水軍を防ぐための軍港建設と、背後からの騎馬車を防ぐための堅牢な城壁建設の費用を負担させる。どうせ北狄の蒙古が湿潤と炎暑の泉州に居すわるはずはない、その防備さえしておけば、ここを都とするのはたしかにわるい話ではなかった。とはいえ、勘定だかい異人たちが、果たして宋朝を戍るための莫大もない費を持つかどうか——。そのことは、石瑜に命じて彼と気ごころの知れた異人にそれとなく当たらせなければならない。そしてまた、異人の貿易に与えるべき手厚い保護について、これも石瑜に然るべき検討を命じなければならない。

　いったい、泉州に入る異人の船が持ってくる品物とは何か。龍脳、乳香、没薬、安息香、薔薇水、沈香、檳榔、椰子、胡椒、琉璃、猫児睛、象牙、瑇瑁など。そして泉州から異国へと運ばれるものは、絹帛、錦綺、磁器、漆器の類いである。磁器について石瑜に詳細をたずねると、ほとんどが龍泉窯産の青磁であった。龍泉窯といえば泉州からは建窯よりも更に遠い。にも拘わらず、異国の商人が争ってこれを買い集めるため、龍泉窯は日々に窯を増やしているという。

黒い厚地の陶器は来ないかと石瑜にたずねると、そんなものは異人の好みではないから見たこともないとの答えであった。建窯を知らぬかとたずねると、襲泉窯への道筋から山奥に入ったところにそんな名の窯ができたと聞くが、いずれ陬人のための茶盌でも焼いているのであろう、泉州には無用のものだと言った。かの耀変は、龍泉窯からの道筋とは逆に、山路を天目山へと北上し、そこで日本人にのみ購われているのである。そのことは、石瑜にも言わなかった。

泉州での一個月余の滞在は、ここへ遷都しようという自信を深めた。港内の造船所はすでに巨大なものであったが、水軍の増強をもくろんで更に拡げるべく指示を与えた。また、石瑜が異人の貿易商の二三にあたったところでは、抜け目なく算盤をはじいたのであろう、遷都に伴う軍港化や城壁の強化にも色よい返事であったという。それらの貿易商による招待宴も一再ならず、異人の歌妓を侍らせての夢のような歓楽が、徐貴妃の記憶をつかのまは失わせた。

建陽への旅は、石瑜のみならず侍者の大半にも、蒙古軍の陸路襲来にそなえての街道視察を名目とした。実際、泉州を軍港としても、水軍の苦手な蒙古軍がえらぶであろう攻撃路は臨安から泉州に通じるこの街道、その軍備は固めておかねばなるまい。かくて、侍者の大半は泉州にのこして各々の任務を与え、裴良弼と、馮倚と小者どもだけを従えて、官駕によって建陽へ向かったのである。すでに十一月になっていた。

この街道も、牛数頭に牽かせた太平車や驢馬の背に荷を積んだ商人などと頻繁にすれちがう。積荷はいずれも磁器と覚しいから、龍泉窯から泉州へ向かうのであろう。

泉州を出て五日目に建陽の町に着いた。ここもその名の通り窯が点在するが、あちこちたずねても耀変らしい黒釉の陶器を産する窯はない。最後にやっと、ここから更に東北へ向かう山道を数十里たどれば、そんな茶盌を焼く変人の老翁がいるらしいとの頼りない話を聞きこんだ。ただ、その山道は甚だ剣呑で、それも一年に一二度は驢馬をひいてのぼっていく物好きな商人がいると聞いた、とのことであった。

その物好きな商人とは、天目山の日本人留学僧の用を弁じているのではあるまいか。話はすべて、掏児に化したあの老翁のことばと符合する。官駕を乗りすて、こちらも驢馬をやとった。

行くほどに、山道は狭く急になる。時折、猫のひたいほどの斜面を耕す百姓家もあったが、五十里も行くと道は草におおわれ、この先に人家があろうとも思われぬ。まず馮倚が弱音を吐き、やがて裴良弼も引き返しましょうと言い出した。

驢馬から下りて草をかき分け道を探しているうちに、道ばたから下の渓流へとそそりたつ絶壁に足を踏みはずし転落した。

いくばくかの時間、気を失っていたとみえる。目がさめると、すでに紅葉も終わった山林の中に、紅葉もせず落葉もせずつややかな緑を見せる樹々をあまた見た。崖の上がどうなっているのか、渓流のほとりのやわらかい砂地で命をまぬがれたここからは、何も見えず、また何も聞こえなかった。

立ってみる。腰が少々痛むが怪我はない。崖を登る道を探ろうと、渓流沿いの砂地を上流へ歩くと、ほどなく、崖に小さな洞(ほこら)が穿たれているのが見えた。ふしぎなことに、十一月というのに洞の入口には名も知らぬ草花が咲き乱れていた。その花に誘われて、洞をくぐる……

五

昏(くら)く冷たい洞を這うようにしてくぐり抜けると、豁然(かつぜん)とひらけた村落の一角に出た。一望したところ、静かな山村で俗世から隔絶された武陵桃源の趣きがあるが、さりとて十戸余りの茅屋にはいずれも人の気配はなく、その奥の木立ちのあいだから、一トすじの灰いろの煙がゆらめきのぼるのが見えるばかりである。

この山村は、四囲を奥ふかい山でめぐらされた盆地にあり、道はいずれ今もぐって来た洞とは別途に拓けているのであろうけれども、外界との交通は、なかなかに不便であろうと察せられる。

茅屋をのぞくと、ことごとく無人、中に打ち棄てられたわずかの家財には、多年にわたる塵埃が積もり、梁や簷には蜘蛛が巣をめぐらせている。いつの頃か、村人が棄てた村、そしてその奥に立ちのぼる一トすじの煙――ここがくだんの老翁の謂う建窯であろうとの確信は、もはや動かぬものとなった。

木立ちを過ると、果たして、陶窯が一つ、茅屋が一つ見える。煙は、紛うことなく、この窯の煙突からのぼっている。近づくと、木立ちの更に向こうに見えがくれしていた山道が、にわかに湧き立った霧に紛れ、その白い闇が、窯にも足もとにもひそかに浸潤してきた。

「おい、爺さんよ、おるか。三月まえ、臨安で約束した者だ。耀変茶盌を買いに来たぞ」

不安にかられて大声で呼ばわると、霧が静かに流れて窯の焚口を消した。煙が出ている証拠に、焚口にのこる熾の丹いろが白い闇をへだててチラチラとゆらいだ。

返事がない。

また叫ぶ。

返事がない。

窯のまわりに見あたらぬので、傾きかけた茅屋の戸に手をかける。軋む戸をこじあけて中に身をすべりこませると、暗い屋内に呻き声が聞こえた。物蔭に身を寄せて窺ううち、屋内の様子が次第に目に判然としてきた。あきれるほどに屋内は散乱し、なかでも陶片がひどく散っている。そして、奥の木の寝床に横たわって呻いているのは、疑いもなく目指す老翁であった。

「おい、どうしたのだ。忘れたか。臨安での約束を果たしに来たぞ。あの時は、お前にみごと懐中のものを掏られてしまったが」

と言いつつ寝床に近づくほどに、老翁がからだのそこかしこに傷を負うているのが知れた。見れば、血痕は寝床の周辺にも付着している。

「どうした。しっかりしろ」

とて駆け寄ると、老翁ははじめて呻くのを止して、あの牡蠣（かき）のように濁った目を半ば開いた。

「覚えているか、俺を」

とたずねると、わずかに頷いて口を動かす。傷は、明らかに何者かの手によって負わされたもので、これだけの深手となれば、老翁の命も危うい。しかし、老翁は意外な力で袖を引いた。かすかな声が聞こえる。

「待っていた……。あんたは必ず……建窯に来ると……信じていた……。なればこそ……」

「掏児の一件は言うな。あれは、俺をここにおびき寄せるためだろう。それより、どうした、この傷は。すぐにも手当てをしてやらねばなるまい」

老翁がまたも袖を強く引いた。枕頭を離れるなというのである。

「耀変は……できた……。儂の秘法で……十数個の茶盌が……みごとにできた……」

「なに、十数個も、か」

「そうだ……十五か六……気に入ったものが……できたのだ。しかし……盗られてしまった……」

「盗られたと？　いつ、誰にだ」

「日本人に……やとわれた山賊に……違いない。窯から……耀変茶盌を出した……その日じゃった……。いきなり、頭を……殴られ……背中から……斬りつけられ……そのまま気を……失ったとみえる。……それから……何日たったものか……儂には……わからん」

しかし、窯にはまだ煖がくすぶっていたではないか。この老翁の言には、まだ怪しいところがある。一方、もし老翁の言う通りならば、盗賊は或いはまだ、そこらの霧の中を徘徊しているかも知れぬ。

「日本人が盗賊をやとってまでお前の耀変を奪うとは、まことにもって面妖な話。ここから天目山に運んだものを、意のままに購うことができるではないか」

「臨安が危ういとて……日本人僧はみな……帰国しようと……しているのだ。……それに……奴らは……あんたがこの建窯を……官窯にして……すべて買いあげようとしているのを……知っていた……」

「そんな莫迦(ばか)な……」

とて絶句する。建窯への旅の一件は、陛下にほのめかしただけで誰も知らない。李如崗と韓仲通は、泉州への遷都の準備のためとだけ心得ており、旅の侍者裴良弼と馮倚は、いずれ劣らぬ腹心の者。怪しいのは、もっぱら当の老翁に他ならない。さりとて、この深手は何としたものであろう。

老翁は、話をしているうちに力を得たのであろう、声がややしっかりしてきた。

「水を飲ませてくれ」

と、寝床の下なる甕(かめ)を指さした。持ちあげると空(から)である。

「待て。汲んできてやろう」

小屋を出ると、霧は霽(は)れていた。窯のまわりをうろついて古井戸を見つける。錆びついた滑車をまわして水を汲みあげる。その間も、目をあたりに油断なく配り、盗賊を警戒する。

霧は、木立ちの更に向こうにまだ低迷していたが、その方角、すなわち先刻くぐり抜けてきた洞とは逆の方角へと通う山道が、はるかの白い闇に紛れるのがよく見えた。この山道をたどれば、あの洞をくぐらずとも、天目山への街道に出られるに違いない。目を凝らすと、山道のかなた、白い闇の奥のほうで淡い影が動いたように思われる。しかしそれは、木の枝かなんぞが揺れただけかも知れなかった。

小屋にもどる。甕を支えて水を飲ませてやると、老翁はその狷介な顔にはじめて微笑をうかべた。

「耀変茶盌のうち、儂がいちばん……気に入った一個だけは、……しかし、あんたのために匿しておいた。……儂がいままでつくったうちで……おそらく最高の……傑作じゃろう。山賊どもも……それには気づかなかった……。あんたも、来た甲斐が……あったな」

「見せてくれ、どこだ」

驚喜して叫ぶと、老翁の微笑は、狡猾なうす笑いに変じた。

「待て。その前に……金子を積んでくれ。銀千貫……役人の使う銅貨は要らん。……銀千貫だぞ……」

銀千貫！　山道を踏みはずして崖下に転落、そのまま洞をくぐってきた身が、どうして銀千貫を帯びていようか。銀なら、千貫といわず二三千貫は侍者の小者たちに担がせてはいた。もとより、掏児にも早変わりするこの老翁から多量の耀変を買いつけて官窯とするための資金である。とはいえ、いまは、それがないのだ。そこで、ここに至った顚末を老翁に語るほかなかった。

「……そういうわけで、俺の侍者たち、必ずやここに来る。俺が転落した場所はわかっている。そこまで下れば、洞はすぐにも見つけられよう。銀千貫はおろか、二千貫も、爺さん、お前のものだ」

老翁は、傷ついた右手をあげて、かすかにそれを振った。

「建窯に来る道筋に……そんな洞は、ありはせぬ。……あんたも嘘をついて……儂の苦心の作物を……奪い盗ろうという肚だろう。その術には乗らんぞ。儂の耀変は……誰にもわからぬところに……匿してあるんじゃ。捜せるものなら……捜してみるがいい……」

一瞬、老翁への殺意が閃めいた。捜すといっても、たかだかこの茅屋、殺したところで、ひとりでそれを見つけるに何ほどのことがあろう。しかし、「そんな洞は、ありはせぬ」の一ト言が殺意を躓かせた。

「洞がないとは、痴けめ！　つい先刻、俺がくぐって来た。建陽の町から驢馬で山道を五六十里、そこで道を探しているうちに崖下に落ちたのだが、そこに穿たれた小さな洞こそ、お前の熟知の道筋であろうが」

すると、老翁は不思議なことを呟いた。

「そんな洞をくぐったならば、あんたのからだは腐ってしまうじゃろう」

中秋の翌日、臨安の瓦子で出遇って以来、この老翁には翻弄されつづけている。その怒りが爆けそうになるのだが、さりとて目指す耀変茶盌を手に入れぬことには、瀕死の老いぼれを殺めたところで如何ともできないのである。

「臨安でお前が俺から掏めとった金子とて、決して少なくなかったはずだ。しかし、そのことを俺は咎めようとは思わぬ。いましがたも、お前のために水を汲んでやった。傷の手当てもしてやりたい。そうこうするうちに、俺の侍者が、お前の望むままの銀を運んで来るだろう。さあ、見せてくれ」

ここで、思いもかけぬことが起こった。深手を負うているはずの老翁が、むっくりと寝床の上に起きあがったと見るや、目にもとまらぬ速さで一つ筋斗（とんぼがえり）を打って小屋の中ほど、陶片の散乱するまっただなかに直立したのである。

「ワッハッハッハ！」

と哄笑するその声は、喘ぎ喘ぎ語りつづけたあの負傷者の声とも思えない。

「うむ、またも一杯喰わされたか！　山賊だの、耀変茶盌だの、銀千貫だの、たぶらかしやがって！　俺をここまでおびき寄せたお前の本意は、いったい何だ！」

「耀変茶盌を売ることじゃよ」

「ところが、いまの俺には金子はない。ほどなく侍者どもが来ようが、万が一にも来なんだら、爺さん、俺と一緒に泉州まで来るがいい。そこで銀二千貫と引き換えようじゃないか」

「日本人にやとわれた山賊に襲われたことは本当じゃ。傷は深かったが、霊泉の水で癒えたのだよ。あんたの汲んでくれた、あの水で、な。――さてと、あんたの家来のご到着を待とうじゃないか。耀変は、そのとき、必ず渡す」

ここでも、老翁の言を聴かないわけにはいかなかった。霊泉の水とは、またもや面妖な言い草だが、どのみち、老翁を生かしておかなければ、耀変茶盌は手に入らぬのである。

それからいく日たったことか、三日とも五日とも十日ともつかぬ日が流れた。半ばは眠り、目がさめると老翁のさし出す霊泉の水を飲んだ、そのせいかして、飢えも渇きもおぼえない。ただ、常にひどい睡気に襲われていて、侍者どもを待つ意志すらも失っていた。

目ざめて、水を飲むと、

「侍者どもは、まだ来ぬか」

とたずね、老翁がまだだ、と答えるのを見とどけるや否や、また眠りに落ちていく。或いは、眠っているうちに侍者どもがやって来て、老翁に銀を奪われ殺されたのかも知れない。しかし、とすれば、眠っている男をも殺すであろう。眠りの底から這いあがろうともがく意志が、夢のなかに、無数の妄想を描いてみせた。

夢の中で、耀変茶盌を手にして、くだんの洞をくぐっていた。ふしぎなことに、侍者どもは、いない。銀千貫と言い張る老翁から銀なしで如何にこれを得たものやら、それはわからない。しかし、紛れもなく、覚えのあるあの細い洞を、背をかがめ這うように歩いているのである。

ついに、洞を出た。草花は、依然として洞の入口に咲き乱れている。

喜びのあまり、大きく背伸びしてみた。

その途端、手にしていた耀変茶盌がころがり落ちて、足もとの岩に中って砕けた……

六

上京したついでに醴泉堂文庫をのぞいてみようと、恵比寿駅からタクシーを走らせた。

醴泉堂とは、明治の大富豪鈴木男爵が私財を投じて建てた和漢籍図書館で、清代の蔵書家袁錫麒の旧蔵に係る漢籍数万冊を中心とする。和漢籍のみならず、鈴木男爵旧蔵の書画陶磁なども陳べられ、そのうちいくつかは、国宝あるいは重要文化財の指定を受けている。現在では、醴泉堂文庫は鈴木家から東京都に寄贈され、東京都立目黒図書館と名を改めているが、しかし通称は依然として醴泉堂である。

そこに足を向けたのは、他でもない、醴泉堂所蔵の国宝耀変天目茶盌をひさびさにながめてみたいためだった。

そもそも、わが国に耀変天目が将来されたのは鎌倉時代、南宋の首都臨安に近い天目山に留学した禅僧たちが宋磁の逸品である青磁とともに持ち帰った。もっとも、天目とは、耀変のみにとどまらず、油滴、玳皮、禾目、木葉など、つくられた窯にはかかわりなく天目山留学の禅僧が将来した茶盌に冠せられたわが国特有の名称であった。なかでも貴ばれたのは耀変天目で、かつてはかなりの数が将来されたと覚しいが、今日に遺るものはわずか四点、それはすなわち、わが国のみならず、世界に遺る数と等しい。もとより、この四点いずれも国宝として、有馬美術館、高槻八郎、大覚寺龍昇院、それに醴泉堂文庫に蔵せられている。有馬美術館所蔵のものは尾張徳川家伝来、作家高槻八郎所蔵のものは、酒匂家伝来と、それぞれ由緒が深いが、醴泉堂文庫蔵の耀変天目は、とくに島埜天目ともよばれる、島埜家伝来のもので、四点中の最高傑作といわれている。

この島埜天目、すなわち醴泉堂文庫所蔵の国宝耀変天目茶盌は、いままでに四度見たことがあった。いずれも醴泉堂の漢籍をしらべに来たついでであるが、北望窯の篠崎仁志のはなしに興をそそられ、南宋の福建路建窯に産した神秘的な茶盌に心を奪われていったのである。

篠崎仁志があんなことでにわかに死んでから、磁雅堂の主や川端社長ともども、篠崎の愛人冨士子と曾根をたすけて北望窯の整理と閉鎖のためにたちはたらいた。篠崎の遺作のすべては川端社長の斡旋で売りに出したが、もちろん傑作の散佚をおそれる川端がその大半を購った。自殺未遂までに嘆き悲しんだ曾根青年は、やや落ち着いてからこれも川端社長の斡旋でさる陶芸研究所につとめることになったが、のちに磁雅堂から聞いたところでは、賭けごとと酒に身をもちくずしているとのことであった。そしてさて冨士子は、北望窯をきれいに閉じたあげく、多治見なる縁者のもとへ身を寄せ、かくして北望窯のなごりは、窯址に亭々とそそり立つ煉瓦の煙突のみとなったのである。

篠崎仁志の死から、ほぼ半年たっていた。上京するその朝、ふしぎな夢を見た。どうやら、身は現福建省の山中にいるらしい。奇怪なのはその服装で、いつの時代とも知れぬ彼国の官服をまとっているのである。その姿で、山中の洞窟を腹這いになって歩いている。重苦しく胸を締めつけられる感じで、夢は次第に昧爽（まいそう）の現（うつつ）へとさめるのだが、重苦しさはからだをかな縛りにして、目ざめようとする奥の意志をしたたかに押さえつけた。そのまま呻き声を発したのが、現（うつつ）の領域に踏みこみかけたもう一人の己れに聞こえる。するうちに、洞窟から抜け出て思わず背伸びしたが、その途端、何やらが手から離れて、足もとの岩に中って砕けた。……

　ここで、目がさめたのである。手から離れて足もとで砕けたのは何であったのか。福建省の山中というのもいかにも胡乱だが、思い出す限りの福建省とは、十年ほど昔、香港から台北へと飛んだキャセイ・パシフィック機から、左手はるかにかすむ陸地が福建省であると思いつつ遠望した、その記憶のなかにしか存在しない。冬の台湾海峡上空はよく晴れていた。……

　東京までの機中で、かつて遠望した福建省を思い出すうちに、夢のおわりに砕け散ったものは耀変天目茶盌ではあるまいかと考えはじめていた。福建省の記憶はともかくとして、篠崎仁志の口からしばしば聞いた建窯の所在地こそは福建省、夢でその建窯へと耀変天目を求めに行ったのであろう。さるにても、せっかく得た茶盌をば取り落としてしまったのである。

　夢の反芻のさなか、醴泉堂文庫に島埜天目を訪れようと思い至った。

醴泉堂に着いた。

記帳し、係官に刺を通じ、国宝耀変天目茶盌を拝観したいと告げる。施錠した重要文化財展示室には、一般人の常の入室は許されない。特殊な研究あるいは鑑賞を目的とする者が、ことこまかにその旨を所定の用紙に書きこんで、館長の許可印を得た上で入室する。いままで四回の例からすると、職業がら許可はたやすく得られるであろう。

ところが、係官はこう言ったのである。

「耀変天目は、ただいま重文展示室に置いてありません。展示禁止になっているのです」

「何ですって！　展示禁止ですと？　いつからいつまでです」

と急きこんでたずねる。

「半年ぐらい前からでしょうか。いつまでとは、私にもよくわかりませんが、あと一ト月もすれば、また展示されるでしょう」

「何のための展示禁止ですか。事故でもあったのでしょうか」

「いいえ鷲見先生をはじめとする調査団が、文化庁の委嘱を受けて、再調査というか、再分析というか、そんなことをしておられると聞いています」

鷲見勇造の名も、ひさびさに耳にするものだった。篠崎仁志が、北望窯焼成の耀変天目茶盌をたずさえて死の直前に訪うた人物——しかし、その男は、北望窯には最後まで冷たかった。すべては、老いた陶匠篠崎の幻想だったのであろうか。

夢に耀変天目茶盌を取り落としこわしてしまったことが讖をなしたかのように、いつでも「そこに在る」はずの醴泉堂文庫所蔵の島埜天目は、その姿を見せなかった。……醴泉堂ではお座なりに漢籍の二三を調べただけで、にわかに篠崎仁志の変死の現場にその霊をとむらいに行こうと思い立った。

原宿駅へとタクシーを走らせる道すがら、しきりに篠崎との交誼が思い出される。篠崎仁志は、宋代の名器耀変を現代に蘇らせるのを生涯の目標としていた。耀変は、もとの名を窯変ともいうように、窯の中での図りがたい熱の変化によって生まれる。それは、いわば偶然の所産ともいうべく、万に一つの僥倖に恃むようなものだが、さりとて、宋代の建窯においてかなりの数の耀変がつくられたのは、偶然のなせるところとばかりはいえまい。必ずや、一定の製法があり、それを秘法として伝えたものであろう、と篠崎は言った。

篠崎は、こうも言った。耀変のあの神秘的な美しさの生命はあの星紋の結晶構造に在る。茶盌の見込をのぞくその目の位置によって、星紋の結晶とその周辺の虹いろの光彩が見えがくれする秘密は、釉薬の成分と焼成の時の温度にひそんでいるであろう。釉薬の成分については、マンガン、コバルト、クロム、銅などの酸化物と炭酸化合物とをさまざまに組み合わせることで実験はうまく行くのだが、焼成の時の温度の変化に決定的な方程式が見つからない。何しろ、耀変がつくられるについては、古来神秘的なエピソードが数多く、例えば、焼成のさなかに時ならぬ突風が一過したなどの、人為の及ばぬ偶然をめぐるはなしが絶えないのだ。……

思い返すうちに、篠崎仁志が耀変をつくりあげたと狂喜したというその前後の日々が脳裏にめぐってきた。

あれはたしか、北望窯の所在地には珍しい台風の直後ではなかったか。庭の自慢の一位(いちい)の老木が折れ、草木が無残になぎ倒されたあの台風——その翌々日であったか、磁雅堂の主(あるじ)に会って、曾根から聞いたという篠崎の狂喜ぶりを伝えられたのである。すぐにも北望窯を訪ねればよかったものを、庭の手入れにこと寄せてぐずぐずしているうちに、篠崎は東京で急死した。そして、篠崎が鷲見邸に持参したという問題の耀変天目茶盌は、ついに北望窯には還らなかった。

原宿駅近くの、線路をはるか下に瞰(みおろ)す土手の上に立つ。篠崎仁志が、ここから酔いのため転落したと？

七

泉州にもどっておどろいた。

城内わけても蕃坊の繁栄ぶりは一向に渝(かわ)ってはいないが、回回(ホイホイ)の寺院や尖塔の数が増えている。それらの壁面一杯に燦然たる陶片をもって埋めこんだ大食(アラブ)や波斯(ペルシア)の異形の文字が見えるのも同じだが、前には見たこともない方形の縦書きの文字を刻した碑が到るところに立っている。

何はともあれ福州路市舶司の石瑜をその役所に訪ねると、建物に見覚えはあるものの市舶司の役所なんぞはどこにもないという。そんな莫迦な！　泉州を立って五日目に建陽の町に着き、そこから一日足らずであの洞に至り、ぐぐってほどなく建窯の老翁にめぐり遇った。建窯にいかほど滞在していたかは定かでないにしろ、いずれにしても深いまどろみのあいだとすれば十日には満たないであろう。そして帰路は一人旅のせいか難渋して十五日を要した。つまり、一ト月ほどへだてて再訪した泉州は、何もかも一変しているのであった。

通行の人をつかまえて石瑜の行方をたずねても誰も知らない。泉州では並ぶものなき権勢を誇っていた石瑜が、その権勢の拠りどころであった市舶司の役所もろとも消え失せたのである。石瑜ばかりではない、泉州に残した侍者たちの宿も一変していた。建陽まで同行させた裴良弼と馮倚と小者どもの消息も知れない。

あちこち歩きまわってくたびれ果て、しかし気は昂っているままに、大食や波斯の異形の文字とはまた一つ違う異形の文字による碑刻の前に立って、見るともなしにぼんやり眺めていると、老人が横に来て呟いた。

「フン、こんな字が国字とはのう。夷狄の天下になると、字まで落ちてしまうわい」

これは異なことを聞くものだと、老人に声をかけた。

「夷狄の天下とは何ごとだ。わが宋朝、まだまだ南遷しても蒙古には負けんぞ」

途端に、老人から顔に穴のあくほど視つめられた。ややあって、老人はその白い鬚(あごひげ)をしごきながら、低い声で、

「あんたはどうやら宋朝の遺臣と見えるな。したが、声が高すぎますぞ。宋朝滅んでもう十年余、蒙古人による宋朝の遺臣狩りも一段落したとはいえ、まだまだ油断はなりませんのじゃ」

「宋朝が滅んだと！　ついこの年の観潮宴を、俺は陛下ともども銭塘江にてたのしんだばかりだ。すると、臨安は蒙古の手に陥(お)ちたのかね」

老人は、狂人を見る目つきとなって、首を振り振り、唱うように言葉をついだ。

「あんたは昔の夢を追うておる。それもよかろうが、銭塘江観潮宴は、理宗陛下の景定二年が最後じゃった。儂もその宴の末席に侍ったが、いやもう三十年も昔のことだ……」

「いまが、その景定二年じゃないのかね」

「理宗陛下は景定五年に崩ぜられ、つづく度宗(たくそう)陛下の治世は十年。次いで幼い恭帝陛下の御代わずかに二年。これで宋朝は元に降伏。しかし宋朝の遺臣は度宗陛下の皇子二人を奉じて南下した。臨安から温州へ、福州へ、そしてこの泉州へ。端宗陛下を奉じて更には潮州へ広州へ。端宗陛下が崩(かく)れ、帝昺(へい)陛下わずか八歳を立てて厓山(がいざん)に戦ったが、ついに陸秀夫(りくしゅうふ)に背負われて入水され、ここに宋朝は滅んだのじゃ……」

「まだ来ぬ未来を、胡乱な予言で穢（けが）してはならんぞ！」

「そしていまは元朝忽必烈汗（フビライハーン）の至元二十九年だ。どうじゃ、銭塘江観潮宴は、たしかに三十年も昔のことだと、思い出したかな。ところで、あんたは、見ればまだ四十そこそこ。あの観潮宴には雅楽隊の稚児として侍っておったのかな」

「中書左丞相だ」

「ワッハッハッハ！」

と、老人はにわかに笑い出した。狂人の大言壮語を心そこから喜ぶ風情である。腹を鼓し鬢を乱し足を踏んで哄笑していた老人は、ある一瞬ピタと笑いをやめた。

老人の脳裡に、ある記憶が蘇ったらしかった。そして吐き出されるであろう言葉への忌わしい予感に耐えかねて、急ぎ老人を遮った。

「昔のことは、もうよい。いまの泉州について語ってくれ。この碑文（いしぶみ）の字は何だ。たしか、国字とやら、呟いておったようだが」

「さよう、国字と申しております。忽必烈汗が吐蕃（チベット）人僧侶八思巴（パスパ）とやらに命じて作らせた蒙古文字をば、国字と称してかように使わせております……」

老人の言葉が恭謙になった。彼は、景定二年の中書左丞相の記憶をたどっている。その記憶は、横に立つ蓬髪襤褸の男の顔とどこかで結びついたはずだ。その時間の秘密を解いてしまったら、しかし、わが身は忽ちにして腐蝕し、この老人に劣らぬ老耄（ろうもう）の肉体へと化すことだろう。建窯のあの老いた陶匠はこう言ったのだ。

「そんな洞をくぐったならば、あんたのからだは腐ってしまうじゃろう」

建窯にいた十日足らず、泉州との往復の日子を加えても、一ト月そこそこ——その間に、宋朝はたおれ元朝の全国支配へと移った三十年を閲している！　どうやら、これだけは紛れもない事実であるとすれば、時の腐蝕からわが身を戍るために、宋朝景定二年の中書左丞相を識っているこの老人から遁れなくてはなるまい。

駆け出した。さいわい、老人には追いつけぬ脚力はもっている。何しろ、三十九歳から一ト月しか年齢をとっていないのだから。

走って、走って、蕃坊を抜け、港に近い瓦子の雑踏に紛れこんだ。

瓦子の風情は、臨安も泉州も一つであるが、規模はさすがに臨安に一籌を輸す感じだ。しかし講談ははるかに多い。なかで三蔵法師取経の故事に猿公をからませた講談が人気を浚っているようだ。話はいよいよ荒誕の度を加え、取経の道すがら出没する悪鬼を退治するために、猿公が苦海を往復する場面を語るのが耳に入ったが、長安から天竺までの路程に海などあるものか。

さるにても、三十年の歳月！　建窯に行かなんだら、この身も、さきの老人と同様に枯槁たる姿になっていたのか。いや、陛下の崩御と、つづく宋朝最後の帝三四方を奉じての亡国の悲惨とで、早うに朽ち果てていたかも知れぬ。とすれば、三十九歳のままで生き永らえている秘密は、耀変という黒い茶盌に賭けた情熱にひそんでいたのだろうか。あの情熱は、しかし、徐貴妃への愛欲から発したものだった。

　女体の美の脆さと、堅くひややかな茶盌の美の脆さとを秤にかけようとしたのが、この時間への旅の始まりであった。そして、いまは、徐貴妃もなく茶盌もない。……

　瓦子を通り抜け、いつしか港に来ていた。異国の船は以前にもまして数多く、かつての造船所では、見たこともない巨大な戎克が建造中らしい。波止場では、荷積み荷揚げの人夫が忙しげに往来し、異人の交易商や水夫たちが悠然と歩を運んでいる。漢人の役人たちも活気にあふれている。

「あの軍艦ができれば、闍婆国に遠征するというが、忽必烈汗も交趾国、占城国、蒲甘国を平らげて、闍婆国まで手をひろげるとは豪勢なことだの」

「闍婆国へは冬の季節風に乗れば一ト月で行くそうだ。まして、あの軍艦なら、舟足も速いことだろう」

　などと、役人たちが話している。闍婆国か――その国のことなら、石瑜に見せてもらった『諸蕃志』とやらの書物で読んだことがある。たしか石瑜の前任の市舶司をしていた趙汝适の著わしたものだった。

　まだ見たこともない南海の国々が、一瞬想像された。建造中の巨大な戎克が軍艦で、やがて闍婆国へ遠征するというなら、一個の水夫となって行ってもよいではないか。いずれにせよ、忠誠の対象は亡んだのである。

「泉州が、砂漠から湧き出た夷狄の時代になってから却って栄えるとは、皮肉なものよの」

「石瑜の寝返りが、泉州には幸いしたわけだ」

石瑜！　泉州にもどって以来さがしつづけた名がはじめて出てきた。役人たちは、蓬髪襤褸の男が、宋朝中書左丞相だとはゆめ気づかない。乞食ふぜいの男のすぐ前で、役人どもは気ままな回想にふけっている。

「端宗を奉じて陸秀夫と張世傑が泉州に落ちのびてきた時に、石瑜はただちにここを首都とされるよう上奏しながら、あっというまに蒙古に降り、宋朝亡国の緒をつくったからな」

「あれはしかし、石瑜をうしろから操っていた大食人の蒲寿庚のしわざだろう。宋軍が蒲寿庚の船をだまって没収したことに怒ったのだ」

蒲寿庚か、蒲寿庚ならおぼえがある。石瑜の引きあわせで会った豪商であった。遷都に伴う防衛上の莫大な費は引受ける、そのかわり貿易保護はよろしく頼むと、目を瞠るばかりの大食ふうの宴会でささやいた、漢人の姓を名のるあの男——。

遷都の議は、どのみち成功するすべのない空論だったのだ。一ト月前の、いや三十年前の情熱の対象は、かくては悉く無に帰して、いま眼前にひろがるのは、繁栄の極にあるかと見える泉州港ばかりである。

海、そして戎克……

八

原宿駅から新橋のホテルにもどる。何とも整理のつかない気持をもてあまして、地下のバーにおりて行きウィスキーの水割りを一人で舐めたが、そこへ思いがけずも、S市の磁雅堂の主(あるじ)から長距離電話が入った。

「妙な噂を耳にしましてね、早速お宅へ電話したところ上京されたというじゃありませんか。おくつろぎのところ恐縮ですが、明日にも醴泉堂に行っていただけませんかね」

「醴泉堂なら、さっき行ったばかりだ」

「それじゃ、島埜天目はごらんになった？」

「それが、展示禁止になっていたよ」

「やっぱり……。どういう理由です」

磁雅堂の声は、不吉な予感を与えた。

「鷲見さんたちによる再調査だそうだ。もう半年も、展示禁止になっているようだよ。もっとも、あと一ト月もすれば、また展示されるだろうと係員が言っていた」

「半年前というと、篠崎先生の亡くなられた時と一致しますね」

「うむ……」

あとは、磁雅堂の言うのを聞かなくとも、すべてはわかるような気がする。整理のつかない気持というのも、頭のどこかに兆した不吉な疑惑が消しようもなく湧いてきたからだろう。しかし、磁雅堂は、言葉をつづけた。

「島埜天目は、アメリカにひそかに売られたらしい、というんですよ」

「えッ！」

ついに、疑惑の正体が、裸形のまま、ぬっとその姿を見せた。不吉な予感が的を射抜いた衝撃に、やはり言葉を失ったのである。

「二億円とか、三億円とか、ともかくアメさんはべらぼうな金を出した。わが国宝は売られたんです」

「国宝を売るといったって、君……」

磁雅堂の言わんとするところ、いまや歴々と見えている。しかし、ことがらの忌わしさから、すべては相手の言葉に委ねるほかなかった。

「いいですか、篠崎先生の耀変天目は、島埜天目に匹敵するものに違いありません。国宝が消えても、それに代わり得る逸品だったとしたら……」

「すり替えは可能だろうな」

「すべては鷲見先生を中心とする陰謀でしょうが、じつは、篠崎先生も荷担しておられたようですな。曾根君にも見せず、あたふたと鷲見先生のもとへ持参した、そして、」

「殺された……」

と、はじめて核心にふれる言葉を低く吐いた。

「その通りです……」

電話の彼我を、沈黙が領した。そして、その沈黙に堪えられなくなった。

「醴泉堂の帰りに、原宿の土手にも行ってみた。篠崎さんが、あんなところに一人で行くはずはないね」

「そうでしょう」

「ところで、アメリカへ売ったという情報はどこから入ったの」

「アメリカ側からです。詳しいことは、こちらにお帰りになっての上にしましょう。ところで、いつお帰りで？」

「そんなことなら、明日にでも帰ろう。こちらにいても、僕は何にも出来ないしね。何時になるかわからんが、空港からまっすぐ寄るよ」

「店はちょうど定休日ですから、いつでもお待ちしておりますですよ」

とて、電話は切れた。

島埜天目がアメリカに売られた！　そして篠崎先生の耀変天目が、島埜天目に代わって国宝となる……

それは、贋物の国宝なのか。いや、仮りに篠崎のものが、まこと島埜天目に匹敵していたとすれば、島埜天目の有無にかかわりなく、国宝たり得るのではないか。しかし、篠崎ののは、その技術がいかに優れていようと、宋代建窯の産ではない。この時空の距たりがもたらす歴史を、篠崎のものはそっくりまぬがれているのであった。

そもそも、アメリカ美術界が耀変天目茶盌を所有したいと欲したのはそう新しいことではない。昭和十年ごろには早くも、アメリカはフリーア美術館のクレイマー博士が建窯の窯址を発見し、その調査報告を発表している。古書には建窯について述べたものあり、例えば、清代の朱琰の撰『陶説』もその一つであるが、近時の調査ではクレイマー博士をもって嚆矢とするであろう。日本に遺る耀変天目茶盌四点にいたく心を動かされたあげくの窯址踏査であったが、クレイマー博士はここで、耀変を含む無数の天目茶盌の陶片を得た。そして、建窯が存在していたのは南宋期のみ、元朝支配下には廃されたであろうと考証した。

アメリカが、陶片のみで満足するはずはなかった。日本の国宝四点のうちの一つを、日本の意のままの価格で買い取りたいとの申し入れはしばしばあったが、昭和二十五年に制定された「文化財保護法」を見るまでもなく、国宝の管理は厳格を極め、輸出の禁止はもとよりのこと、国内においても有償の譲渡の場合は、国に対する売渡をまず文化財保護委員会に申し出なければならない。この委員会の諮問機関である文化財専門審議会は、芸術院会員鷲見勇造博士をも、メンバーの一人としていた。

S市にもどると、空港から磁雅堂に直行した。店につづく私宅の応接間に通されて、まず航空郵便の封筒をさし出された。アメリカの切手が二三枚貼ってある。REGISTERED MAIL のスタンプが捺してあるところから発信人は書留にしたと知れた。

「親戚の者で、Q社の特派員をしているのがおりましてね、これが大学で美学美術史を専攻していたことから、私とは仲がいいんですよ」

「ああ、いつか聞いた。従兄弟(いとこ)の方(かた)だね」

「そうです。まあお読みください」

その航空便の内容の大概は、次のようである。

――私（発信人）は最近任地のワシントンから、政治上の取材のためB市に行った。B市にあるB美術館は、その厖大な東洋コレクションを以て有名で、私もすでに二三回は訪れている。この度も取材の余暇にB美術館へ足を運んだところ、受付嬢が今夜お前のホテルに遊びに行っていいか、とそっとたずねた。白状するが、私はこの受付嬢と前からできていて、B市取材のたびに同衾していた。しかし、他にも男はいるらしく、また近ごろでは疎ましくもなっていたので、B美術館には足が遠のいていたのだが、その日は、いわゆる虫の知らせというやつだろう、ついその女に再会することになってしまった。その夜、私はある政治家のパーティに出席する予定であったが、これまた、ついふらふらと女の来訪をゆるした。その夜、女が寝物語に私に話したことは驚倒すべき内容であった。女はまず私に「テンモク・ボウルを知っているか」とたずねた。それが天目茶盌であると理解するまでには時間を要した。何故なら、いかに美術館づとめとはいえ、専門職でもないこの女の教養の中に「テンモク・ボウル」があるはずはなかったからである。「それがどうした」ときくと、最近B美術館が日本から極秘でそれを購入したという。「国宝だったそうね」とこともなげに言ってから、「レセンドー」所蔵とか、「シマーノ・テンモク」とか、彼女の教養にない言葉が次々と出てくるのには腰を抜かした。「見たのか」ときくと、「見た」といい、黒い茶盌の内側に猫睛石(キャッツ・アイ)のような光がまたたいていたと形容した。極秘購入のものが、お前のような下級職員の目にふれるとは変じゃないかと追及すると、やっと白状するには、ある幹部職員の情人が見せてくれた、しかし、日本の新聞記者のあなたにこの特種(スクープ)を知らせたいと待っていた、と言う。じゃあ、その「テンモク・ボウル」を見せてくれとたのむと、いまはとても無理だ、一般公開はしない特別室の奥の金庫に収まってしまったらしい、「それより、日本のほうを取材なさいよ」と言うのだった。「購入価格は、六、七十万ドルだったそうよ」と、女はつけ加えた。私の知り得たことは以上ですべてである。すれっからしの女の言うこととて、当てにならないが、仮りに出鱈目にしても、この女の教養外に在る事実が正しく語られていることがおかしい。アメリカでの取材は、いまのところ難しかろうから、まず日本で調べてもらえまいか。——

読みおえて、エア・メール用のうすい便箋をテーブルに置くと、黙って煙草に火を点けた。

「こいつは、昔からプレイボーイでしてね」

と、磁雅堂が言ったのが、かえって気持を落ち着けた。微笑して応えてから、玉露を喫する。

醴泉(れいせん)堂文庫所蔵の国宝耀変天目茶盌、通称島埜(しまの)天目が、いまやアメリカのB美術館に在ることはほとんど疑いないところと思われる。この前例のない犯罪を暴くには、今後醴泉堂の重要文化財展示室に陳べられる耀変天目茶盌が篠崎仁志作であることを証明しなければなるまい。

「曾根君はほんとうに篠崎さんの天目を見ていないのかな」

と呟くと、磁雅堂も同じ思いと見えて、早速つとめ先の陶芸研究所に電話をかけに立った。研究所といっても、個人経営の小さな窯で、しかし近年は作品もよくさばけているらしい。曾根が立ち直っていてくれればという思いは、磁雅堂ともども一つだった。

ほどなくして、磁雅堂は首を振り振りもどって来た。

「曾根君はやめたそうですよ。二三週間前に。どこへ行ったかもわからんとのことです」

「鷲見に消されたんだ！」

とて思わず立ちあがった。

九

「あの船を追え！」

と舳に立って水夫たちに命ずると、その姿のままで、いましがた寧波港を出た白い帆船を見やった。あれは、日本船である。

宋朝が滅亡の危機に瀕し、首都臨安が蒙古軍の総攻撃にさらされる直前、天目山に留学していた日本人禅僧たちは取るものも取りあえず帰国した。やがて元朝の全国支配がはじまるや、蒙古の汗たちが仏教をはじめとする諸教に寛大であったため、日本人禅僧たちはぽつぽつ天目山ほかの禅寺にやって来た。するうちに、日本人僧たちが、禅学の修行はともかくとして、宋末に天目山のどこやらに隠匿していった書画陶磁のたぐいを大量に持ち帰っている、との噂を耳にした。

このたびの白い帆船もそうであるらしい。臨安にのぞむ銭塘湾は底が浅く、加えて満潮時の海嘯が、中秋直後の浙江潮ほどの規模ではないにしろ、毎日のように銭塘湾に発生するため、遠洋航海の戎克は発着しない。天目山を出た日本人の荷物が臨安を出て紹興か寧波かいずれかの港に向かったとの伝令が届いたのが十日前。紹興は通りすぎた、寧波だとの伝令が届いたのが三日前。そして慌しく荷積みをすませると、いましがた寧波港を出帆したのである。

舟山群島は、これらの船をねらう海賊船の絶好のかくれ場所であった。

この白い日本船の積荷の中に、数個あるいは十個以上の耀変茶盌が含まれていることは、天目山に放った密偵によって知らされている。積荷の中の金目のものはすべて奪いつくすのが鉄則であるが、今回の耀変だけは、日本人に持ち帰らせてはならない。

ひさびさに耀変の名を聞いたとき、老いの身をつらぬいたのは一種名状しがたい歓喜だった。思えば、耀変茶盌は、いつもこの手をすり抜けては砕け散った。最初は理宗朝景定二年の中秋のあくる日、三十九歳だった。次いでは、元の世祖朝至元二十九年、その時も、三十九歳だった。……

元朝も、世祖没後は文弱へと傾き、いまや泰定二年である。

泉州に蓬髪襤褸の姿でもどり、そのまま海賊の一味に投じて三十年余、いつしか浙江福建沿岸の海賊の首領となっていた。奪った金銀財宝は量り知れず、宏壮な邸第を臨安は西湖畔にかまえ、戦火でも毀たれなかった六和塔では往時をしのぐ観潮宴をひらいた。邸第は臨安のみならず、舟山島昌国に在り、また、長江沿いの鎮江府にも在った。どこでも、貿易商のふれこみですんなり通ったばかりか、宋朝の市舶司に代わる各港の関税官である抽分場提領には、たっぷりと鼻ぐすりを嗅がせてあった。それでも、耀変茶盌だけは手に入らなかったのである。

従って、このたびの日本船襲撃にあたっては、あらゆる用意を怠らなかった。小さな仕事なら手下に委ね、陸（おか）での遊宴に日を過ごしていたほうが商売上もよろしいのだが、耀変茶盌の奪取とあっては自ら指揮をとるに如（し）かない。西湖での画舫あそびを急ぎとりやめて、昌国の別業に南蛮よりの訪客ありと称して舟山島の戎克に乗りこんだのだった。

日本船とても、舟山群島の海賊船にはきびしい警戒をしている。だが、この寧波戎克はみごとに官船を擬装していた。

長江の濁流は、崇明島をすり抜けて東海に出ると、そのまま舟山群島の周辺まで下り、海を黄褐色に染めてしまう。その日は、寧波港を出てまもなくはまだ風波があったが、行くほどに海は凪（な）いできて、岱山島（たいざんとう）を過ぎるころには、さざ波ひとつ立たぬ、あたかも水銀色の布を敷きつめたような、不気味にも静かな水面となった。

六月、盛夏である。空気はとまっていた。沖あいに、戎克が二三、風をはらまぬ帆をあげたまま、漁をしているのか静止していた。

日本船の船足はにぶく、またこの戎克ものろい、しかし、確実に距離は縮まっていた。水銀色の布を裁つように、ゆるやかな船の進行につれて、海面は波がしらを殺したまま、あい連なる二隻の船の進路にだけ深い藍いろの裂け目を見せた。

ゆっくりと、いくつもの島を過（よぎ）る。赭紅の岩礁にも濃い緑が這って、そのまわりにだけ水銀色の皮膜が襞（ひだ）をなした。岩礁群のあいだを縫ううちに、この戎克は日本船とほとんど平行になった。坐礁をおそれて日本船がさらに速度を落とし、あたりの海を熟悉しているこの戎克が目立たぬように速さを増したからである。

行く手に、まばゆい花崗岩の白い柱をそそり立たせた巨きな岩礁がある。その岩礁の右側はこの戎克をすっぽりかくすに足る凹みがある。日本船は、その岩礁の左側を通るであろう。平行して走るこの戎克は、右側の凹みにかくれ、武装した手下たちを甲板に集め、襲撃の態勢をとるのだ。あまりにも静かな海のため、睡気をもよおしているであろう日本船の水夫たちは、白い岩礁の左を進むあいだ、この戎克がそのとき奏でる楽(がく)の音(ね)の、あたかも細い糸のようにかすかに伝わる妙音にさらに睡気を深めるはずだ。その直後、白い岩礁の右手から一気に襲うのである。

白い岩礁の右手にまわりこむや、舳に立ったままふり向いて合図を送った。音もなく精鋭の手下数十人が甲板に集まり、それを汐に、藍いろの紗の官服を脱ぎすてる。老いたりとはいえ、陣頭指揮をする身として、すでに甲冑(かっちゅう)は官服の下に着こんでいたのだ。同時に一管の篳篥(ひちりき)が哀切きわまりない曲をば低く細く奏ではじめた。

岩礁の蔭から抜け出た。帆に受ける風もないこととて、船倉の漕窓にそろえた漕手たちが一斉に櫂(かい)を動かした。そしてたちまち、日本船に横づけし、飛ぶように乗り移った手下たちが、まどろむ日本の水夫どもに斬りつけていた。

白昼の静寂な海に、ようやくにして叫喚が湧きおこった。斬られた水夫どもは、そのまま海中に投げこまれる。そして、手下の半数は、早くも船倉になだれこんでいた。日本船とのあいだに板が渡される。飛び移るのがもはや無理になったためである。

船倉内での殺戮がたけなわとなり、痛手を負うて甲板に逃れて来たものは、そこで難なく止めをさされた。

首領は殺すな、と命じてあったので、やがて後手に縛られた首領らしき男が引ったてられてきた。髯づらはものものしいが、早くも怯えきってふるえている。脅せば、すぐにも耀変茶盌の在りかを吐くであろう。

「天目山から運び出した耀変茶盌はどこだ」

日本語に通じている定海出身の手下が訳してこれを伝える。怯えた目で通事役のその手下を見ながら、首を振り振り、何か呟いている。

「知らないと言っていますんで」

「構わん、追及しろ」

格別に貴重な財産のたぐいは、日本船の多くは首領の船室の一角の板を二重にして匿しているのだ。この船も、おおかたはそんな具合にして耀変茶盌をしまいこんでいるであろうから、手下はすでに板のひっぱがしにかかっているはずだ。しかし、その場所を吐かせたほうが手間が省ける。また、手荒な作業で万が一にも茶盌を壊すことがあってはならない。

どこだ、知らない、どこだ、そんなものはない、をくりかえすうち、鞭はしばしば髯づらの背中を打ち、首領は横ざまに倒れて呻きはじめた。唇をかすかに動かしている。

「何か言っているぞ。聴け」

通事役の手下が腹這いになって聞き耳をたてる。やがて、跳び起きて叫んだ。

「船底（ふなぞこ）の、本を入れた葛籠（つづら）の中だ！」

たちまち伝令が飛ぶ。小さな葛籠が運び出される。錠前をこわして蓋をひらくと、いく冊もの書籍がこぼれ落ちた。その一冊を手にする。『大唐三蔵取経詩話』なる薄手の書物だった。パラパラとめくると、猴行者（こうぎょうじゃ）の三文字が頻りに目に入る。何だ、これは？　過ぐる日、臨安と泉州の瓦子（さかりば）で耳にした面妖な話が思い出された。腹立たしくなり、その書物の数葉をひきちぎった。

するうちに、葛籠の底にかくされた十個あまりの小箱があらわれた。疑いもなく、茶盌を収める箱である。手下どもが、一斉にたかって、箱を縛る紫の紐をほどいた。

のぞきこむ。紛れもない、耀変茶盌だった！

黒釉の見込に、虹いろの星宿が互（かた）みにまたたき互みに消える夜半の蒼穹がひろがった。目の位置によって、星宿の点滅が自在に変化するその神秘は、言おうようもない夢幻へとひきずりこむ。

十個あまり、いずれも甲乙つけ難い完璧な耀変で、しかし星紋の数、そのまわりにひろがる虹いろの光彩すべてがおのがじし異なる宇宙を彩っていた。

感嘆してのぞきこむうちに、しかし、わが身にふりかかる怖るべき変化に気づきはじめた。膝はにわかに痺え、腰がわななきながら曲った。茶盌をもつ両の手は枯木のように萎び、夥しい皺が走り老斑が醜く印された……

建窯のあの洞をくぐらなんだら百歳をこえているであろうわが身が、七十一歳の頑健な肉体の下にかくされている。三十年余の空白の時間が、いま倏忽として復讐し、時の腐蝕をこの身に限なく及ぼそうとしているのだった。

手下たちの、愕きと戦慄の声が聞こえる、顔が見える。が、声は次第に遠ざかり、目はかすんだ。

瞬時に襲った老耄が、いま確実にわが身を死の淵へと曳きずっていく。

「耀変！」

と呟きながら、最期の力をふりしぼって、眼前の茶盌を次々と叩き割った……

十

疲れ果てて書斎を離れ、ぼんやりテレヴィジョンをながめている。

南米はアマゾン河の河口に発生するポロロッカと称する奇観を映していた。ポロロッカとは、当地インディオの言葉で、「大きな音」の意であるが、年に一度、決まったある三日間、海水が真水を嚙みつつ数メートルの壁をなして轟音とともに上流へと逆流する海嘯のことである。世界でこの現象が起こるのは、アマゾン河のほかにはイギリスのセヴァーン河と中国の銭塘江だけであるという。銭塘江の海嘯は中秋のあくる日からの三日間だけに見られるとのことだった。

アマゾン河口のポロロッカは、かつてアメリカと西ドイツの写真家が撮影を試みながらいずれも海嘯に呑まれて死亡したと伝えられ、従ってヘリコプターを使ってのこの度の空中撮影が最初の記録ということだった。

取材班が現地入りするところから始まり、いよいよポロロッカ溯上のその日の朝となる。森の猿たちが不安げな啼声をあげ、年に一度の異変を予告するうちに、地をどよもす重い音が河口より伝わってくる。ヘリコプターから、はるかの水の壁を望見する。数キロもの川幅いっぱいに、水の壁は弧を描いてひろがって、怖るべき速度で逆流するのだ。河の両岸の樹々が渦まくポロロッカで薙ぎ倒されるさまを、低空からの決死の撮影はみごとに映し出していた。

テレヴィジョンをながめているうちに、ふしぎなことに、この風景をいつか見たことがあると思い始めていた。さきにも述べたように、この海嘯現象は、アマゾン河のほかにはイギリスのセヴァーン河と中国の銭塘江でしか見られない。そのいずれにも行ったことはないのに、しかしたしかに見た記憶はあるのだった。しかも、その風景は、どうやら銭塘江のそれであるらしい。おぼろな記憶の図像には、明清(みんしん)か、いや或いはもっと以前の宋元か、いずれにしても何百年も昔らしい風俗の人びとも登場するという、まことにもって荒誕というもおろかであった。

ポロロッカの凄まじい轟音がテレヴィジョンから発せられて室内を領した。その轟音に身を委ねて目をつむると、不安は忽ちくだんの島埜(しまの)天目へと移った。

醴泉(れいせん)堂文庫の重要文化財展示室に、再び島埜天目が展示されはじめたとの報告を在京の友人から受けたのは二三日前、この前の上京からほぼ一個月たっていた。磁雅堂にもその旨を知らせ、連れだって上京しようと約束をし、陶磁器全集や陶磁関係書に載っている島埜天目の写真をことごとく集めて検討を始めていた。もとより、醴泉堂では、写真の撮影は許されない。島埜天目に対したときに、わが裸眼が、それがまことの島埜天目であるか北望窯(ほくぼうよう)産であるかを弁別することができるかどうか、かつて四回、硝子のケース越しに見ただけの経験では甚だ心もとないのであった。おまけに、篠崎仁志の焼成した耀変天目は、鷲見(すみ)勇造を除いて誰も見ていないのである。曾根青年の行方はいまだにわからない。……

七月、梅雨があけ猛暑の候となった東京に行った。磁雅堂の主(あるじ)も一緒である。

醴泉堂文庫では、いつぞやの係官を相手に重要文化財展示室の入室の手続きをした。申込みの用紙に館長の許可印をもらいに係官が席を離れているあいだ、展示室前のソファに腰をおろして汗を拭い煙草に火をつけた。クーラーがよく利いているので、炎天下の街をあわただしく駆けつけてきたからだに冷気がつらぬいた。

係官はなかなかもどらない。

「おかしいですなあ」

と磁雅堂が呟きながら、館長室に通じる廊下の扉のほうに首をさしのべている。

「何か感づかれたのかな」

と応じながら、今更ひっこみのつかない覚悟を決めているうちに、この数日の多忙やらにわかに襲われた東京の暑気やらで、思わず睡魔が兆してきた。

「のんきですなあ。大事を前にして……。眠っちゃだめですよ」

との磁雅堂の声に、我にかえる。展示室前の廊下には誰もいない。ささやくのも憚られる静寂があたりを領し、クーラーによる冷気はむしろうすら寒いほどに感じた。

そのような時間がどのくらいつづいたかわからない。

ある瞬間、にわかに数人の足音が、くだんの扉をあけた。

「お待たせしました。さあお入り下さい」

とて、すぐさま展示室の鉄の扉に鍵をさしこんだ男は、さきの係官ではない。しかし、おどろいたのは、その背後に、鷲見勇造と、そして曾根青年がいたことだった。

「曾根君……」

と、声を発したのは磁雅堂と一緒だった。しかし、あの純朴な、激情に走りやすかった曾根は、みごとに東京風の青年紳士に変貌したまま表情もかえない。

「さあ、どうぞ」

と促され、むしろ押しこめられるように展示室に入った。鍵をかけたのは館長か。背後に鷲見勇造と曾根青年、そして見知らぬ男が三人。

見覚えのある展示室の中央、硝子ケースに黒釉の茶盌が収まっている。そのケースをとり囲んで、八人の男が立った。

「国宝　耀変天目　南宋建窯産」

としるした白いカードが、ケースの前に立てかけられている。

島埜天目か、篠崎仁志作の現代の耀変か——目を凝らすが、真上からのぞきこむことができぬため、星紋の煌めきはよく見えても、星紋の周囲にひろがるプリズム光の膜の光彩の状態はおぼろにしか見えない。

展示室にともる白色灯の光を浴びれば、あのプリズム光の膜はもっと鮮やかに星紋をつつんで、そこに夜の宇宙の、あの星宿のまたたきを現前させるはずだ。少しく体をずらし硝子ケースに額を押しつける。プリズム光の膜が、にわかに虹色を発し、星紋が神秘的な点滅をはじめた。

すると、脳裏にたたきこんで来た島埜天目の見込の図柄が、あたかも熟悉した地図を眼前に描くように、うかびあがってきた。図柄といっても、星紋といい、プリズム光の膜の光彩といい、目の位置によってほとんど自在に変化し隠顕する。それでも、時あって島埜天目の見込は、冬の夜の星座のように、最も美しい瞬間を結晶させ、静止する。

その瞬間が来た、と思った。

島埜天目ではなかった！

だが、これが島埜天目でなくとも、いったい何ほどのことがあろう。島埜天目が帯びていた虹色の膜は、ここではより淡い紫紅の膜となって、点滅する星紋を典雅につつんでいる。国宝島埜天目は、アメリカへ秘密裡に売却され、代わりに、篠崎仁志が焼成した現代の耀変が南宋来七百年の栄光をになって、ここに鎮座している。それだけで、十分ではないかとも思われる。

顔をあげると、展示室の中はいつしかうす暗く、この硝子ケースにだけ乳色の電光が射していた。そして、誰もいなくなっていた。磁雅堂も、館長も、鷲見勇造も、曾根青年も、三人の見知らぬ男も……

見まわすと、展示室は、ひややかな石の洞窟に変じていた。鉄の扉があったあたりは、すでに黒滔々たる闇に埋めつくされ、硝子ケースをおぼろげに浮かびあがらせる微光が、洞窟の行く手からさしこんでいる気色である。そちらへ、進むほかあるまい。

洞窟は、昏くまた冷たい。思い返して、硝子ケースを外し、耀変天目茶盌を手にとった。

そんな微光を受けても、耀変はほんの刹那に星宿の淡い煌めきを見せた。

この洞は、昏くまた冷たかった。おそろしく静かなくせに、時折、途方もない怒濤の音がひびいてくるように思われたが、どうやらそれは、いつぞやテレヴィジョンで見たアマゾンのポロロッカ、あの海嘯の遡上の音らしかった。

行く手に、洞窟の入口が見える。真夏の陽光が零(ふ)りそそぐその入口の光景は、しかし、東京のそれではない。

昏く冷たい洞を這うようにしてくぐり抜けると、豁然(かつぜん)とひらけた村落の一角に出た。一望したところ、静かな山村で俗世から隔絶された武陵桃源の趣きがあるが、さりとて十戸余りの茅屋にはいずれも人の気配はなく、その奥の木立ちのあいだから、一トすじの灰いろの煙がゆらめきのぼるのが見えるばかりである。

覚えず、ここは建窯なのだ、と呟いたとき、私の手にした耀変は地に落ちて、無残に毀(こぼ)たれていた。

蜃気楼三題

第一話

唐は太宗の貞観十五年（西暦六四一年）、皇女文成公主をば、吐蕃王ソンツェン・ガムポに降嫁せしめる和議が成立した。

これより先、ソンツェン・ガムポは貞観八年に唐に朝貢、遣使して表を奉り、皇女の降嫁を請うた。しかしそのころ前後して、青海に拠った吐谷渾王も入朝し、唐と吐蕃の離背をはかり、太宗も弘化公主の降嫁を認めたため、吐蕃は吐谷渾を攻め、次いで唐とも干戈を交えて敗退した。ソンツェン・ガムポは改めて唐に謝罪し、黄金五千両を献じて再度皇女を懇望し、ついに太宗の勅許を得た。

春正月、文成公主は桃の花のかおる長安を出発した。扈従する者は礼部尚書李道宗、字は承範をはじめとして、侍婢二十人、守護兵五十人、さらに夥しい珠宝、綾羅、什器、詩書の類いの輿入れの荷を満載した馬車の列がこれにつづいた。吐蕃の宰相ガル・トンツェンとその配下の兵も、公主の行列に加わっていた。

公主は、輦のなかに釈迦像を安置した。父太宗と同様にソンツェン・ガムポ王も、仏教を奉じていることを聞いたからである。また、蕪青の種子もたずさえた。蕪青が吐蕃にはないと知って、異域の土に植えたいと思ったからである。

公主の一行は、長安から西へ秦州、隴西を経て皐蘭に至り、西寧へ向かう青海路に入った。当時の漢商胡賈はもとより、西域への節度使、留学僧などは、皐蘭より先は涼州、武威、瓜州、そしてさらに玉門関に至りいわゆる西域道へと踏み入るのがふつうであったため、吐蕃へ向かう青海路に逸れると、たちまち、異域に入ったの感が深かった。

公主は、駢馬の牽く輦のなかで終始涙にくれていた。あまたの公主のなかから、何故に自分が選ばれて吐蕃王に適がねばならないのだろうか、という疑問をいく度となくおのれに投げつけた。もちろん、先年は弘化公主も吐谷渾に降嫁した。二人は悲運だったのだ――そう思って、公主は姉と自分のために哭した。公主は、遠く漢の時に、匈奴に嫁した王昭君の心情を思った。王昭君の後半生は謎につつまれている。あるいは単于の寵を一身に享けて幸福であったと言い、あるいは憂忿のうちに早逝して青塚に葬り去られたとも言う。いま、わが身を王昭君に擬してみると、西戎の王に抱かれるより、いっそ青海に身を投じてしまいたいとさえ思われる。

とはいえ、公主にもたった一つの望みはあった。それは、公主を迎えるべく吐蕃から遣わされたガル・トンツェンである。彼はたしかに蛮風の男だった。にもかかわらず、彼はいままでに公主が会ったいかなる漢人の男よりも亮達なそして勁悍な相貌をそなえていた。はじめて父太宗の御前でガル・トンツェンの拝謁を受けた時のことを、公主は覚えている。漢人にならって叩頭しおもむろに面を挙げたガル・トンツェンは、あたかも太宗のあるのを忘れたかのごとくに公主を凝視した。それは、隼鷹が烱烱として獲物を狙うような、あるいは、豺狼が炫炫として曠野を睥するような、全き野性の目であった。公主は思わずたじろいだ。次いで羞恥が公主をつつんだ。

だが、ガル・トンツェンに従った兵士たちを見れば、いずれも菽麦も弁じられぬような曖昧な風態である。公主は、ソンツェン・ガムポ王がいずれに類するかを知らなかった。ガル・トンツェンの説くところによれば、ソンツェン・ガムポ王は、前宰相トンミ・サムボータを印度に遣わして吐蕃文字を制定せしめ、加えて仏典の吐蕃語訳を行なわしめたという。すでに深く仏教に帰依していた文成公主は、ガル・トンツェンの話にいささか満足はしたが、それでも、西戎として遇していた吐蕃の王との婚姻は途方もなく悲しかった。そして、ガル・トンツェンは、その西戎の男としてもっともふさわしい野獣のように思われた。

もはや、西寧も過ぎ湟源に到着していた。湟源太守の館に旅装を解くと、公主は李道宗に命じてガル・トンツェンを自室に召じた。吐蕃の宰相にたずねたいことがある、と言って李道宗をも退らせ、かくて、公主とガル・トンツェンと二人きりで相対した。

唐語をわずかに解するガル・トンツェンは公主の旅の労をねぎらい、公主はソンツェン・ガムポ王についてたずねた。長安を立つ前に公主が得た知識は、すべて太宗あるいは侍臣を介していた。いま公主は、吐蕃人の口から聞きたかった。王はいかなるお人じゃ。唐国太宗陛下にも似て英邁な君主であらせられます。いや、その風貌じゃ、西戎の王は、やはりえびすであろう、そなたのように。

ガル・トンツェンは公主をまっすぐに見た。二人の視線は停止した。一方は逼り来る禽獣の恐怖のために、一方は蹂躪すべき獲物への渇望のために。やがて、獲物は難なくくずおれた。

こうして悲劇的な愛が始まった。湟源をあとにすると、公主の輦の横に、ガル・トンツェンの騎る馬が並ぶようになった。一行のすべてが、この恋愛を知った。だが、侵すことのできない熱風が二人の周囲に渦を巻き、李道宗すら沈黙していた。

公主は吐蕃に近づくにつれて息苦しくなった。逃亡か、あるいは死か——倒淌河を渡って間もなくのことである。一行の列が不意に乱れた。ガル・トンツェンが輦の帷を破り公主を馬上に拐った。次の瞬間、駿馬に鞭をあて戛然たる蹄の音を残して、渺茫たる青海の野に消えたのである。

——姫、姫、という声で我にかえった。公主は相変わらず輦のなかに居り、目前には釈尊の像が慈眼を伏せていた。夢であった、と気づくと公主は一つ小さな嘆息を洩らした。姫、お輿の外にお出ましになりませぬか、世にも不思議な風景が見えまするる、と言う李道宗の声である。公主は静かに草原に降り立った。

飄飄と風が過ぎた。李道宗がその風の果てを指した。地平線のかなたに峨峨たる山嶽が望まれた。その稜線にそって、巨大な白堊の城廓が山襞にかかえられるように聳えていた。城廓の無数の窓は、あたかも山腹に穿たれた洞穴のように、四囲を圧していた。山肌が城壁を成しているのか、はたまた城壁が山肌を成しているのか定かではないほどに、その建造物は山と一体になっていながら、紛うことなく、壮麗な宮殿なのであった。何というみごとなおやしろでしょう、と恍惚と呟いた次の瞬間、その風景は、陽炎のように揺れ、やがて一塊の乳色の靄のなかに溶け去った。目を凝らしても、褐色の草原が果てたその先は、ただ紺青の穹廬となって大地を籠蓋するのみである。

ふと気づくと、ガル・トンツェンが公主の横に立っていた。ご覧になりましたか、あれが姫のお住まいになるところですぞ。ガル・トンツェンは厳かに言った。それにしても不思議ですな、消えてしまいました、と李道宗が呟いた。さよう、このあたりでは、しばしばあのような風景が見られるのです、とガル・トンツェンが公主を顧みて言った。それは明らかに、いましがたの夢に見た禽獣の目であった。公主はめくるめく思いでじっと見返した。それから、凜然と李道宗に命じた。先を急ぎましょう。――

一個月後、文成公主の一行は栢海に着いた。そこには、ソンツェン・ガムポ王が、親しく公主を迎えていた。

第二話

これは、ソヴィエト・ロシアのある町でおこった本当のお話です。そこはどこか、はっきりと地名をしるすべきでしょうが、まあ仮りにポドゴルノーイェとしておきましょう。この町は、ある小さな王国との国境にあり、人口は一万そこそこ、粗末な家が軒をつらね、周囲はどこまでも平坦な草原です。その草原も、地平線のあたりになると、すでに隣りの王国になるのですが、それはともかく、年中、乾燥した風が吹きまくり、夏の炎暑、冬の酷寒と、いわゆる大陸性気候というやつで、まったく何の取りえもない町なのです。

こんな平凡なつまらぬ町にも、最近いささかの変化がありました。一つは、この不毛の原野に灌漑して――言い忘れましたが、この町の外れにはI河というかなり大きな河が流れているのです。このI河がなければ、ポドゴルノーイェ町は死んでいたことでしょう――このあたりを豊かな農耕地に変えようという計画が、モスクワの中央政府から発表されたことです。町の人びとは、それを聞いて、そんなことができるものか、できれば俺たちの先祖がとうにやっていたさ、とひそかにささやきあったものです。しかし、人びとの嘲りをよそに、町の中央にあるポドゴルノーイェ地区人民委員会の白い瀟洒な建物の入口には、「大自然改造計画ポドゴルノーイェ地区実行委員会」という看板が打ちつけられました。同時に、その委員会の委員たちも何人か車をつらねて町に乗りこんで来ました。

委員長が、じつは、例のペリューキン氏だったのです。ペリューキン氏といえば、かつては同国の外務大臣として国際舞台ではなばなしい話題をまいた人物でありますが、一九××年の政変のために粛清にあって某所に軟禁され、最近ようやく「改悛の情」が認められて、ポドゴルノーイェ町に新設された大自然改造計画の実行委員長に任ぜられたというわけです。町の人びとも、寄るとさわるとペリューキン氏夫妻の噂で、仕事も手につかない有様です。ことに、ペリューキン夫人は、それこそ「掃き溜に降りた鶴」のように、町じゅうの目を欹てずにはいられませんでした。何しろ、国際社交界でも評判の美貌の持ち主でしたし、ペリューキン氏とは不釣合なほど若いのですから。

この委員長夫妻は、しかし、めったに人びとの前には姿をさらしませんでした。ほんの時たま見かけることがあると、人びとは大騒ぎで遠巻きにする始末です。ペリューキン氏も夫人も、決して笑顔を見せず、いや、むしろ凍りついた表情で、人びとの好奇のまなざしの間を音もなくすり抜けて行くのみです。これが、ポドゴルノーイェ町に最近おこった第二の変化でありました。

さて、この町に、アレクセイ・ワシレヴィッチ・ポポフという、風采の上がらない小男の農業技師が住んでおりました。一見して、四十五歳位の年かさですが、まだ三十歳を出たばかりでした。じつは、彼は傴僂だったのです。傴僂という忌まわしい天性の病いは、彼をあらゆる女人から遠ざけました。女人ばかりではなく、友人もいないまま、年老いた母と二人きりでひっそりと暮していたのです。ポドゴルノーイェ町に生まれ育ったポポフは、よその土地というものをまったく知りませんでした。彼の空想がまずその翅をひろげるのは、草原によって境を接しているという小さな王国でありました。その王国の向こうには、いくつもの東方の国がある、と思うだけでポポフはこの町を出られない自分を呪いました。王国（モナルヒーチェスカヤ・ストラナー）、あるいは東方の国（ダーリニィ・ヴァストーク）と呟くだけで、ポポフは、禁苑を垣間見た少年のように胸をはずませました。

ポポフの空想は、このささくれだったポドゴルノーイェの町から高く飛翔しました。甍をつらねた支那の町に亭々と聳える大伽藍、棕櫚の葉蔭に杳杳と眠るカムボジアの仏塔、あるいは、沙漠のオアシスに澄徹たる影を落とす白堊のモスク――見たこともない華麗な建造物の影像がポポフを誘惑いたしました。そのような建造物にふさわしい荘重な、夢幻的な生活、たとえば、白綾に身を包んだ阿拉伯の王と、後宮にひそむ蠱惑的な歌姫の官能の吐息を、ポポフは聞くことができます。また、錦繡をまとったキタイの皇帝と、その龍の玉座にひれ伏す百官の儀式の絵巻も、ポポフの目には鮮やかに見えるのです。

そうです、ポポフは教えられました。王制の下に蟠居して呻吟していた民衆の苦しみを――。ポポフの空想においては、しかし、王制が繰りひろげる典雅な様式だけが何にも増して、歴史の生ける確証であったのです。名もない民衆は、いまのポポフがたとえばそうであるように、こうした殿堂の営造のためにのみ生き、没し去っていく、そして、明らかにそれは、当然のことでありました。

　このポポフが、例の大自然改造計画実行委員会に移されたのです。彼には、もとより、農業技師としてのすぐれた実績があったわけではありませんが、なにぶん、この委員会は農業技師を必要としておりました。モスクワから乗りこんで来た数人の技師に混って、あたりの地形や地味に通じているポポフが委員に加えられたのは当り前のこととはいえ、傴僂の男にとっては、やはり出世だったに違いありません。その証拠に、ポポフの給料は上りました。また、ペリューキン委員長を中心に、会議つづきの毎日というのも、晴れがましい変化であったはずです。

　会議では、ポポフはいつも隅に腰かけていました。彼の席からは、ペリューキン委員長の八の字髭と、眉間に刻まれた太い縦皺がかえってよく観察できました。ペリューキン氏に大自然改造計画を推進する農業土木の知識があろうはずがなく、ただ一個の傀儡（かいらい）として、退屈きわまりない椅子に、屈辱に満ちた巨体を埋めているだけなのだということは、ポポフの目にも明らかでした。ポポフは上眼づかいにこの失意の委員長を盗み見し、不可解な粛清の実体を嗅ぎとっていたのです。

　ペリューキン氏は、いつも目を閉じていました。彼がくゆらす葉巻の紫烟は、ゆったりと流れて、副委員長イワノフの饒舌の前でくずれました。ペリューキン氏は、委員たちの活潑な議論に耳を傾けているかに見えて、そのじつ、過ぎ去った栄光の日々を追っているようでした。少なくとも、ポポフにはそう思われました。ポポフはいつか、ペリューキン氏を王とする架空の王国を考えていました。重々しい錦繡の玉衣をまとい、磨き上げられた大理石の回廊を百官を随えて歩く「ペリューキン王」は、かつてのピョートル大帝にも劣らない天性の王者に見えるであろう、とポポフは考えました。この想像は、ポポフを有頂天にしました。

夏のある日曜日、ポポフはポドゴルノーイェ町の外れの丘陵に登りました。灌木の葉が強い風に煽られて鳴り、見はるかす草原の上を一羽の鷹が獲物をもとめてゆったりと旋回していました。ポポフはその丘の頂きの叢に腰をおろし、いつもながらの空想に耽っていました。

その日は、しかし、いつもとは少し違っていたかもしれません。なぜなら、丘に来る前に町のなかを歩いていたポポフは、人気(ひとけ)のない裏通りでペリューキン夫人に出遇ったからです。夫人はつばの広い麦藁の帽子をまぶかに被り、あたりを憚るようにその路地に不意に現われ、ポポフとぶつかりました。夫人をこんな間近で見るのがはじめてのポポフは、道を譲ろうと、どぎまぎしながらも、そのあわれな金壺眼(かなつぼまなこ)は、しっかりと夫人に釘づけにされてしまったのです。

夫人は、ポポフを、誰もがそうであるように、まず気味わるげに一瞥し、次いで憫れみをこめて微笑みました。そして一瞬の後には、全き無関心の視線を投げかけて去って行ったのです。

ポポフは、いく度も振りかえりたい欲求に責められました。しかし、振りかえって夫人の背後を見ることは、夫人の美貌におのれの醜い斑を捺すことになるような気がしました。――彼は草のなかに埋もれながら、生まれてはじめて知った鮮烈な恋に絶望的な吐息をついていたのです。ポポフは恋する者の常として、夫人の不幸を本能的に看取していました。不幸といっても、それは、粛清の果てのかくも哀れな境涯のことでは必ずしもありません。過去の貴顕たちが驕奢な暮しの果てに行きついた倦怠と堕落、それを支えるもろもろの心の動きのせめぎあいといったもの――夫人の美しい相貌の裏には、たしかに、そういった陰晦な不幸がよぎっておりました。そして、そのような女人を住まわせるためには、ポドゴルノーイェの町はあまりにも平坦で、あまりにも乾燥しておりました。

草原が尽きる地平線に、真紅の夕焼雲がたなびいておりました。と、雲は、陽炎のような地上の熱気にゆらゆらと溶け、薄桃色の妖しげな気象がたちのぼりました。そして、ポポフの視界のなかで、それは見るまに、あるかたちを形成しはじめたのです。突兀たる伽藍の尖塔、角を噛み合わせた簷牙、龍を奔らせた飛閣、朱紅の柱をつらねる廊腰――いずれも遥かの雲間に浮かぶ遠い存在でありながら、あらゆる細部がポポフの目に映じたかと思うと、たちまち消え去ってしまいました。幻覚か、と疑ったポポフはいま一度目を凝らしました。しかし、渺茫たる草原が夕焼にひろがり、さっきの孤鷹の影を落とすのみです。ポポフの目には、いましがたの城砦の残影が鮮明にのこりました。のみならず、ペリューキン夫人のそれも、城砦の庭園にたたずんでいるかのように思われたのです。

この日から、ポポフは「ペリューキン王」と「王妃」の支配する王国を、虚像のなかからはっきりと抽き出すことができるようになったのです。ポポフの恋は、達成されないことがあまりにも明らかであるために、いっそう純粋でした。そうです、彼は、恋をするあらゆる若者が恋の極北に女への凌辱を目ざしているような、所詮いやしい性欲にとらわれることはありませんでした。その王国では、彼はもとより奴隷(しもべ)であり、それゆえに、王あるいは王妃の錦衣(きんい)の裾にひざまずいて接吻することも恣(ほしいまま)にできるのでした。空想は、この傴僂の男を大胆にしました。

ポポフは、ペリューキン氏にも同じ夢を抱かせようと思い立ったのです。次の日曜日、ペリューキン氏をあの丘に立たせること、そしてあの王国を見せること、という狂的な企てに熱中したのです。それは、幸運にも実現されました。

金曜日の会議のあとのことです。いつものように無言のまま帰途につくペリューキン氏に、ポポフは言葉をかけたのでした。ペリューキン氏は、もの憂げに小男を見おろしました。二人は、同情心という奇妙な接点で相手を信頼することができたようです。もっとも、ペリューキン氏ともあろう男が、ポポフの言いなりに、例の丘に登ることになったについては、いまだに謎とされているのですが——。それとても、しかし、失意の男がふとした陥穽に嵌まりこむあの虚妄のゆえであると解されなくもありますまい。

その日も、夏の強い日差しを地表で払いのけるほどに、風が吹いておりました。膝を没する草や灌木を踏みしだいて丘の頂き近くまで来た時、ポポフは、叢のなかに横たわっているペリューキン夫人とイワノフを見たのです。夫人の、雪のような肌もまた、ポポフの目に入りました。蒼白になって立ち竦（すく）んだ時には、ペリューキン氏も、すべてを目に収めていました。ポポフ、君がわたしに見せたいと言った王国とはこのことかね、とペリューキン氏は情熱的な眼差で——そうです、ポポフは、ペリューキン氏のそんな情熱的な目を見たことがありませんでした——ポポフを見おろしました。それから、ペリューキン氏は踵を返し、夫人の不貞の現場を立ち去りました。もちろんポポフもそれに随いました。

丘を下ると、ペリューキン氏は言いました。さあ、わたし達はあの王国に行くのだ、と。あの王国？　あの王国とは何だ——と、ポポフは激しく自分に問いかけました。いや、何でもよい、ここから逃亡することだ、空想の王国へ脱出することだ、と彼は胸のなかで呟きそして頷きました。

こうして、ペリューキン氏とポポフは、ポドゴルノーイェ町とは反対の方向へ、つまり、お隣りの小さな王国の方向へ、草原のなかを歩きはじめたのです。その日も、鷹が上空に舞っていました。

その時です、丘の上から確かな狙いをつけた弾丸が飛んで来てペリューキン氏の背から胸を貫いたのは――。二発目は、言うまでもなく、ポポフの心臓にやって来ました。

もしも、トリビュラ・ボノメ博士が居たならば、直ちにポポフの瞳を検べていたことでしょう。ボノメ博士の識見によれば、吾人の食用に供せられる動物は、屠殺者の鉄槌または庖刀に止めを刺された後にも、その眼の中に、臨終の際の眼差に映じた事物の印象を保存している、とのことです。ポポフの最期の瞳にいかなる影像が保存されていたかは知る由もありません。華麗なる王国の殿堂か、はたまた、渺茫たる一川の草原か――。

どちらにしても、主人公ポポフは死んでしまったのですから、この話も終わらなければなりません。しかし、あえて後日譚を一つだけ附け加えるならば、ペリューキン氏とポポフを射殺したイワノフは、反国家分子の国外亡命を未然に防いだ功績により、大自然改造計画ポドゴルノーイェ地区実行委員会の委員長に昇格したそうです。ペリューキン夫人がどうなったか、それは誰も知りません。

第三話

網走海岸に蜃気楼が発生するという噂があった。沖合に帽子岩を望む海岸には、大勢の見物人がつめかけた。アマチュア写真家として知られるM氏も、砂浜に三脚を据え、本職の医者稼業そこのけの熱心さで蜃気楼を撮影した。

モヨロ貝塚遺址から帽子岩へいたる長い防波堤が視界をいったんは区切るけれども、そのさらに沖は、オホーツク海の黒い波濤が茫洋とひらけている。水平線のあたりで操業している小さな漁船が黄昏の空にいくぶんせりあがり、したがって、あたかも静かな湖水に倒影するボオトのように、二艘に見える小舟の影がゆらめくのであった。

蜃気楼という名にひかれて集ったひとびとは一様に失望した。あ、見える見える、と叫んだそのつぎには、なんだ、たかが陽炎（かげろう）みたいなものじゃないか、と言ってきびすをかえす。とはいえ、夏の短い網走では、このような静かな夕刻の散策はたのしいにちがいなかった。

M氏は、毎日、夕刻にやって来た。すでに数十枚も撮影していたが、刻々と変化する中間色の乱舞に心をうばわれ、ただ一枚の完全を追求していたのである。M氏には、きたるべき高名な某写真展に出品して、その金賞をねらおうという愛すべき野心もめばえていた。

ある日、M氏は、いつものように帽子岩の先の水平線を、レンズからのぞいた。帽子岩は、沖の漁船が見せる美しい倒影現象を手前からがっしりと支えるかっこうの近景であった。その遠近をいかにたくみに映像化するか――M氏の関心は、すでに蜃気楼を記録することよりも、芸術写真をつくるための手のこんだ操作にあった。

ふいにうしろから声があった。

「おじさん、むこうのほうに街が見えるよ」

M氏はふりかえった。少年である。少年は、M氏の右手の方角にまっすぐ腕をのばしていた。

「え？」と、M氏はその手の先をたどった。黒ぐろと蹲座する知床山脈のふもとに、ピンクいろの函型の物象が参差としてつらなっているではないか。萍泊する沖の漁船のみを逐っていたM氏は声を失った。

それは、あきらかに、高層ビルディングの林立する大都会の像であった。通俗的には秘境とさえいわれる知床山塊に忽然と出現した大都市――殷賑をきわめる街の雑踏を中空の坩堝に閉じこめ、ピンクいろのうすぎぬをふわりとかぶって、海と山とのあいだに揺曳している。あの街はどこであろうか、網走でないことはもちろん、M氏の知る北海道のどの街でもない。摩天のビルディングの、あの圧倒的なつらなりは、どこか遠い異国のものでなければならなかった。これこそ蜃気楼である――M氏は感動した。もはや、カメラを向けることも忘れていた。やがて、その都会の幻影は次第にうすれ、ピンクいろの藹然たる塊となって山麓にたなびき、ついにまったく消え失せた。そして、急激に夜気がおとずれた。

「ああ、もう消えちゃった、すてきだったなあ」

少年の声でM氏はようやく我にかえった。何たることだ、もう少し早く発見していればカメラに収めたものをという慚愧の念、しかしじつのところ、M氏もまだ恍惚の境地にいたのである。

「ぼくたち二人だけだね。あの本物の蜃気楼を見たのは」

「そうだね」

M氏は海岸を見わたした。

「ぼく、毎日来ていたんだよ。いまみたいな本物の蜃気楼が見られると思ってさ」

「そうか――」

M氏はうなずいた。

「いまの街はどこなの？　おじさん」

「さあ、わからないな。太平洋のむこうだろう。サン・フランシスコかな、遠い外国だよ」

「ふうん。おじさん、行ったことあるのかい？」

「ないよ」

M氏は微笑した。砂浜に二人の影が長く伸び、少年の頰が夕陽に染まった。この少年がいなければ、おれはあの蜃気楼を見ることができなかっただろう――そう思うと、M氏は、少年をカメラに収めたくなった。

「坊や、そこに立ちなさい。おじさんが君をうつしてあげる」

少年ははにかんだが、M氏がカメラを向けると、彫像（ちょうぞう）のようにかたくなって直立した。

「できたら送ってあげるよ。住所と名前を教えておくれ」

女満別（めまんべつ）町××町××番地、朝田一郎、とM氏は手帳に書きこんだ。女満別は、網走から汽車で二十分ぐらいの小さな町である。M氏ははっとして少年を見た。

「じゃあ、坊やは蜃気楼を見るために、毎日汽車で来ていたのかい」

「うん」

少年はM氏に時間をたずねた。それから、汽車の時間だ、と言って歩き出した。M氏も、三脚やカメラを収めた雑嚢をかつぎ並んで歩いた。

「ぼく、いまの街に行きたいな」

「行けるさ。坊やならきっと行ける」

少年は笑った。もう、この少年は来ないだろう、そしておれも来ないだろう、とM氏は思った。

駅近くになると少年はかけ出した。

「さよなら」と、少年は走りながらふりかえってえくぼのある笑顔を見せた。

「坊や、きっとあの街に行くんだぞ」

M氏は少年の背に大きく叫んだ。

M氏はそれからまもなく、札幌の某病院に転勤した。網走にいた時とはちがい多忙の日がつづいた。漁船のせりあがりを撮ったあの写真は、念願どおり、金賞を獲得した。M氏は、しかし、少年に写真を送る約束を果たしていなかった。そして、多忙にまぎれ、いつか忘れていた。

その年も暮れた。一月末のある朝、食後のコーヒーを飲みながら新聞を読んでいたM氏の目は、網走の流氷という文字の上にとまった。毎年のことながら、一月末に網走海岸に接近する流氷と、それのもたらす寒気とは、M氏にはなつかしい厳冬の感覚である。だが、その新聞は、流氷の到来のみを報じているのではなかった。

一人の少年が、流氷の上を沖にむかって歩き出し、割れ目から寒冷の海に落ちて行方不明である、とそれはしるしていた。さらに、新聞は報じていた。女満別町××町××番地の朝田一郎君は、一月××日、網走の流氷を見に行くと言って家を出たきり帰らない、と。

M氏は新聞を置いた。そして、彼自身が氷海にはまったような戦慄をおぼえて立ちあがった。白皚々（がいがい）たる氷原のかなたに、蜃気楼に見た都会をめざして歩く少年の姿を頭にえがきながら——。

青海〈クク・ノール〉

私の隊商は、濃霧に道を失って、ル・ツァン国にはいりこんだ。

濃霧と思っていたのは、じつは、私が迷った湿地帯の沼沢に発生する、特殊のガスであった。隊商路は、乾ききった石礫の荒原に、ほそぼそと横たわる白っぽい線であったが、そのような乾燥地帯から、いったい、いつの間に、沼沢が無数に群なす湿地帯へ迷いこんだのか、私にもわからなかった。が、おそらくは、乾いた荒原へまで這うように延びてきたガスが、私たち隊商の一行を、知らず知らずのうちに、隊商路から逸れさせていたのかも知れない。

そのことに気づいたのは、石礫や砂土を歩く馬や駱駝の蹄の音が、いつしか、泥水を撥ねつかえす湿っぽい音に変わっていたからであり、そのころになって、私は、ようやくにして、執拗にまつわりつくガスの臭気にむせていた。それは、次第に、深い霧のように濃密になった。かくして、私は完全に隊商路を失っていたのだった。

そのガスが、わずかにうすれたころ、ル・ツァン国を見た。国とはいっても、それは夥しい帳幕の家屋から成る集落にすぎなかった。この国の住民の多くは、かつて私が見たさまざまな国の人びとと同様、牧畜を業としているのであろう。が、それにしては、この附近の風土は牧畜に適しておらず、牧羊の数も少なかった。

人間の集落にたどりついた安心感で茫然とたたずんでいると、住民たちは次第に私の隊商を遠巻きにかこんだ。私とはおよそ相貌のことなる人びとであった。彼らは、みな一様にうす褐色の肌をもっていた。頭髪は黒く、瞳もまた黒い、そして比較的背がひくいところは、私の故国の人びとに類似しているようだった。が、眉から鼻梁へかけて刻まれたふかい線は、むしろアラビア人に近かった。しかし、アラビア人のあの魁偉な容貌にはほど遠い。また、私が旅先でしばしば見かけるモゴール人やチベット人、果てはウィグル人ともことなってい た。彼らの特異な容貌は、大湿地帯のガスによって、他の世界から隔絶された、たったひとつの民族のものにちがいなかった。

痩身の老人が進み出て私に言った。

「この国にはいって来た人間は、かならず国王にお会いすることになっておる」

この集落が、王を戴く一個の国家であることを、そのときはじめて知った。もちろん、ル・ツァン国という名も、国王がセチェン王と呼ばれていることも、そのときに知ったのである。

私は、何のためらいもなく、そのセチェン王に会いたいものだ、と答えた。貴重な旅のいく日かを、この国ですごすことは、秋の強風期を目前にひかえた旅人にとっては、思いもかけぬ損失であるが、しかし、未知の国に踏みこんだ以上、元首の庇護を受けつつ帰路を急ぐほうが、はるかに有利であるにちがいなかった。この国から、ガスに蔽われた大湿地帯を経て、東方に通ずる隊商路にもどるためにはすくなくとも、ル・ツァン国人の先導を必要とする、と私は考えた。

私は、馬から降りて轡（くつわ）を執（と）り、老人とならんで歩きはじめた。荷を積んだ駱駝も列をなして私につづいた。老人がふと立ちどまった。

「畜生どもはここにつないでおきなさい」

と彼は言った。私はなるほどと思った。道幅はひろくはなかったが、両側に立ちならぶ帳幕の家屋には、ある一定の規律のもとに統制された整然さがあり、そこには、動物の撒き散らす汚物や、飼料などの一片すら見かけられなかった。馬と駱駝たちを、集落のはずれの杙（くい）につなぐと、私を遠巻きに見物するル・ツァン国の人びとにかこまれて王宮へむかった。

王宮と称する建物は、遠くからもすぐわかった。貧しげな帳幕の家屋の並びが尽きると、今度は、灰褐色の泥土をこねた四角い住居がものものしく連なっていた。それらは、やはり灰褐色の土塀で小刻みに区劃され、帳幕の家並みよりも、むしろ、いっそう陰鬱な感じを与えていた。王宮は、それら区劃された家々のあいだの、細い路地の奥にあるらしかった。一

段と高い塔を中心に、円屋根の高楼が突き出ている。私は、連れの老人にむかって、

「あの塔のあるところが王宮なんでしょうね」

とたずねたが、彼は黙ったままであった。

王宮を中心に、それと同じ形状をした小規模な邸宅があり、そのさらに外辺に、いくばくかの木立ちの緑を点綴(てんてつ)して、帳幕の家屋が配される。このきわめて秩序だった集落が、ル・ツァン国のすべてであった。南北を縦貫するこの道が、おそらく唯一の公道であるらしく、そこから、凋密に立ちならぶ民家のあいだへ、入り組んだいく条(すじ)もの細い路地が走っていた。私が老人につきそわれて進むこの中央の公道の北端が、すでにして望まれた。当然のこととして、そこは、ル・ツァン国の北端であるに相違なく、白っぽい空間のひろがりを、そのかなたに予想させた。もちろん、ル・ツァン国の北辺にも宏大な湿地帯が、はるかの山系の麓にまでつづいているにちがいない。それにしても、ル・ツァン国の東西へのひろがりは、この公道を中心にして、いく層にも立ちならぶ家々のためにはかりがたかったがそれとても、途方もなく伸長しているとは考えられなかった。

王宮は、果たして、中心部に聳える尖塔の下であるらしかった。中央の公道から、脇の路地へ逸れる地点で、私を見物する人だかりは消え、私と老人と、ふたりだけが尖塔を正面に仰ぎ見る細い路へとはいっていった。その路は、人ひとりやっと通れるほどの幅で、しかもいく重(え)にも曲折した。周囲の様子は、高く迫る土塀のためにとうてい見ることはできなかっ

た。ただ、塀の内側から、人間の営みの物音がかすかにきこえた。

王宮ともあろうものが、何だってこんなに複雑な、せまい路地をたどって行かねばならぬところにあるのだろう、と私は訝った。

「国王は私に会って下さいますかね？」

いささか不安になって、ふたたび老人に問いかけてみたが、彼は何も言わなかった。

高い塀が両側から迫っているために、空は一条の青い帯となって見えたが、その帯は、次第に淡い茜いろへ変じていった。

王宮の尖塔の、装飾のすべてが、この道路の曲折にしたがって、さまざまな角度からはっきりながめられたが、私たちは、まだ王宮に着かないのであった。尖塔の長い影が、頭上におしかぶさるほどに接近したころ、老人は、土塀のとある一角に立ちどまった。よく見ると、そこには、通路とおぼしい小さな穴が穿たれてあった。老人がその穴を指して「はいって行きなさい」と私に命じた。これが王宮の入口なのか、何か不審な感じはするけれども、いままで通って来た迷路のような道から推して、私は何となく納得し、身をかがめて、その穴をくぐった。すると、土塀のむこう側、つまりせまい路地のほうに立っている老人が、「そこからはひとりで行ける」と言いざま、あっというまに穴を塞いだ。それは扉かも知れなかったが、たったいま私がくぐったはずの穴はなく、灰褐色の壁面が、上にも、左右にもひろがっているばかりであった。

私は、とっさに、監禁された、と思った。

おそるおそるあたりを見まわすと、土塀にかこまれたひろい庭であったが、それは、何の植込みもない、砂地の広場であって、そのかなたには、廃墟のような建物が見える。小さな窓がひとつ、黒い眼窩のように開いていた。

急に頭上にひらけた空間には、あの尖塔がくっきりと全容をあらわし、その他は、牆壁(しょうへき)に遮られて何ひとつ見えない。その光景は、私が、まさに王宮の内部にいるのだということを示しているらしかった。それにしても、かくも蕭条(しょうじょう)たるところが、果たして王宮なのであろうか。あの老人は、私を国王のもとにまで案内すると言ったにもかかわらず、なぜ、そのように計(はか)ってはくれなかったのであろうか。要するに、私は、老人の言うままについて来、果ては、迷路の一隅に封じこめられてしまったのであろう。とすると、この謎めいたル・ツァン国に、何の理由もなく、葬り去られてしまうのかも知れない。

私は、高い土塀にかこまれた庭に、しばらくたたずんでいた。と、不思議なことに、この庭の砂地のにおいが、私の記憶にむすびついた。私の隊商をさまよわせた、湿地帯の沼沢群から発生するガスの臭気であった。が、庭は、むしろ白っぽく乾燥した砂から成っており、くろずんだ不快な沼沢の水気や、足にのめりこむ、ねばっこい触感はなかった。つまりは、ル・ツァン国は、あの特殊な湿地帯を拓いて建てた国家なのであろう。一刻もはやく国王に会わねばならない——そう思って、おずおずと、黒い窓のある建物にむかって、まっすぐに歩き出した。

二棟の建物のあいだにも、細い通路が見えた。それは、奥深くまで通じているらしくまっ暗であったが、それをたどって行けば、王宮の中心部、つまりセチェン王の住まう宮殿に達するにちがいない。老人も言ったではないか、「そこからはひとりで行ける」と。それに、窓まで行けば、建物の内部の様子をうかがい知ることもできようし、うまくいけば、誰かがいて案内してくれるかも知れない、と私は希望をもった。また、たとえ誰かにとがめられたとしても、老人の命にしたがっただけのことだ。それにしても、あの老人は何者であろうか。いとも簡単について来たのは、私の大きな失敗ではなかったであろうか。

さまざまな不安にかられながら、黒い小窓にむかって歩いているときに、建物のあいだの例の通路から、ひとりの男が出て来た。私は、この男こそ、私をセチェン王のもとに連れていってくれる案内人なのだと思いこみ、嬉しさでいっぱいになって走り出した。

男は、古風な甲冑に身をつつみ、おごそかな面持で鉾(ほこ)を捧げ持っていた。彼は、私をみとめたらしく、鋼鉄の重い兜をつけた頭をわずかにこちらへかしげたが、そのまま黒い窓のすぐ前をよこぎって、ゆったりと去ってしまった。私はあわてて声をかけた。

「国王のところへ行きたいのですが」

男は立ちどまり、ほんの一瞬、私の姿をながめているふうであったが、私の問いには答えなかった。彼は、ういういしい青年であった。王宮の護衛兵であろうか、衛兵ならなぜ、不意の闖入者である私をとがめようとしないのであろうか。あるいは、私がここにいることが早(と)うに連絡されているために、何の疑惑も抱かないのであろうか。または、黄昏の庭を、ただ何気なく散歩する武将なのであろうか、とすれば、彼には、私を不審に思って訊問する役割はないのであろう。私は、彼の散策を妨げる必要はない、と思った。

　武将が過ぎ去ってしまうと、彼が出て来たせまい通路のほうへ駆け寄った。しかし、壁にぽっかりと口を開けた黒い窓が、またしても私をひきつける。それは、わずかに背伸びすれば中をのぞくことのできる高さにあったし、まっ暗と思われた内部も、近づいてみると、白っぽいものがうごめいているような気がしたからである。

　窓に手を掛けた。戸外(そと)とはまったく異質の空気が、なかに漂っているらしく、私はひどく狼狽した。思いきってのぞきこむと、暗い陰気な部屋のなかに、何やらさまざまな物体が渾然とあるらしかった。のみならず、それら不斉の物体のあいだにある、白っぽいものは、どうも女であるらしかった。女がいる、という思いがけない事実は、少なからず私を興奮させた。もっとも、ル・ツァン国の王宮の、ごく外郭部に属する廂房(しょうぼう)に、女が住まっているからとて不思議はなかった。が、この庭に押し入れられてからの実感としては、女がいる、ということじたい、かなり似つかわしくないのだった。それほど、いまの私をとりまく物象は、無機的であった。

　女は、うす暗い部屋の中央で、白っぽい衣にくるまってうずくまるような姿勢をとっていた。彼女のまなざしは私に向けられていた。それは、私が、老人の命令で土塀の一角の穴から庭にはいりこんだときから、私に視線を据えているらしく思われた。暗さのなかで、それは、じっと停止していた。

　私はふと、この部屋にはいるべきだと考えた。建物の横の通路は、王宮の中心部に通ずるであろう、が、それはまた、果てしない迷路かも知れず、そうなると、私のセチェン王への接近はいっそう困難となる。この女は、私をセチェン王へとみちびくある役割をもっているのではなかろうか。そこで私は、窓枠に掛けた両腕に力をこめた。難なく窓によじのぼり、次いで内側へとび降りた。

　女はうずくまっていたわけではなかった。素朴な彫刻をほどこした木製の榻（ねだい）の上に、白い衣をふわりとまとっただけで、腰かけていたのだった。そして、白い衣を透（す）かしてかすかにまるみの感じられる膝にそっと組みあわせられた手は、玉製の数珠（じゅず）をからめ、もてあそんでいた。

「仏陀を信じておられるのですか？」

　と、私は、いきなり女に問いかけた。その問いは、不意の侵入者の最初の呼びかけとして、女にたいする礼を失していたかも知れない。が、女は、憤る様子もなく、私の唐突な問いに、かすかにうなずいた。そのとき、女の手中の数珠が、カチリとつめたい音をたてた。

「この国では、誰もが仏陀を信じているのですか？」

彼女の前に直立したままでたずね、女の顔をまじまじとながめた。女は静止していた。その沈痛なつめたさが、鼻梁に流れ、口もとを圧しているようであった。瞳は黒く澄んでいた。それらはまた、肉体をおし殺しているようであった。が、ふわりと包まれた肉体のすべては、ほんのかすかに、動いているのだった。

女は、またもうなずいた。

私は、仏陀を信じなかった。というより、私の故郷には、そのような仮装の神性をあがめる風習はなかったのだ。仏陀をまつる寺院を見たことはあるが、はいったことはなかった。ル・ツァン国に、思いがけなくも、仏陀への信仰が存在し、目の前にいる女もまた、その信仰に生きているらしいという事実は、私をおどろかせた。この女が、仮睡(うたたね)するほんの一刻(いっとき)にも、数珠を手離さないというのは、似つかわしい光景ではなかった。とはいえ、私は、彼女をも含むル・ツァン国の人びとにとっては、まさに異邦人であった。

「寺院はあるのですか?」

という私の問いに対して、女は、

「いま建てているのです」

と、はじめて声を出して答えた。ひくいふとい声であったが、それは、ある種のうるおいに満ちていた。

「どこに?」

「見えるでしょう？　ほら、あそこに」

女はからませた数珠をほどいて、細い小さな指を伸ばした。いく層にもかさなる牆壁のかなた、黄昏の空高く聳える尖塔が、窓越しに見えた。それは、私が王宮の中心部と思いこんでいた、あの塔にほかならなかった。

塔は、すでに完成しているように見えた。この女によれば、それはいま、建築中なのであって、伽藍の落成を祈る人びとが、数珠をまさぐっては、その底部に沈澱しているのであった。

その塔は、ドームのような天井の上に、四角い底基があり、そのさらに上方へ、円錐形の塔が伸びている、ラマ寺院特有のチョルテンに似ていた。尖塔というよりも、それは、むしろこの国の風土が斑（しみ）ついたにぶい暗さがあった。精緻にほどこされているらしい装飾にすら、華麗というより陰鬱なにおいがあった。女が、窓辺で塔を見上げる私の背に言葉をかけた。

「まもなく完成するのです。あの塔が出来れば、わが国はますます盛んになるでしょう。セチェン王は熱心に仏陀を信じておられますし。それはまた、ル・ツァン国の人すべてについても同じことです」

私はそっと振り返った。女の言葉に、私はなぜか感動した。この女だけでなく、ル・ツァン国の人びとがすべてそう思いこんでいるのであろう。

「あの塔は、まもなく完成します。でも、私は」と言いかけて、女は私に眼を凝らした。

「でも、私は、何か、不幸なことがおこるような気がしてならない――」あとは消え入るような呟きであった。「あなたのせいです。あなたがこの国にはいって来たばかりに、何か不幸なことがおこるような気がするのです」

そうなのだろうか。私が異教徒だからなのだろうか。私はもう一度塔を見上げた。

「私は、湿地帯で道に迷ったのですよ。そこは恐るべきところでした。悪臭のガスに包まれた湿地帯の一隅に、このような国があるなんて、思いもよらぬことでした」

「悪臭のガスですって?」

と女が訊き返した。おどろきに満ちたその表情を見ると、女は、ル・ツァン国をとりかこむあの特異な沼沢の群を、まったく知らぬかのようであった。私は、女に近づき、子供に説明するような口調でゆっくりと語ってやった。最後に私は言った。

「この国に住んでいれば、あるいはわからないのかも知れません。ええ、そうです。私だって、ガスに捲きこまれてうろうろしているうちに、この国に来ていたのですから。一刻も早く故郷に帰りたい。そのためには、ぜひとも国王に会いたいのです。国王のところへは、どう行けばよいのか教えて下さい」

「国王はいますよ」

女は、静かに答えながら、榻にかけていた腰をすうっと伸ばした。白い衣の、胸から腰にかけて描いていたゆるやかな線が、さらりと崩れた。女は、私のほうに、数珠を絡ませた手をさしのべた。

「あなたがいらしたばかりに、不幸なことがおこるような気がする。でも、私はそれを待っていたのかも知れない……」

私はじっと女の顔を見つめた。それは、老人について歩きまわった、あの迷路のような細い通路を思い起こさせた。女のほっそりとしたからだを、しっかり抱きしめたいという欲望を、私は感じた。同時に、この建物の横の通路に行くよりも先にこの部屋にはいりこんだことを後悔した。

「国王はどこにいるのですか？」

と、私はもう一度たずねた。

「この国のまわりにガスが漂っているなんて、考えられないことです」

と女は言い、私の問いには答えなかった。女は、さしのべた手を、しなやかに私の胸に置いた。私は、いま、おどろくほど女と接近している自分の顔を想像し、そして、胸もとで玲瓏たる音を小さく響かせる玉の数珠に、目をおとした。

「ひどいガスですよ。いまに、あれは、この国をすっかり蔽いつくしてしまうでしょうね」

と私は言い、女の手をそっとはずして、窓辺へ退いた。この横の通路を行くのだ、と私は考えつづけていた。はいりこんだときと同様の身軽さで、戸外にとび降りた。庭には、やはり人影はなかった。歩き出そうとして、もう一度彼女のほうを振り返ったが、女は、空ろなまなざしを、塔の頂へむけていた。

私は一目散に、暗い通路へ駆けこんだ。長いこと歩くと、道は終わっていた。黒っぽい泥土の壁が私の行手を遮っていた。激しく叩いてみたが、ザラザラと砂がこぼれ落ちるばかりで、よじのぼることはとうていできそうもなかった。

私は、女の部屋にもどった。

＊

女の部屋で数日すごしていると、昼間ほんのかすかではあるが、カーンという金属質の音が遠くからつたわってくるのを、耳にすることがあった。女は、それを、伽藍の建築の音だと説明した。

女の部屋は、いわば土牢のような陰気さがこもっていたが、しかし、住んでいるうちにそのことは少しも気にならなくなった。食事はすべて、内側の扉の蔭からもたらされた。扉のむこうには、やはり道路があるにちがいなかった。そこをたどっていけば、今度こそはセチエン王の住まう宮殿に達することができそうだった。が、女は私を離さなかった。

夜になると、冴えきったつめたい空気が流れこんだ。湿気をまったく含まないル・ツァン国の空気は、たしかに、湿地帯を這いまわるあの夥しいガスを予想させはしなかった。

また、女の部屋の前の、あの高い土塀までつづく乾燥した砂地は、ぐちゃりと足をすくう沼沢の不気味さとは、ほど遠かった。女がル・ツァン国の近辺にガスなどありえないと否定すればするほど、私自身も、駱駝の群とともにさまよった記憶がうすれた。そして、ガスに捲かれたあげくに、偶然にル・ツァン国にたどりついたのだ、という私の説明は、次第に力を失った。私は、ある目的をもってこの国にはいったのだ。そして、伽藍の完成を熱望するル・ツァン国の人びとに、何か不幸なことをもたらすのだ、なかでも、この女に——と、私は考えるようになった。

それにしても、私はセチェン王に会わねばならない、といく度も自分に言いきかせた。そのためには、女の桎梏をのがれて、扉をこじあけ、建物のはるか奥にまで延びているにちがいない回廊に出なければならなかった。そしてまた、回廊が、戸外の建物の横の通路と同様、私にはとうていたどりきることのできぬ迷路になっていたとしても、脱出しようともがいている状態のほうが、あてどなく女にとらえられているよりはましだろうとも考えた。が、そのように考えながら、私はさらに数日を、女とともにくらした。

だが、ついに、女のまどろむ夜、榻の上に身を起こした。女は目をさまさなかった。私は暗がりのなかで、窓からさしこむかすかな明りを半面に受けた女の顔を、じっとのぞきこんだ。めざす王宮の中心部に行くことができ、セチェン王に会い、そして、あの湿地帯を抜けて帰ることができたら、どんなにか、この瞬間をいとおしむことだろうか。また、今後ますます不合理な監禁状態に置かれることになったとしても、もしもこの女とともにいることができるのであれば、後悔はしないかも知れない。いや、やはり私は、扉のほうに歩き出す。扉は難なく開き、暗い回廊の空気が私に触れた。女は私を追うだろうか、と思った途端に、あの女は、王宮の最奥部に位する牢獄に投じられた罪人なのかも知れぬ、といった考えが頭をかすめた。私はそのまままっ暗い回廊を、あてもなく歩き出した。

回廊の両側には、いくつもの部屋がならんでいるにちがいなかった。物音もせず、また灯りも洩れてはいない。それでも、壁をへだてた部屋のなかに、人間の眼が私を追っているらしい気配をひしひしと感じとることができた。私は、ほとんど手さぐりで歩いていた。曲り角では、急にあらわれる壁に頭をぶっつけた。それに、いく条かに分岐しているらしく思われる個所も多かったが、そのようなところでは、とっさに、そのうちの一本をえらぶより仕方なかった。どれを行っても、いまの私にとっては変わりないと思われるからであった。

いくつめかの岐点で、ようやく、ぼんやりとした光の溜りを発見した。それは、天井の小窓からか、または附近の扉からか、ふっと洩れたものらしかった。その光の溜りのなかに、甲冑の男が立っていた。女の部屋の前をゆっくりと散策していた武将かとも思ったが、それはただ、甲冑をつけていたからにすぎない。いま、私の目の前にいる男は、壁にぴったりと背をつけて直立していた。とすれば、私が歩きまわった回廊のいたるところに、このような兵士がいたのかも知れない。ただ、まっ暗であったために、私が気づかなかったのであろう。ここが王宮の一隅である以上、国王の警備のために、数多くの衛兵が、呼吸をもおし殺しているかのように立っている、ということはむしろ当然であった。いや、そうなると、私はすでに、国王の寝殿のごく間近にまでやって来ているのかも知れぬ。

そこで私は、思いきって衛兵に近づいた。

「国王に会いたいのですが」

と声をかけると、衛兵ははじめて私のほうに顔を向け、わずかに顔を歪めた。顔面にふかくかぶさる兜の庇（ひさし）のかげに、若い青年の顔があった。衛兵は、じっと私の様子をうかがっているらしいので、もう一度「国王の寝殿はどこですか」と問いかけてみた。すると、おどろいたことに衛兵は、すばやく私の腕をひっとらえて歩きはじめた。案内してくれるのだろうな、と内心よろこんではみたものの、どこかの土牢にぶちこむつもりなのかも知れぬ、という怖れもあった。が、私の懸念にはおかまいなしに、衛兵はどんどん歩くのだった。例によっていくつもの岐点を通り、複雑に曲折する回廊が、行きづまったところがあった。そこで衛兵は、カチリと掛金をはずした。鉄製の重い扉があるらしかった。咬み合わされた二枚の隙間から、橙（だいだい）いろの光が洩れていた。そこから先は、いよいよ目指す王宮の中心部なのだろうな、いままでのくすんだ灰いろの棟とはちがう、華麗な宮殿のとある一室なのだろうなと私は思った。押し開けられた扉のかなたには、私の想像していたものとはまったくことなる光景がひらけていた。金一色に塗りつぶされたまるい天井が、満天に星をいただく宇宙の一角であるかのように私におしかぶさってくる。同時に、強烈な金属的な音響が耳を聾（ろう）した。

そこは、途方もなく宏壮な空間であった。私をおどろかせたのは、そればかりではない、その大広間の中央に立ちならぶ数本の柱や、また高い天井までつづく壁の表面には、夥しい数の人間が、昆虫さながらにへばりついてうごめいているのであった。壁面に平行して巨大な櫓が組み立てられ、その上を往来する黒い点のような人びとが、鉄槌を振るっているらしかった。広間の各所に点けられた灯りの煌々たる輝きは、金色の壁に反射し、鉄槌の音響とあい俟って、私を圧倒した。

衛兵は、それらの光景をひと渡り見まわすと、うしろ手で背後の扉を閉めた。そして私に言った。

「伽藍ですよ。まもなく完成するのです」

彼は、緊張から解きほぐされた表情で、兜をうしろへずらし、笑った。

「伽藍ですって？」

「そうです。この伽藍の天井の上にある塔は、もうほとんど出来ているのです。あなたにも見えたはずだ」

そこで、私はあの女の部屋を思い出した。

「見たことはある」

と私は呟いて、音響を避けるように、衛兵のかたわらに身を寄せた。

つまりは、あの女の部屋から、複雑に交錯し分岐する回廊をたどり来たって、いく度となく仰いだ仏塔のもっとも底部にまで達しているわけであった。

「国王はどこにいるのです？」

と言ってから、私は伽藍の内部をぐるりと見まわした。罌粟粒（けし）ほどに見える労役者たちの群のなかに、セチェン王がいるとは、もちろん考えられなかった。が、伽藍見物はもうたくさんだ、それよりセチェン王にすぐ会いたいのだ、ということを衛兵につたえるために、そうたずねたのである。

「国王は、おそらくここにはおられないだろうな」

と、衛兵は呟いたが、次の瞬間、ひどくこわばった表情で私の耳もとにささやいた。「国王がどこにいるのかは、われわれにさえもわからないことなのです」

衛兵が、国王の所在を知らないのだって？　そんな馬鹿なことがあるものか、と、私は眼を大きく見ひらいた。いったい、セチェン王は、王宮の最奥部に住まっているために、一介の衛兵などにはとうてい見（まみ）えることがないのであろうか。それとも、セチェン王は、常に彼らの前に姿を現わしているのだが、衛兵が、それを国王とは知らずにいるのであろうか。どちらにせよ、きわめて不思議なことではあるが、このル・ツァン国においては、案外ありうることなのであろう、と私は思った。

「じゃあ、あなたはなぜ、わたしを伽藍まで連れて来たのです」

と私はたずねた。途端に、衛兵はいかめしい表情で私をにらんだ。

「命令ですよ。あなたはここではたらくことになっている」

「命令だって？　誰の命令なんです？」私はとび上った。

「国王の、ですよ」

　と答えた衛兵の顔は、いたずらっぽい少年のそれのように輝いた。

　それは、ありうることかも知れなかった。異邦人の私が、道に迷ってル・ツァン国にはいって来たこと、老人に伴われて王宮の一角にもぐりこんだこと、女の部屋でながいことすごしてしまったこと、などは、ある種の方法によってセチェン王にまで伝達されているのではないか。そのような人間を、伽藍建築の労役に使うことは、じゅうぶんに考えられる。でなければ、この衛兵は、どうして、やみくもに回廊を歩いていた私をつかまえて、このようなことを言えるであろうか。あの女が、私をひきとめておいたこともまた、怪奇な命令系統のなせるところではなかったろうか。が、それにしても私は、いくつもの分岐点において、そこからいく条にも分かれる複雑な進路を、まったく私じしんの瞬間的な判断で選択してきたのだった。そうなると、この衛兵と出会ったのは、ほんの偶然にすぎないではないか、いや、あるいは、どの回廊を進んでいっても、衛兵が立っていて、私はそこで、同様の会話を交わしたあげくに伽藍まで連れられて来たかも知れない。または、どの回廊を進んでいっても、この衛兵のもとにたどりつく仕組みになっていたのかも知れない。

　いずれにせよ、私は、もはや、ル・ツァン国の王宮に監禁されてしまったのだ。女の部屋から脱出を企てたように、私は、この王宮から、ル・ツァン国から脱出しなければならない――そう決意すると、私には、またもやあの女が思い出されるのだった。

　あの女が私を離そうとしなかったのは、果たして、国王の命令系統によって仕組まれたことだったのであろうか。が、国王が、私に伽藍での労役を課したのだとすると、あの女と私とのことは、国王の目的とするところとは何らの関係ももたないはずであった。やはりあの女は、私を愛していたのだ。――などと、考えをめぐらせていると、衛兵が言った。

「さあ、この伽藍ではたらくんです。あなたの来るのがあまりおそかったものだから、ぼくは上司に再三の督促を受けていたのです」

「上司はどこにいます?」

　と私はたずねたが、それは我ながらまずい問いであった。この大広間の壁面いっぱいに散らばっている黒い点のひとつが、工事を監督する役人にはちがいないのだろうが、われわれのいるところからは、それら黒い点を見分けることなどできっこないのだった。

　労役者たちは、私と衛兵の存在に気づいてはいないにちがいない。それほど、彼らとわれわれはへだたっていた。また仮りに、彼らがわれわれを見つけたとしても、それは、やはりポツンとした点でしかないであろう。その上、伽藍に満ちあふれている音響のために、そのまっただなかにいる彼らの視覚は、すっかり封じられているのではなかろうか。じっさい、私も、衛兵と立っているこのほんの短いあいだでさえ、神経はかき乱されてしまっていた。

こんなところではたらくなんて、おまけに、いまは真夜中じゃないか――女の部屋にもどろう、もどれないかも知れないが、もどる努力はしてみよう、私はそう考えた。

衛兵は、私を伽藍まで連行するという任務を果たしおえた安堵から、いくらか、ゆったりとした姿勢をとっていた。甲冑と槍のいかめしさは、そのために、武器というよりもむしろ、彼をいっそう美しい青年に仕立てるための装具にすぎないようだった。私は、そのような衛兵をじっとみつめた。次の瞬間、彼の手槍をうばいとり、それをかまえて、彼の胸を一突きすることを、私は難なくなし終えていた。構えを失した鎧具の、胸の脇にほっそりと走る隙間をねらうのは、まったく簡単なことであった。もちろん、衛兵は倒れ、血を流した。私は、大広間のかなたの壁面に群がる労役者たちを見まわしたが、彼らは、あい変わらず、虫けらのように動きまわっていた。が、油断はできない。私は、背後の、暗い回廊へ通じる扉を押し開け、まず自分の身をかくすと、衛兵の屍体を回廊にひきずり出した。衛兵がしたように、扉の重い錠を下ろし、屍体を回廊の隅に放置すると、暗い回廊を手さぐるように歩き出した。

＊

回廊はどこへ行っても同じであった。袋小路のように行きどまる壁にぶつかってはもどり、また、いく条にも分かれる岐点に来ては、手さぐりで行先を考え、しかし結局はやみくもに走り出す、そのようにして、私はながいこと歩きまわった。朝が来てもよいころだ、と私は思ったが、回廊は、あい変わらずまっ暗であった。もっとも、この回廊に面しているいくつもの部屋の窓には、曙光がさしこんでいることだろう。あの女の部屋でなくともよい、たとえそれが牢であってもこの暗闇から私を救ってくれるところでさえあれば、どこでもよい、と私は思った。それとも私は、追われているのであろうか——いやそのような気配はなかった。とすれば、私は、この暗い回廊を永久にさまようことになるのかも知れぬ、という疑念が雲のように湧きおこり、疲れと絶望で朦朧となったからだを、壁に凭せかけた。

と、私のからだが、壁面に沿ったまま、すうっと静かに後退していくのを感じた。壁かと思ったのは、どこかの部屋の扉であった。そう気づくと、やがて、私は次第に意識を失っていた。

昏睡からさめた私は、おそるおそる室内を見わたした。あの女の部屋ではなかった。まっ白い壁と、調度に彫られた文様とから、私が王宮の外郭から、より奥まったところまで達したのだ、ということがわかった。少なくともこの部屋には、牢のような陰気さはないようだ、それに何よりもよろこばしいことには、戸外に面する壁いっぱいに穿たれた窓から、明るい朝日がさしこんでいるのであった。私は、すぐさまそのよろこびを声に出した。

「ああ、朝が来たのだな」——私の声で、あたらしい一日がはじまった。

「よくもどって来て下さいましたね」

私の背後で、ききなれた声がした。私は、うれしさのあまり、我を忘れてぐいと振り向いた。それは、まさしくあの女であったが、あまりにも意外な再会のために、私はしばらく呆然としていた。彼女は、私の榻に身を寄せた。

「ひどい目に遭ったのでしょう？」と、女がやさしくたずねた。

「うむ」と答えたが、いまとなっては、昨夜来のできごとは、そうひどいこととも思われなかった。

「出るなと申しましたよ」

「そうだったね」と私は答えた。

「あなたの手は血だらけ……」女は、呟いた。

「人を殺して来たのさ。あやうく伽藍のなかではたらかせられるところだった」

「槍を持っていらしたのね」

私の榻の下に、あの衛兵の槍が置かれてあった。

太陽が高くなった。

女はなぜ、この部屋にいるのだろう、そしてなぜ、暗い回廊をさまよう私を、うまくみちびき入れたのだろう。私がとどのつまりは、この女のもとにもどらなければならないのは、われわれの愛のためだろうか、それとも、これもまた、国王によって仕組まれたことなのだろうか――などと考えながら、窓越しに戸外をながめた。

そこは、せまい中庭になっていた。一本の樹が植えてある。その緑の葉の裏側に寄生する白い繊毛は、沙漠に生える白楊樹を思わせた。緑の葉の多くは、季節には似合わしからぬ凋落のきざしを帯びていた。その樹の下は、かつて、私が通って来た湿地帯を思わせるような、溷濁（こんだく）した水溜りとなっていた。乾燥土に生えるはずの白楊樹があることから、この泥水の溜りは、ごく最近に自然に発生したものではあるまいか。とすれば、ル・ツァン国は、私の予想したように、ほんのわずかずつ、湿地帯に侵蝕されているのであろうか。が、ル・ツァン国の人びとは、誰ひとりそのことを知らないらしい。知っていて、伽藍を建てることはないであろう。いずれは、ル・ツァン国は、あの荒廃しきった泥漿土（でいしょうど）に蝕まれ、次第に潰（つい）え去ってしまうのであろう。私は、一刻も早く、この土地から脱出しなければならぬ。

そこで私は、女に、ともに脱出しようということを告げた。

「逃げましょうか」

女は、私の言葉をくりかえした。が、私たちは、次の瞬間には、脱出のことを忘れていた。

夜になった。私たちは終日、榻の上でくらしていたのだった。扉が開いた。誰かがはいってくるらしい。私はあわててとび起きた。たしかに誰かがはいって来た。黄色い衣をつけた男のうしろに、甲冑の兵士が二人、直立していたが、その様子から、男が、かなりの高官であることが知れた。私はなかば呆然と彼らを見ていたが、女はゆっくりと榻を降りると、侵入者たちに言った。

「おそかったのね。さあ、早く連れて行きなさい」

その言い方が、あまりにも威厳に満ちていたために、あやうく、その意外なことばの意味を理解できないぐらいだった。それからややあって、私はピクリとからだを動かした。

高官らしき男は、女にかるくうなずいてみせてから、私に近づいた。そのとき、ようやく、女に裏切られたことを知った。何のことはない、やはり私は、国王の命令系統の一環に位する女に、欺かれていたのだった。そう思うと、女を責める気にはなれなかった。欺かれていた自分自身の愚かさに、怒りがこみあげ、次いでそれはやはり女へとむかった。しかし、反抗もせずに榻から降り、高官の前に立った。

「セチェン王に会わせて欲しいのです。セチェン王に私の立場を説明すれば、きっとゆるして下さると思うのです」

ゆるすって、何をゆるすのだ、と自分の言葉をにがにがしく思ったが、私としては、高官に言うべきことはほかになかった。また、そう言いおえると女のために長いこと放置されていた私の要求が、ふたたび蘇ってくるのを感じた。

兵士たちが私の背後にまわって、ぐいとこづいた。どこかは知らぬが、私は行かねばならぬようだ、その前に、女に何かを言ってやりたい、しかし、言葉となってあらわれるものは、激しい憎しみの気持であろう、何も言わないほうがいいようだ。たとえ、あの愛が、罠のなかで仮装されたものであったにせよ、私にとってはこの上もない悦楽であったのだ。ただ、そういった思いは、いつかは抹殺せねばならぬだろう。私はセチェン王に会うだろう。そしてル・ツァン国から離れることができるだろう。そのときは、悔恨と追憶とを一挙に葬るために、この女に復讐するだろう。どのようにして復讐しようか。——

私は振り向きもせずに、女の部屋を出た。

心のなかは、がらんどうだった。怒りよりも、女との快感が、まだわずかに体内にのこっていた。やがてそれは苛立たしい悔恨となり、さらに、セチェン王に会いたいという希望になり、最後にはまた、女へともどった。

回廊は、ほんのりと明るかった。王宮の内部だというのに、大きな亀裂がはしるくすんだ壁が、どこまでも延びていた。もっとも、その亀裂は、ごく最近できたものらしかった。回廊の迷路じみた複雑さは、前夜に暗がりのなかで想像していたよりも、いっそうはなはだしかった。そして、回廊の両側には、いくつもの扉が連なっているのだが、部屋のなかに人がいるらしい物音はきこえなかった。壁とほとんど同質の床の上を、高官と兵士たちの靴音が、ひたひたと渡っていく。私も、彼らに前後をはさまれて歩いていく。

しばらく無言でいるうちに、私は次第に気をとりなおした。これから私が置かれるべき状態について、はっきりと知っておく必要がある。そう思って、私は、高官の横に進み出て肩をならべた。

「いろいろな罪状があるのでしょうね？」とたずねてから、自分の言いかたにうんざりしてつけ加えた。「もっとも、私自身では罪があるとは思っていないのですがね」

「あるだろうとも」

と答えはしたものの、高官の表情を横から見たところでは、私などは眼中にないといった様子で、考えにふけっているらしかった。

「衛兵を殺したことや」と、私はかまわずにしゃべりはじめた。「そして、伽藍での労役を拒否したこと、女の部屋に入り浸っていたこと。どれもこれも、あなた方から見れば、とうていゆるしがたいことなのでしょうね。裁きを受けるだろうことは、私にしても、じゅうぶん予想できます。それが、私にとって、どんなに納得のゆかないものであっても、裁きを受けねばならぬことだけは、よくわかります。なぜなら、私はル・ツァン国の人間ではありませんが、何といっても、いま、この国にいるのですからね。ただ、なるべくなら、私は、裁きの方法をうかがいたいのです。あ、それに、私が何の理由で裁かれるのかも、みんな、国王の口からうかがいたいのです。私の置かれた不合理な立場は、すべて、国王の誤解によって生じたのですよ。私は、何といっても、その誤解をときたいのです。そして、そのかわりに、ル・ツァン国にとっての重大なことを、国王の耳に入れたいのです」

私は、ル・ツァン国をとりまく湿地帯が、次第に、この国を侵蝕しつつあるのだ、ということを、セチェン王に説明したかった。なぜ私は、そんなにもル・ツァン国を救おうとしているのだろう。つねに私に罠を仕掛けてくる、この呪うべき国を。それは私にもわからなかった。

高官は、少しも表情を変えずにきいていたが、何も答えず、回廊のとある分岐点に立ちどまって、そこから三方に分かれる行手を見くらべていた。彼は、ル・ツァン国の人びとが誰しも着ている、あのゆったりとした帷のような衣服に、脇から両手をさしこんで、三本の回廊の、それぞれの行先について吟味しているらしかった。私は落ちつかぬ思いで、高官と二人の兵士にはさまれたせまい空間をぐるぐる歩きまわった。私の長ったらしい饒舌に、何の反応もないので、いささか照れくさくもあったし、また、ふいに訪れた沈黙にたえきれなくなったせいもあって、私は、直立する兵士の肘を、冗談めかしてポンとつついた。そのようなふざけた動作で、少しでも彼らと私との緊張を解きほぐしたかったのである。

しかし、兵士は、かえってからだを硬直させた。そのとき、高官が振り向いて、私に言った。

「いまわれわれが考えている君の処分法には三つある。ひとつは、いうまでもなく、伽藍の建築工事に就かせること。ひとつは、あの女の部屋にもどること。いまひとつは、独房に行くこと、だ。そのどれかを、君は自由にえらぶことができる」

高官は、私と、私の行手に三方に分かれた回廊とを見くらべながら、あたかも、私の処分についての三つの方法が、三条の回廊と照合しているかのように、そう言いわたした。

「三つからえらぶなんて、ずいぶん寛容になったものですね」と、私は微笑した。「女の部屋にもどることが、処罰のひとつの方法だなんて、考えられませんね。だいいち、あの女は、私を連れて行けとあなたに命令したのですから」

「じゃ、君はもう、あの女を愛してはいないのだね？」

と、高官は、唇のはしにうすい笑いをうかべて言った。それは、私に同情しているらしいやわらかさがあったので、私はかえってにがにがしい思いにかられた。

「愛してなどいるものですか」

私は吐き出すように答えた。

高官は、黄色い衣服の胸の割れ目から、薄い板切れをとり出した。その板切れの上には、ある種の紙片がのっているらしかった。彼はまた、やはり胸もとから、筆をとり出し、何やら書きつけはじめた。

「女の部屋には行かぬ、というわけだな」

と彼が呟いたので、私は、高官がしるした文字は、私の処罰方法のひとつとして女の部屋を除く、といった類いのことを意味しているのだろう、と思った。それが終わると、高官は、私の眼をじっとみつめた。自らたしかめるようにうなずいてみせたが、じっさいのところ、高官によって確認された愛の断絶——あれをしも、愛と呼びうるものなら——を、いま一度とりもどしたい気持でいっぱいになって、しかし、じっと立ちつくしていた。

「次に、独房はどうかね？」

と彼は言った。私は即座にことわった。

「よろしい、伽藍ではたらくのだね？」と彼は念を押し、小声でつけ加えた。「独房とはいっても、快適な部屋なんだがね。国王が、とくに、君のために用意して下さったのだから」

と言いながら、高官はふたたび板切れに文字を書き入れた。

「国王が用意してくれたのですって？　快適な部屋が、なぜ処罰のためのものなのです？」

と私はせきこんでたずねた。「あの衛兵を殺した罪が、快適な部屋で償われるなんて」

「そのことは何の罪にもならないさ。また、さっき君が挙げたことは、どれも罪にはならないさ」

「じゃあ、私の罪とは、いったい何なのですか？」

高官は、私の眼から、そのねばっこい視線をはずした。そして、彼が手にした板切れの上の書類をもっともらしい顔つきで調べてから、「独房のほうに変えるかね？」と言った。

私はあわてて「いえ、伽藍でいいのです」と答えた。たとえ、独房がどんなに快適であっても、たったひとりで、自分に課せられた不可解な罪状を考えながら、ひとりくらすのはたえきれないことであろう。伽藍での労役が、どんなに辛くとも、いまとなっては、すべてを忘れてはたらくほうがよいように思われた。

高官は、書類を胸にしまいこむと、三条の回廊のうちの、中央を歩き出した。私の罪状とは何だろう。私はしかし、それ以上はたずねなかった。背後の兵士たちに追いたてられるように、私も歩きはじめていた。

その回廊の先に、見おぼえのある鉄の扉が行手を遮っていた。伽藍への入口なのだろう、とすれば、私に殺された衛兵の屍体はまだころがっているだろう。果たして、甲冑をつけたままの屍体が、暗い廊の隅に臥っていた。すでに蒼白な仮面と化している衛兵の顔は、つめたくしかも美しかった。私は思わず息を殺し、屍体の周囲に凝っているくろずんだ血痕を見た。が、高官も兵士たちも、何も言わず、扉を開けた。

金属質の音響と、金色の壁面の櫓にへばりつく黒い点のうごめきが、私たちを圧倒した。私は、自分のすべての感官を開放してやったまま、伽藍にはいっていった。

*

高官に伴われて、工事監督のところへ行った。監督は、くりくりに剃りあげた頭を、神経質に振りまわす男で、身にまとうまっ黒い衣服から僧侶のように思われた。じじつ、これは後で知ったことなのであるが、彼は僧侶であった。ただ、伽藍の建築工事という関係で、彼が監督の責を負うているのであった。監督は、私を笑顔で迎え、頭上の櫓をさして言った。

「あんたは幸運なおひとだ。あの櫓の上の連中は、もういく年もはたらいているのだ。これはまもなく完成する」

「では、私は何をするのですか？」

と、私も見上げた。壁面はまばゆく耀いていた。伽藍の奥へ目を移すと、そこには、かなり深い仏龕が穿たれており、なかに、男女二体の仏像が、相擁する姿態でおさめられていた。それには、正座し瞳を万人に据える如来像の、あの静謐な姿とは、あまりにもかけはなれた人間くささがあった。龕の奥からこちらをむく恰好になっている男性仏の大きな瞳は、胸を合わせた女性仏にのみ注がれていた。もつれあう手と、下肢の妖しげなうごきも、彼らだけの悦楽のためにあるかのようで、私は思わず息を呑んだ。この二体の仏像は、監督の説明によると、歓喜仏というのであった。言うまでもなく、この歓喜仏が、ル・ツァン国の信仰の的として、当然、伽藍における唯一の本尊であった。この国では、情事をかたどった物体が、宗教的な崇高さを帯びて、人びとを畏服せしめているのだ。私は、顔をおおいたいほどの、羞恥にさいなまれた。

歓喜仏をまつる龕の内部は、すでに完成したもののようで、ただひとりの労役者が、女性仏の腿部にまたがって、丹念に磨きあげていた。

「あんたは」と、監督は言った。「あの櫓の、ほら、いく段にも組みあわせられている櫓の、いちばん上の桟にのぼる」

私は、龕から、頭上へと目を移した。

「あそこで何をするのですか？」

と私はたずねた。気をつけて見上げていると、高い櫓にのぼって右往左往している連中は、じっさいには何も仕事はしていないようだった。が、ひっきりなしに響く槌音のために、彼らの動きはひどく忙しげに見えるのだった。彫刻も壁画もない、ただ金一色に彩られた壁面は、歓喜仏をおさめた仏龕の内部をひきたたせるためにのみあるように、単調にうちつづいていた。私といっしょに見上げていた監督は、当然のことのように私を見て、

「金箔を貼りつけるのだよ」

と言った。このひろい壁面を見わたしたところ、金箔の貼られていない個所は見あたらなかった。で、私は、

「全部貼ってありますよ」

と言った。監督は急に不機嫌な表情になって、ぐいと上をさした。

「のぼりなさい」

のぼって、何をするのだろう、訝しげに、高官のほうを振りかえってみたが、彼らの姿はもはや見えなかった。

高い櫓の横桟に連絡する梯子を、私は、やむなくのぼった。途中の桟で出会った労役者たちは、新参の私を見むきもしなかった。彼らは、機械のような正確さで、槌を振り上げては壁面を叩いているか、でなければ、ほんの一瞬休息しているのだといったふうに、ぶらりぶらりと細い桟の上を歩くか、していた。

指定された横桟にたどりつくと、さて、何をしたらよいものか、と下を見た。そのとき、

急に、高さが意識された。監督が、じっと、私の仕草を見まもっていたし、また、石材を敷きつめた床を磨いている労役者たちの、腹ばいになった姿も見えたが、それらは、小さく小さく見えた。あやまって落ちようものなら、頭をぶち割ることは必定である。そこで私は、急いで、下方から視線をそらし、おそるおそる足場を決定すると、すぐ目の前にひろがる金色の壁面にむかいあった。

と、何か異様な光景が目に映るような気がした。眼を瞠ると、金色に塗りつぶされた平面にすぎない。幻覚なのであろうか、いや、たしかに何かがある。私は、かすかに動悸する胸を押さえて、壁面を凝視した。金箔を貼りつけただけ、と思われた壁には、中央の仏龕にある歓喜仏の、小さな姿が、一面に浮かびあがっていたのだった。

つまり、それは、きわめて繊細な彫刻をほどこした壁であったのだ。その上に貼りつけられた薄い金箔が、壁面の精巧な浮彫を、そのままのかたちで蔽っているために、金箔じたいに、そのような細工がほどこされているかに見えるのであった。かすかな凹凸が、二体の仏像の、妖しげな歓喜を描いている。私は、いそいで、その周囲に目を移した。おどろくべきことには、微小な歓喜仏二体の姿態が、次々とほとんど無限にうちつづいていた。ちっぽけな一枚の金箔に浮かびあがる仏像は、かくして、無数の変幻をともなって、この大伽藍の壁一帯を蔽いつくしているのだった。

高い櫓の上から見える龕の内部は、ながく前方につき出ている庇のために、よくは見えなかったが、それでも、からみあう足の尖端がのぞいていた。人間の足にしては巨大すぎる、しかし、ごく自然な色彩をほどこした脚部の肌が、妙な生まなましさで私に迫った。めくるめく思いであわてて壁にむかうと、私は、みなに倣(なら)って、槌を振りあげ、思いきり壁面を叩いた。たしかに、金属質の音の手ごたえがあった。金箔を透してみとめられる浮彫の表面が、槌によって砕かれるのを、私はひそかに期待したが、それはかえって、細密な紋様をくっきりと浮かびあがらせた。私は命令のままに槌をふるった。

伽藍に朝が来て、私はようやく、櫓を降りることをゆるされた。

衛兵が、私たち労役者を宿所へ連れていった。この工事は、なぜか、昼に行なわれないのであった。宿所につくと、仲間たちは、ものも言わずに榻にたおれ、眠りについた。が、私は、金色の斑点が、まだ眼のまわりに飛び散っているような幻覚におそわれ、眠ることなどできなかった。

同室の仲間たちの大半は、ル・ツァン国の人間であったが、私に隣した男は、イブン・ハルドゥーンというアラビア人であった。彼が、どうしてル・ツァン国で伽藍の工事にたずさわっているのかはわからなかったが、私自身の経験に照らして考えると、彼もまた、湿地帯に道を失い、ル・ツァン国の王宮の迷路に翻弄されたあげくに、労役者としてはたらかされている旅人ではなかろうか。で、私は小声で彼にたずねた。

「どうして脱出しようとしないのです？」

イブン・ハルドゥーンは、無表情に答えた。

「わたしは、世界中を漫遊している旅人です。脱出したところで、とくにあてはありませんからね」

「でも、こんなところで、仏像をまつる伽藍の工事にたずさわるなんて、あなたの国の神への信仰に悖るではありませんか？」私は、アッラーの神のことを思って、そうたずねた。

「わたしの神だって？　わたしは、どこへ行っても自由だ」

「自由ですって？　昼はこんな牢に閉じこめられ、夜は、伽藍の壁に虫けらのようにへばりついていてもですか」

イブン・ハルドゥーンは、黒い口髭のなかに白い歯をのぞかせて笑った。

「あんたは、脱出しようとあせっているが、じつは、あの女の虜になっただけだよ。でなければ自由なはずだ」

私は、はっとハルドゥーンの顔を見た。この男も私のことを知っているのであろうか。が、彼はなにげなく横をむき、眼をつむった。

「何でも知っているよ。わたしが、いま、こうしているまでの経緯は、あんたとおなじなのだから」

「じゃ、あなたもまだ、国王に会っていないのでしょうね」

「ああ」と、イブン・ハルドゥーンはあいまいにうなずいた。「しかし、われわれは、国王に会っていないからこそ自由でいられるのだよ」

「いや、いまだって、すでに自由はうばわれています。あなたは、異教徒として、この伽藍の建築工事に使われていることを、恥じないのですか？」

「恥じては、いない。旅人としての本能がそれをゆるしているのだ」

私はうなだれた。このアラビア人の言うことは、私にはわからなかった。わからない、というより、むしろ、腹立たしかったのである。で、彼と話すのをやめて榻に横たわり、眼を閉じた。

もちろん、眠ることはできなかった。日が沈むころになると、また、金箔の浮彫に描かれた歓喜仏を間近にながめなければならないのであろうか。櫓の上に追いあげられてしまっては、もはや、セチェン王に会うどころではない。労役者の大半が、おそらくはこの国の罪人であると同様、私もまた、ある種の罪人に擬せられているのであれば、せいぜい、工事監督の僧侶にこの苦衷を訴えるほかはないようだ。ああ、それにしても、あの女は何者であろう。あの女は言った、「あなたがいらしたばかりに、不幸なことがおこるような気がする」と。不幸なことは、私におこったではないか。が、あの女とても、不幸になるのではなかろうか。私は裏切られたのだが、それは、あの女にとってもやむをえないことだったのかも知れない。われわれの愛をとりもどすためには、国王に会って請願し、私の自由を獲得することだ。今夜はまた、なんとかして伽藍からのがれて、セチェン王を探さねばならない。

あれこれ考えこんでいるときに、イブン・ハルドゥーンが、私のかたわらにそっと身をすり寄せて来た。

「あんたは、あの女のことを考えているのだろう」と、彼はひくく言った。私は息を呑み、ハルドゥーンの顔をみつめた。答えないでいると、彼は、なおも執拗に口を寄せて言うのだった。「会いに行くといい。会うことじたい、あんたにとっては、罪を償う方法のひとつだったはずだ」

「でも、私はそれを拒否したのです」

と、私は思わず高い声で言った。

「かまわない。あの女は、あんたを売ったわけじゃないんだ」

私もそう思う、と言いかけて、私は口を噤んだ。私がいまかりに、どんなに彼女を恋しく思ったからといって、このアラビア人にまで、そのことをつたえる必要はないからだった。私はだまって眼を閉じた。イブン・ハルドゥーンのことばはなおもつづく。

「あんたは、知らぬ間にル・ツァン国の王宮に踏みこんでいた。そして、あっというまに自由をうばわれた。だが、まだ肉体の自由はのこっている。それを確認しなければ、あんたは滅びてしまうだろう」

私に肉体の自由がのこっているって？

「さあ、あの女のところへ行っておいで」

と、ハルドゥーンが言った。私もまた、そのことを決心した。

たちまち、爽快な気が体内にみなぎってきた。あの女のところへ行こう、たとえ、そのことによって、高官または監督にきびしく譴責されようと、いま不意に訪れた自由でもって、誇らかに彼らに抵抗することができよう。また、回廊の途中で、武装した衛兵に妨げられても、かつてしたように、一瞬のうちに彼を葬ることができよう。

宿所を出た。回廊は、やはりうす暗く、ひっそりとしていたが、いままでにない希望に満ちて歩いていった。いく度か曲って、ついに最後の回廊まで来ると、馥郁たるかおりが、私を奥へ誘った。果たしてあの女のにおいであろうか、と訝りながら、かすかに開いている扉を押すと、そこには、典雅な麝香のにおいがたちこめていた。思いきり開け放った大きな窓の外は、あふれるばかりの陽光が満ちた真昼であった。私は、すっとなかにはいった。

何よりもおどろいたことは、錦繡の帷をなかば垂らした窓のはるかかなた、もの憂げな王宮の庭園を越えて、殷賑をきわめた街の雑踏が、つたわって来ることであった。市街の人波は、乳白色の城壁をへだてているために、望むことはできなかったが、そのむせかえるような、しかし、活気に満ちた人いきれは、私があたかも雑踏のなかにたたずんでいるかのように感取された。目の前にひらけた庭園は、南国のそれのように、緑がこぼれるばかりに敷きつめられ、しかし、人影はなかった。庭園の静けさは、市街のにぎやかさを、いっそうひきたてているかに思えた。城壁の上にひろがる紺碧の空は、突兀たる尖塔をくっきりと浮かびあがらせ、細かな鱗雲の一片一片が、白雪のようにつめたく光っている。さらにまた、私が湿地帯でさまよったときに、ガスの切れまから途切れ途切れに望見した壮麗な山脈が、磨きあげられた大理石の殿堂のごとくに連なっているのだった。尖塔をとりかこんで、あざやかな緑の点綴があり、それは、市街の舗道をしっとりとうるおす白楊樹の木立にちがいなかった。

尖塔の美しさにみとれているうちに、それが、私がはたらいている伽藍の上部につづく、あの陰鬱な塔であるとは考えられなくなっていた。また、その周囲のみずみずしい緑は、悪臭を放つガスに侵されつつあるル・ツァン国、灰色にくすんだ市街の一角であることを忘れさせた。また、私の耳につたわる市街の陽気さは、不気味な沈黙に満ちたこの王宮の、すぐ外辺にふさわしいものとは思われなかった。私は、遠景の清澄な美しさと、明るいさんざめきにつつまれている市街の繁栄とを、ル・ツァン国とはまったく別の、たとえば夢のなかに見るはるかな国のもののように感じた。と、この市街を蔽うている、途方もなく幸福らしい空気から、街並みをかたちづくるさまざまな家々を想像することができた。

青絹のように澄んだ空に聳える尖塔にふさわしい、淡紅色のはなやかな壁をもつ邸宅が立ちならび、石造りの堅牢な階（きざはし）が、古風な石畳の舗道へと渡されていることであろう。なかには、さまざまな怪獣を刻みつけた壁をもつ、魁偉な殿堂もあれば、清純な白壁の周囲を花園であしらった瀟洒な家もあるだろう。そのバルコニーには、金糸銀糸の綾なす衣をまとった貴婦人が、幼児を抱いて、見るともなしに市街の人波を見おろしているかも知れない。舗道はといえば、その華麗な市街を抜け、牧草を食(は)む肥えた羊が群なす郊外のほうへと、まっすぐに伸びていることだろう。そこには、牧羊群にまじって冥想的なメロディを長嘯(ちょうしょう)する牧童の姿も見られるであろう——私は、あてどもない空想からさめて、室内を見まわした。

　窓に半ばかぶさった帷は、真紅の絨緞を敷きつめた床まで、おもおもしく垂れさがり、ゆるやかな弧を描いて静止している。戸外のまばゆいばかりの明るさも、室内では、もの憂げなうす暗い光と化し、眼をみはると、華麗な色調にいろどられた連続幾何模様の天井から、細いやわらかな羅(うすぎぬ)の帷が、ふんわりと垂れている。ほんのかすかな空気の流れにも、それはかろやかにゆらめいて、うす暗い室内に幽鬼のような妖しさを醸(かも)しだしていた。私は、その帷のほうに、ひそやかに歩いていった。

　四隅に突き出た純白の円柱には、怪奇な獣身がかっと火を吐く姿で彫られており、その下には、宝玉を鏤(ちりば)めた渋い床几が、鏡台と並んで、どっしりとした荘重さを添えている。半開きになった白い羅の帷のなかには、やはり細密な浮彫をほどこした漆黒の榻が、思いきりのべられた茵(しとね)をのせる。

　私は、ふとおごそかな気分におそわれて、茵の上へおそるおそる眼を移した。そこには、倦怠と憂愁を帯びた女の裸体が、放恣なすがたで横たわる。ねむたげなまなざしは、どこへともなく流れていたが、私をみとめると、それは、一瞬、激しい淫靡の光を放った。

　ああ、ここは、いったいどこであろうか？　そしてこの女は、いったい誰なのであろうか？　もちろん、考えるまでもない、あの女が、私の想像もできなかった豪華な閨で、真昼の ennui を弄んでいるのであった。

　私の覚えているかぎりでは、この女は、灰褐色の壁にかこまれた、むしろ牢といってもよいような部屋にいたのだった。その窓からは殷賑をきわめる繁華な市街は見えず、ほんのわずかの人の気配すらなかった。まして、いま、私がありありと感じとることのできる美しい街並みは、そこでは、泥水の滲み出る中庭か、枯れ凋む白楊の葉であった。私がしばしば仰ぎ見た尖塔でさえ、陰鬱な周囲の牆壁に似て、いたずらに重苦しく聳えているだけだったのだ、いや、この女も質素な木製の榻の上で、せわしげに私を迎えたのだった。

　私には、この突然の変貌がわからなかった。しかし、それをたずねようとは思わなかった。私は、ル・ツァン国の王宮におり、いまや、牢から解放されて、贅をつくした女の寝殿にいる。そのことだけはたしかだった。

　女の部屋からもどると、私は頭痛を覚えた。が、それは、もちろん不快感ではなく、ただ一場の夢を見たような朦朧たるものであった。私は榻の上にからだを投げた。いつしかイブン・ハルドゥーンが枕もとにやって来て言った。

「あんたはもう、この状態を、恥辱だとか、苦痛だとかとは考えなくなっているはずだ」

＊

金箔の壁面での無為の労働と、華麗な寝殿での女との交情に明け暮れるいく日かがすぎた。私のからだは、いつか痩せ衰えていた。また、セチェン王に会いたい、ル・ツァン国から脱出したいという、かつての強い願望は失せていた。ある日、労役者の宿所で、私はイブン・ハルドゥーンにたずねた。

「あなたはいつか、自分には自由があると言った。それはどういう意味でなのか？」

アラビア人は、眉の奥で黒い瞳をチラリと動かした。

「アラビアには、ル・ツァン国のそれのように、いやもっと怪奇な道がある。ハーレムへの道だ。男は、自分のからだがやっと通れるぐらいのその道をすり抜けて、女のところへ行くのだ。ただ、ハーレムでは、アッラーの神を離れて愛をいとなむ。ル・ツァン国の人びとは、歓喜仏という偶像のみちびきによって愛に到達するのだ。あんたの肉体はいまや自由だが、あんたもやはり歓喜仏の信徒ではないか。いや、それでもいいのだろうな。アラビアだって、ハーレムへのうす暗い道を通ることは、魔術のようなものなのだから」

伽藍での、私の夜ごとの労働は、櫓に張りめぐらされた桟をつたって、金箔に透(す)けて出た歓喜仏の浮彫を、ひとつひとつ克明に観察することにあった。私は、いつか、歓喜仏にあこがれ、ついには信仰するようになっていたのであろうか。私がいま思いこんでいる自分の自由とは、結局は、歓喜仏の化身との交合なのであろうか。とすれば、永久に救いようのない牢獄に、自分を閉じこめてしまうのかも知れない――そのように考えていくと、しばらく忘れていた、ル・ツァン国よりの脱出を思った。あれほど会いたいと願っていたセチェン王はどこにいるのか。しかし、私は、伽藍での労役と、寝殿での悦楽に日々をやりすごしながら、ル・ツァン国の王宮の奥で生きているにちがいなかった。

そして、伽藍の完成の日が来た。

櫓がとりはずされた壁面は、いっそう見事にかがやき、中央の龕にある歓喜仏も、完璧な姿でわれわれを圧倒した。監督は、工事の終末を告げた。伽藍の天井の、そのさらに上方に聳える尖塔ではたらいていた労役者たちも降りて来た。伽藍の完成によって、われわれ罪人に課せられた贖罪は終わったのであろうか。そのことをたしかめるために、私は、立ち去ろうとしている監督をあわてて呼びとめた。

「私の罪は、これでもうすっかり償われたのですね？　もう、私は、完全に自由をとりもどしたのですね？」

監督は、いつか高官がしたように、僧衣の割れ目から板切れをとり出した。そして、神経質に頭を振りながら、その上の書類をながめた。

「いや、まだあるな。あんたは国王に会わなきゃならんよ」

私はとびあがった。

「そうです、そうです。私は国王に会いたいのです」

イブン・ハルドゥーンが言ったように、私は、いつしか、自分は自由だと思いこんでいたのだった。そのために、セチェン王に会うという、いちばん重要な目的をすら、あやうく忘れてしまうところだった。そうだ、セチェン王に会おう、しかし、監督は、そのこともまた、私の罪の償いだと言った。それによって、ル・ツァン国でのすべてを終えることができるだろう。

「国王はどこにいますか？」

監督は首を振った。

「明日、この伽藍で、完成を祝う儀式がある。この国の人間がすべて集まり、本尊を拝するのだ。その席に、国王はお出ましになる。あんたも、そこに列席するとよい」

と監督は答え、私の前から立ち去った。

翌日、私とハルドゥーン、それに、いく人かの労役者たちは、衛兵に伴われて宿所を出た。もちろん、伽藍での盛大な儀式に参列するためである。私の希望は、ひとつには、言うまでもなくセチェン王に会うことであったが、いまひとつには、あの女が、そのような儀式においてはどのような位置を占めるかをたしかめたい、ということであった。

私たちが衛兵とともに伽藍に到着したときは、あの宏壮な広間は、ル・ツァン国の夥しい民衆でいっぱいになっていた。私たちは、彼らの最後列に立ちならぶこととなった。

彼らは、みな一様に、中央の龕におさまった歓喜仏をみつめていた。私も彼らの頭越しに伸びあがってみたが、さしもの巨大な仏像も、このひろい伽藍の一端からは、あいまいなかたまりにしか見えないのであった。

龕の前に設けられた祭壇にともされた灯明の焔が、三角になって、ゆらめいていた。

私は、感慨ぶかく天井へ目を移した。それは、まるい碗を伏せた恰好で、広間の大群衆を蔽っていた。天井を一面にいろどる金色も、壁とまったく同様、歓喜仏を細密に彫りあげた、不思議な文様を秘めているにちがいなかった。が、天井を、または壁を埋めつくす歓喜仏の存在を、この大群衆は誰も気づいていないらしかった。彼らは、眼にうつるすべての平面を、ただひたすら金一色に塗りつぶされたものとしてしか見ていないであろう。壁面に身を寄せ、眼を凝らした人間のみが、仏像の千変万化の姿態を拝することができる。多くの人間は、かくして、龕のなかの巨大な像に圧倒されるばかりだ。それは、為政者の策なのであろうか——などと考えているうちに、伽藍内にひそやかに満ちていたざわめきがピタリとしずまり、しわぶきひとつない静寂が到来した。

セチェン王が現われたのであろうか、と、私は首をさしのべた。祭壇までの空間を埋めつくした無数の黔首（けんしゅ）が、波のようにゆらめき、また黄色い灯明がチカチカまたたくほかは、何も見えない。国王ならば、いく人もの随員や衛兵たちにまもられて、遠くからでもよくわかるはずであろうに、と私は訝った。とすれば、セチェン王は、群衆の最前列に、すでに臨席しているのかも知れない。祭壇に、人影が動いた。朱紅、または紫、または橙の、さまざまな色あいの法衣をまとった僧侶たちが、中央の仏龕の前に歩み寄り、儀式はまさにはじまろうとしていた。読経の声が、唱うようなゆるやかなメロディにのって、おごそかにつたわって来た。ああ、セチェン王はどこだ、祭壇の正面の座にいるにはちがいないが、それに、あの女も。私は、群衆をかき分けて、前に進んでみようと決意した。監督が言ったように、自分の罪を償うためにも、セチェン王に会う必要があるのだ。いま、セチェン王を発見しなければ、自分を罰する時は永久に失われてしまうのではないか。そこで、私は、横に立っているイブン・ハルドゥーンにすばやい一瞥をくれると、私の前にいく層にも居並ぶ人びとの波のなかに押し入っていった。

　新しい伽藍の完成に、酔うたように感激している人びとは、思いがけない異邦人の暴挙におどろいて、私をとめようとした。が、それにはかまわずに、ぐいぐいと先へ進んだ。ル・ツァン国の人びとと、親しくからだを触れあわせるのは、もちろんこれがはじめてであった。私が、あの女の寝殿で、庭園の前の城壁をへだてて感じとった、あの殷賑をきわめた市街を往き来する人びととは、彼らはあまりにもことなっていた。私が空想した、いや、あの華麗な空気をとおして想像した繁栄の都には、絶対に、もっと明るく、もっと典雅な男女が行き交っていなければならなかった。たとえば、それにふさわしい意匠を凝らした錦繍の衣や、雅(みやび)やかな縁どりの鞋(くつ)を身につけ、そのいろどりの華やかさ、彼らをつつむ豊かさが、まず私を圧倒させる、そのような人びとでなければならなかった。が、いま私がぶつかり、触れ合う人びとのからだは、灰色に蔽われ、のみならず、牧羊と砂塵と、そしてあのいまわしいガスのにおいが滲(し)みているのだった。金色にかがやく伽藍のなかにあっては、彼らはいかにも似つかわしくない泥くささであったが、じっさいのところ、この壁面の煌(きら)びやかさも、それら灰色の風土から生じた単調な重苦しさがあるのだった。

　仏龕のなかの歓喜仏の姿が、はっきりと見えるところまで来ると、私は足をとめた。すでに、私の前にある列は少なく、彼らはみな、祭壇の上の僧侶にならって合掌していた。そのなかには、いくらか私の見知っている姿もあった。はじめに私を王宮の城壁まで案内した老人、甲冑をつけた美しい武将、高官などが、正面に近い席についていた。が、セチェン王はわからなかった。国王である以上、当然のこととして、荘厳な玉座に就いていなければなるまい。が、玉座らしきものは見あたらなかった。セチェン王はどこにいる、いや、それよりも、あの女はどこにいるのか。

　老人や武将たちの居並ぶ列の端に、女たちが席を占めていた。彼女らは、ル・ツァン国の貴族なのであろうか、はなやかではないが、少なくとも、あかるい空気が、そのあたりから流れるようだ。あの女は、そのなかに、ひっそりと腰を下ろしていた。ああ、いる、もっとよく、彼女を見たいものだ。私は、そこで、注意ぶかく女たちの席のほうへと移動した。寝殿での、あの、すべてを吸いつけるような肉体が、伽藍のなかでは、いったいどういう具合に置かれているのか。また、あの淫靡な、しかしつめたいまなざしが、いったい、どのような変幻を帯びて歓喜仏に注がれているのか。私は、さらに前へ進んだ。誰も私を遮るものはいなかった。彼らの、一様に暗い、そして、非難をこめた視線を除いては。

そこでは、女の横顔をまじまじとながめることができた。彼女の周辺には、不可解な重い空気が漂っている。その眼は、喰いいるように、仏龕の内部に注がれていたが、私は、たとえようもない陰惨な感に打たれた。同じ女の姿なのであろうか。これが、あの贅をつくした寝殿の帷のなかで、孤愁と媚態とを私に見せつけた、同じ女の姿なのであろうか。そのおどろきは、しかし、じっとみつめているうちに、一連の回想へと変わっていった。私の脳裡には、最初に私が侵入した、暗い牢屋での不思議な出会いがよみがえる。また、一変して、華麗な、しかし、もの憂げな寝殿がよみがえる。

いつしか、私の背後に、イブン・ハルドゥーンが立っていた。

「女を追っているのだな」

と彼は言った。読経の声が高くなり、儀式はいままさにたけなわの感があったが、イブン・ハルドゥーンの私語は、思いがけずに、かん高くきこえた。祭壇に立つ僧侶のひとりが振り向いた。それは、例の工事監督であった。同時に、老人や、武将、高官なども、私とイブン・ハルドゥーンのほうを振り向いた。が、あの女だけは、微動だにしなかった。私は、自分が、突然に彼らの注視の的となったことにおどろくより先に、あの女はなぜ、私と知っていて見てくれないのだろう、と思った。

儀式は中断された。監督が、祭壇を降りて私たちの前にやって来た。ほかの僧侶たちも、壇上からじっと私たちを見おろしていた。急に、沈黙が訪れた。私は、しかし、戸惑わなかった。この状態がよいにせよ、またわるいにせよ、いまは、私がル・ツァン国に迷いこんで以来、常にもとめつづけて来た瞬間にちがいない。イブン・ハルドゥーンにしても、それは同様なのではなかろうか、と思うと、私は、私たちめがけて殺到するであろう面罵のことばの数々を、じっと待ち受ける気持になった。そのときに、私は、セチェン王に会うであろう。さて、セチェン王は、どこにいるのだ？　が、それは、依然としてわからない。

監督が何か言いかけようとしたので、私は、あわてて口をひらいた。

「儀式をつづけて下さい。私は、この神聖な儀式を妨害しようというわけではないのですから」

僧侶というより、むしろ逞しい武人のように見える監督は、ぐっと私を見据えた。

「うしろにもどるんだ、うしろに」

彼は、伽藍の両端に武装して直立する衛兵たちに、チラリと目くばせをした。と、衛兵たちよりも先に、高官がたちあがった。私は、高官に救いをもとめるように叫んだ。

「国王に会わせて下さい。今日、この儀式で、国王の処罰を受けることになっていたのですから」

高官はニヤリと笑い、監督を押しのけて私たちの前に来た。

「まだ言っているのだな。お前はまだ、自分の罪を知らないらしい。ハルドゥーン、知らせてやれ」

ハルドゥーンだって？　私は険しい面持で、背後のアラビア人を振り返り見た。イブン・ハルドゥーンは誇らかに笑って、私を押しのけ、祭壇のほうに進み出た。ハルドゥーンは、私と同じ罪人なのではないのか？　私は狼狽して僧侶たちに叫んだ。

「儀式をつづけて下さい。私を裁くこととは関係がないでしょうに」

「儀式は済んだのだよ」

と高官が言った。

壇上のイブン・ハルドゥーンが、そのとき、私にごく柔和な微笑を送ってよこした。高官も、老人も、武将も、ル・ツァン国の人びとのすべてが、私を注視した。私は、これから裁かれるのだ。いったい、この伽藍にいる一大群衆は、私の裁きのために、集まっているのであろうか。儀式もまた、そのための荘厳な序曲だったのであろうか。とすると、それは何というはなやかな審判であろう。私が、何のために裁かれるのか、それはわからない。私は、裁かれるためにのみ、裁かれる。

「これも、儀式なのさ」

と、イブン・ハルドゥーンが言った。ル・ツァン国の人びとは、みな一様にうなずいた。

イブン・ハルドゥーンの前には、いつのまにか、衛兵たちが運んで来た、大きな鼎があった。古めかしい銅器であるらしく、その胴部や把手の緑青色にくすんだ錆が、ある種の荘重さをあらわしていた。

高官はおごそかに私に告げた。

「国王がお前を裁くのだ。この鼎の水で身を清めよ」

私は緊張した。ル・ツァン国のすべての人間の前で、私の審判が行なわれるのだ――私は誰にもまして興奮した。ふと私の脳裡をよぎるものがあった。私はこの国をのがれようとしている。私には、ル・ツァン国の王が私を裁くと同様に、国王を裁くことができるのではなかろうか。もしかすると、私はいままで私に課せられていたあらゆる不合理なものからの脱出のために、国王を殺すことすらできる。国王を殺すことは、とどのつまりはル・ツァン国を滅ぼすことであろう。が、実際には、ル・ツァン国は、滅びかかっているではないか。

「鼎の水で顔をすすぐのだ」

高官が、ゆっくり言った。なおも躊躇していると、私の背に、イブン・ハルドゥーンの大きな掌がのしかかり、私の顔を鼎中の水に押しつけた。私は気を鎮めてそれに従った。つめたい水が私にある力を与え、私は悠然と顔をあげた。

高官と、僧侶と、イブン・ハルドゥーンとにかこまれて、あの女が立っていた。感情のない面をまっすぐに私にむけ、透きとおるような肌は死人のつめたさをたたえていた。

「私は国王なのです。セチェン王なのです」

と女は言った。私は驚きのあまり、かなり高い声をたてたように思うが、伽藍いっぱいに突如として満ちたざわめきにかき消された。私は力なく床に膝を折った。その姿は拝跪に似ていた。国王に対する畏怖からなのか、または女に対する愛慕の念からなのか、私にはわからなかった。

女は、いやセチェン王は、私の拝跪の姿を見守っていたようだ。私は、次第に思考をとりもどしつつあった。もっとも、思考は、熟しきった狂的な復讐の念でしかなかったが。そして、次に顔をあげたときは、私は国王にもおとらぬひややかなまなざしをもって、私の審判者たちを見まわした。

「あなたの裁きなら私はとうに受けていたはずです」

と、私は国王に言った。

「そうです。夜毎に――」

と呟く国王の低い声が、私に新しくある記憶を喚びおこしたが、私はそれをさえぎった。

「私をつかまえたものが、私の王位を奪うのでしょう。私の裁きはこれです」

伽藍のざわめきは、しわぶきひとつない静寂に変わった。ひくい国王の声は、伽藍にくまなくきこえることはなかったであろうが、何か呪文に酔う信者のように、民衆は聴きいっているにちがいなかった。

――私をつかまえたものだって？　と私は眼を剝いた。

「私はだまされていたのだ」

と私は叫んだ。

「だましはしない」

セチェン王の瞳が深い光をたたえて私をみつめたとき、私は、思わず口を噤んだ。

「だましはしない。私には、あなたへの愛があった。見知らぬ国の若者への」

私は沈黙したかった。が、沈黙は、セチェン王のしかけた不可解な陥穽にますます深く落ちこむことになるのではなかろうか。私は、いま、セチェン王の裁きを拒否しなければならない。

「あなたの国は滅びるのだ。あなたが隠微な欺瞞に酔うている刻一刻、臭気に満ちたガスと泥漿がこの国に瀰漫しはじめている。私は滅びゆく者の裁きを受けたくはない」

そう言って、私は、とっさに高官の腰の剣を抜きとった。重い剣であった。鉛のように重かった。が、私はそれを操らなければならない。高官とイブン・ハルドゥーンは私の腕を押さえた。彼らを制したのは女であった。

「私はだましたのではない。けれども、そうは言ってもあなたは信じないのでしょうね」

「信じない」

と私は白刃を振りかざした。

「お待ちなさい。私はあなたに刺されてもよいのです。それが幸福かも知れません。でも、いまこそはっきり申しましょう。あなたの罪は、旅人であること、そのことだけなのです。この国には、あなたには信じられないほどの神の姿があるのです。あなたは、そのうちのどの神をも知らなかったのです」

「歓喜仏を知っていますよ」

と私は言った。女は、いやセチェン王は眼をつむって静かに首を振った。欺瞞だ、と私は思った。

私は女の胸ぐらをつかまえて、白刃を振りかざしたまま、伽藍を埋める群衆を見た。高官もイブン・ハルドゥーンも、もはや私を制しはしなかった。私は、実際、セチェン王を刺し殺そうと思っていたのである。そのとき、イブン・ハルドゥーンが私の耳もとにささやいた。

「国王を斃せばよいのだ。あなたは国王になれる」

「国王にはなりたくない。しかし私は刺すだろう」

と私は言い、そのまま、剣を女の胸に突きたてた。血が潮のようにほとばしり、私の胸をも染めた。女は斃れ、伽藍の床にくずれ落ちると、そのまま絶命した。

　これが復讐であろうかと、私は空しい思いにとらわれた。群衆のどよめきが伽藍を聾し、高官や僧侶たちの動揺が私の周辺でおこった。それは、私の足もとで屍と化した女が、このル・ツァン国の王であったことをはじめて知った驚きなのか、または、私が国王を斃したことへの讃歌なのかは、私にはわからなかった。

　が、私の罪なるものは何であろうか。旅人であることが、唯一の罪であるとセチェン王は言ったけれども。イブン・ハルドゥーンは、そういった私のめまぐるしい思いを知っているかのように、私に言った。

「あなたは、もはや歓喜仏の化身なのだ。さあ、この国に君臨するがいい」

「いや、私はやはりこの国を去るだろう。それを妨げないでほしい」

私とイブン・ハルドゥーンとの対話は、群衆の空しいどよめきのなかで、不思議な栄光をもって交わされた。無慮の群衆にとっては、何のかかわりもない、しかし怖るべき権威が、国王を斃した私に賦せられているにちがいなかった。

「妨げはしまい」

　とアラビア人は答えた。

　私はうなずいて祭壇を離れ、一直線のかなたに開かれている伽藍の入口を指して歩き出した。大群衆はさっと私のために道路をひらいた。彼らの熱いまなざしにとりかこまれたとき、私は振り返り正面の歓喜仏を見た。

あの女は、血で私の愛と信仰を購おうとしたのだろうか。私は歓喜仏を愛した。が、私は歓喜仏に属しはしなかった。私の思いを裏づけるかのように、二個の巨大な彫像は龕のなかで永遠に抱擁していた。彼らは、愛欲の苦悩を救うために、湿地帯のなかの不毛の人間に降ったのだ。が、彼らの目は、われわれを見ようともしない。彼らの内部に生きる淫靡なよろこびが、そのなかば見ひらかれた目のなかで、われわれを無視し、愚弄しているだけなのだ。私は、この二体の仏像を信じることができない。しかし愛することはできたのだった。

突然、私はあの女の屍をル・ツァン国から持ち去ろうと思った。群衆のあいだをふたたび祭壇へと駆けもどり、血まみれの女の屍を腕に抱えると、くろぐろとした瞳の奥に、世にも怖ろしい妖孽の念をたたえたイブン・ハルドゥーンが、うなずいていた。このアラビア人は何者だろうという疑惑が、急に雲のように湧きあがった。

私の恐怖に満ちた形相が、アラビア人の眉の奥に映り、それがみるみる大きくなった。

「あんたは何者なのだ。アラビアの呪術師か？」

「邪教の神だ」

という答えがきこえた。私はくるりと振りむくと、女の屍を手にしたまま、群衆のなかの一条の通路をまっしぐらに進み、伽藍を後にした。

灰色の重い雲が頭上にたれこめていた。また地面には、あのガスが、白い瘴気のように這いまわっていた。湿地帯に低迷していたガスは、はやくも、ル・ツァン国の内部にまでひろがっていたのだった。私がかつて、このセチェン王の寝殿の窓からありありと感取することのできた市街の繁栄は、もはや跡かたもなく、また、はじめて王宮にやって来たときのあの索莫たる砂地の庭園すら、どす黒く澱む沼沢と化していた。

あたりに帳幕が点在し、すでにル・ツァン国のはずれにまで来ていた。私の旅の仲間であった馬や駱駝が、以前と変わらぬ姿で寝そべっていた。私は、彼らの鼻づらを一頭ずつ撫でてやり、セチェン王の屍とともに馬にまたがった。

いくばくも進まぬうちに、早くもひとつの丘陵にぶつかった。ガスの悪臭にもはや耐えきれなくなった私は、その丘にのぼってル・ツァン国をもう一度望みたいという欲求にとりつかれた。

丘陵の頂きに立つと、地の奥底を揺るがすような不気味な怪音をきいた。また、遠くに連なるまっ白い山系からも、この世のものとは思われぬ轟音がつたわってきた。が、私は丘陵の頂きに立ちつくしていた。腕のなかのセチェン王の屍に、彼女が隠然と君臨したル・ツァン国を見せたいと思った。乳白色のガスのかなたに見えがくれするル・ツァン国の尖塔の下では、君主を失った群衆がまだ呆然と立ちつくしていることであろう。いや、あるいは、イブン・ハルドゥーンの怪異な力が、彼らをべつなる国家へと駆りたてているかも知れない。

地底の怪音は次第に大きくなってきた。同時に、私の立っている丘陵も、生き物のように震動をはじめた。それは、ル・ツァン国をふくむこの大湿地帯が、私には量り知ることのできぬある力によって変貌しようとしている姿なのだ、ということは私にもぼんやりわかった。私は死せる国王に話しかけた。

「あなたの国は滅びようとしている。あなたはおそらくそれを知っていたのだろう。そしてあなたは、あなたの国の滅びる前に己が身を滅ぼそうとした。いま、あなただけは果てしなく自由だ」

私の腕にかすかにつたわる女のぬくもりが、私への女の最後の答えであった。遠く見える伽藍の尖塔が、突然、ぐらりと揺れ、それが二度三度とつづいた。尖塔は、それからしばらくは崩壊に耐えたかのように傾斜したままの姿でとまっていたが、やがて起こった地底の震動にぽっきりと折れ、そのまま倒壊していった。私はもはやこの大湿地帯を脱出しようとは思わなかった。

突然、背後に、洪水の音をきいた。遠くの山から、夥しい量の濁流が押し寄せてくるのだった。私は、まもなく、その流れに呑まれてしまうことだろう。静かに馬上から降りると、女の屍をきつく抱きしめた。丘陵の下を濁流がつっ走り、刻々と水嵩を増して私の足もとに迫った。そして、信じることのできない速さで私と女の屍を押し流しはじめた。私は、まもなく死ぬだろう。ル・ツァン国もまた、一瞬のうちに流し去られてしまうだろう。私たちが築きあげた大伽藍は、ばらばらに倒壊した泥と木片になって、跡かたもなく水中に散ってしまうだろう。巨大な山塊にかこまれたこの大湿地帯は、みるみるうちにふくれあがる水をたたえ、やがては静寂に眠る湖となるだろう。ル・ツァン国は、かくて、誰も知らぬまま、その湖底に沈むのだ。

いく度も波をかぶり、しかし、しっかりと女を抱いたまま死に翻弄されていた私は、ある瞬間、ふいと水面に顔をのぞかせた。

白銀の殿堂のごとくに聳える山系の麓まで果てしなくあふれる水面は、いつしか紺碧の小波をたたえた海のような姿となっていた。

「まるで海だ、青海(ククノール)……」

と、私は思った。

敦煌

一

崑崙山系の氷河が大きく動いた。いま、K・ダリヤは増水期だ。にもかかわらず、風景は乾いている。風が強いのであった。砂塵をまじえた風が河をこえて東へ向かった。K・ダリヤのおもてをさっと過ぎ行く雲の影で、空の高い部分を渡る風の力が知れた。はるか南、峨々たる崑崙が巨大な量感で、このタリム盆地を圧している。タクラマカン砂漠の南端、Kの街はずれであった。

ヨーカイ・ヤーノシュは風景を好まなかった。インドから新疆省までの長い旅路、そしていまたたずむK。巨大という名でのみ呼ばれる中央アジアは、しかし、ヤーノシュを圧倒した。彼は風景のなかにつっ立っていた。山と砂と河と風と。K・ダリヤのほとりで彼は面を挙げていた。前をはだけた毛皮の外套がはたはたとうしろへめくれた。まなざしは絶えず動いている。が、何かを見ているわけではない。ただ、鉛のように頭を占め、動かない鈍いものがあった。昨日、コータンからKまでの砂中に、ヤーノシュは見たのだった。遺跡——「あれがいったい遺跡とか廃墟とかの名で呼ばれるそのものなのだろうか？」ヤーノシュは考えた。

それは大海のただなかにあって、波がひたひたと岸辺に沃ぐ小島に似ていた。砂の波は、その飛沫を大海にはね返すことなしに、そのまま小高い島の腹に附着した。城壁の小窓は飛沫のとびこむにまかせているため、いつか塞がれていた。こうして小島は海濤のなかに没し去ろうとしているのであった。風化した文化の廃墟——いや、あれは砂漠そのものでしかない。彼が近寄って手を触れたとき、その城壁はボロリとくずれ落ちた。紀元前二三百年ごろか、ともかく人間が砂漠のどまんなかにぶっ建てた、それは建築であった。だが人為というにはあまりにもほど遠い。砂漠の一部が、ひとりでに文化らしいものをつくりあげた、といっていい。ヤーノシュの頭のなかにある鈍い塊は次第にくずれ、茫洋とした風景のなかで、やがて透明な想念として浮かび出た。「遺跡ってやつは、人間文化の痕跡というよりも、自然が人間の力を借りずに、人間に近づきつつあるかたちじゃないだろうか——」

すべてはこれから——タクラマカンにあるといわれる巨大な仏徒の遺跡を探索しようとする、そのことへの期待よりも、ヤーノシュは、コータン北東部にぽつんとたたずんでいた小さな城郭の廃墟に限りない同感をおぼえるのだった。

いま、ヤーノシュの前を、カルマーク人の筏が流れていく、水音もたてずに流れていく。

「東へ、行こう」

ヤーノシュは思いきり腕を伸ばし、左の指先が触れた木の葉をむしりとると、その厚ぼったい肉質の葉をこなごなにひき裂いた。ウーヴァーが彼の背後に近づく気配を感じて、彼は流れる水を見たまま口をひらいた。

「すべてこれから、ってことは考えたくないものだな」

「しかし、実際はこれからじゃないか？」

ウーヴァーはゆっくりたずねた。

「いや、昨日の城郭の跡を見たらね、あれで充分という気がするんだ」

吐き出すようにヤーノシュは言った。

K・ダリヤの対岸にも、やはり濃い緑の樹々が一列にあった。その幹のあいだにうすい褐色の平面がつらなっているのは――砂漠のはじまりであった。しびれるような絶無の世界が、河(ダリヤ)のむこうにはじまるのである。二人は木の下の砂地に寝そべり、頬杖をつくと、しばらくははるか頭上を過ぎて行く風の音をきいていた。かさかさの陽光が、K・ダリヤの川面に落ちた。

「ああ、あれか。コータン・ダリヤを下って、タリム・ダリヤに合したあたりを行けば、いくらでも見られるよ。……それに、あれだって、どうってこともなかったじゃないか？」

ウーヴァーのピンと張った声が、砂塵の途方もなくうつろな音にまじって、ようやくヤーノシュの耳に達した。

「西域南道を探る気か？」

「もともとの計画じゃないか！」

ウーヴァーは屹（き）っと眉を挙げた。ヤーノシュは思いきり頸をちぢめると、顎を砂に埋めたままかるくうなずいた。悪魔の巣、約五〇万平方キロのタクラマカン砂漠、そのなかでの豊穰地帯である河に沿うてL・ノールにまで出れば――それは、古来西域南道とよばれ、東西の交易商人や仏徒が往き来したといわれる公道であった。それはまた、文明のなごりが点在すると思われるもっともたしかな道でもあろう。ヤーノシュは、しかし、海の飛沫を受けて立ちすくんでいる孤島にも似た城郭への興奮がよみがえり、たしかな道に叛（そむ）こうとする危険な欲望が逆流してくるのをどうしようもなかった。

「東へ、行こう」

彼の小さな灰色の眼が動きもせず、ポツリと口をきった。

「東へ？　タリムのどまんなかを横切るのか」

「そう、ああいった遺跡は、文明の一端と考えてはいけないのだ。文明に近づく自然といったほうがいいか、ともかく、ひとの眼にはけっして触れられない状態に、あるものなんだよ」

晴れた日は、Kは空気がよいにちがいなかった。海抜一四〇〇メートルの高さにあるこの地方では、乾燥しきった空気の分子があからさまに皮膚に刺さった。そのため、ヤーノシュとウーヴァーも、異常に頰が瘦けてきていた。顔も蒼ざめていた。

「じゃあ、あの種の遺跡ってやつは、人間の行為の跡をたどることは無意味だ、というパラドックスの上にあるものなのか」

いきおいこんだウーヴァーの額が神経質に痙攣している。ヤーノシュは答えた。

「文化の痕跡がありそうだといわれるところは、かならずしも文化の必要条件を満さないよ。昨日の城だって……」

「ユロンカシュ・ダリヤのそばにある……」

「河のそば、ね。それはしかし反論にはならないよ。いいかい、それならなぜ、ああいった堡塁が非連続なかたちであるんだろう？　このあたりにはたしかに古代都市の跡があるさ。ヘディンが発見した寺院址なんかもこのKの東にある。しかし、おそらく誰にも顧みられなかった昨日の廃墟はね、たしかに君の言うようにとりたてていうほどの価値はないさ。ただ、そのありかたに俺は惹かれるのだ。ヤルカンドから、コータン、Kまで来るあいだに、遺跡のありかたをあれほどはっきり示したものはなかった」

「……………」

ウーヴァーは、無言ではげしく反発した。「非連続だって？　俺たちが、ああいった遺跡の連続した一線に、うまくぶつからなかっただけなのさ」

周のころから匈奴の進攻に悩まされた漢民族が、その不意の来襲に備えて辺疆に築いたこれらウオッチ・タワー、堡塁は数知れない。が、塞外に位するこれら堡塁を護る漢の兵士は、旃裘を身にまとった猛々しい単于の軍勢にひとたまりもなく掃われてしまった。彼らの戦いはいくどとなくつづけられた。そして、騒がしい古代の終焉とともに、タクラマカンには死のような静寂が訪れたのである――。

「ね、君は若いからわからないのだ。遺跡をつくったのは自然の意志だよ。人間―文化―遺跡というきまりきった法則が、このタクラマカンで通用するだろうか……」

ヤーノシュは砂地にうつむいたまま、ごわごわした革の防寒チョッキのかくしから煙草ケースをとり出した。一本をつまみ、くわえようと口もとに運びながら、彼はウーヴァーのほうへ頸をねじまげた。

「ウーヴァー、探険の理想は君の考えているとおりなのかも知れない。だけど、どうしても解決できない部分だってあるのはどういうわけだろう」

ヤーノシュは煙草に火を点けた。それは、まず、自然にすべての権力を与えてからかかるべきことなんだ――彼は、空中に飛び散り、くずれる青い煙の輪を追って、大きく仰向けになった。

ウーヴァーは沈黙した。おそろしくでたらめだな。このうえ、何を思いつくかわかったものじゃない。彼はしかし、ヤーノシュについては、さしたる知識をもっているわけではなかった。

ただ、ロンドン東方研究所の学術探険隊をくり出すについて、その背後で黒幕的に後援したルーズクリフト卿とヤーノシュとの結びつきが、いちじるしく不気味な翳をもっていることを、うすうす感づいた程度である。ルーズクリフト卿の古風な館で、ヤーノシュに対面したとき。黒檀の重い扉をギイッと推して部屋にはいると、庭園の樹立ちの蔭で陽のさしこまないそのなかに、身じろぎもせぬルーズクリフト卿とヤーノシュの輪郭がぼんやり浮かんだ。ルーズクリフト卿は、中世の肖像画のように、そのしぼみきったからだをくずしもせず、チラッとウーヴァーに鋭いまなざしを投げた。むりにちぢまった感じのヤーノシュの背中を見ながら、当惑しきった若いウーヴァーをよそに、ルーズクリフト邸は重く澱んだ空気に満ちていたのだ。ウーヴァーの足音が、絨毯の上をひたひたと彼らの背後にまで近づいたとき、両膝にだらりともたせかけた手のなかの煙草の灰を、ほろりと、真紅の床にこぼしたまま、ヤーノシュはかるく服をたたいて、ゆっくり立ちあがったのだった……。

まったく、あの緩慢さだ。とりとめのない、なにかペダンティストを思わせるでたらめさだ。ひょっとすると――掌にすくった砂が、さらさらとこぼれた。ウーヴァーは苛立ちはじめた。K・ダリヤを下る筏は、まだ、そんなに遠くないところで、ぐるぐる廻ってあえいでいた。河底の土砂が、執拗に筏に抵抗するのだった。

「俺も、君の考えるような探険家の理想といったものから出発したものだった。羅針盤、地図、そして綿密な計画のもとにあるあらゆる可能性、といったね。だけど、それだけではどうしても発見できない何かが必ずのこるんだ。それがわかってからは、俺にはひとつの執念がうまれた――。だが、この執念はどんなに強くても、探険のもっとも本質的なものからは、はるかにへだたっている。客観的には一ばん弱い、そこを、俺は最後のメドとしていたようだった」

「そして、それはたしかなものだったのか？」

ウーヴァーが訝しげにきいた。ヤーノシュはゆっくり首を横に振った。

「執念といったところで、俺にはそう言いきる自信がなかったのだ。そこに、何かがある、といったことに対する人間の感覚は、それが科学的なものであれ、宗教的なものであれ、あてにはならないものなのだよ……」

「感覚じゃないさ。遺跡の発見は、古代と現代とのみごとな合致点なんだ。古代の文化のありかたを、可能性として算出する、そして現代をそこにピッと照らしてみる、といったね」

ウーヴァーは、二つの掌をピンと伸ばして、中空に交叉させた。ヤーノシュは、ひたむきなウーヴァーの、そういった姿勢に微笑んでみせた。

「君は、女を性欲の道具と考えているかい？　それとも欲望そのものと考えているかい？」

「女を……」

ウーヴァーの二つの掌は、ぱさりと砂中に沈んだ。

「そうさ。若いうちはせいいっぱいの欲望の対象なんだろうな。欲望がわくから女を必要とするのだ、愛というかたちで……」

「…………」

母音の強さに正常なアクセントをはばまれたヤーノシュの英語は、一語一語、山頂から谷底へころがり落ちる石ころであった。ウーヴァーは、このハンガリー人の話が議論めいてくるときにきまって激しくなる母音の連続に閉口した。

「俺は落ちているものならなんでも拾う。女だってそうだ。対象じゃないんだ。ひどく他律的に見えるかも知れない、が、道具ともいえない。拾ったときに行為する、それはかなしいことだが——一つの執念といおうか、そんなものだろうな」

……ウーヴァーが黙りつづけているので、ヤーノシュはかるいためらいで、そっとウーヴァーの横顔を見た。「拾ったときに行為する」——自分で言ったこのことばが、何とはなしに気になった。

「拾ったもの、それは俺の意志とか欲望とかに無関係にあるのだ。じゃあ、俺自身の欲望はどうなるんだろう？　未知のものへのあこがれ、とかいうものでしかないのだろうか。いや、そうじゃあるまい……その無関係なものへの異常な執念、つまり行為そのもの。俺たちは、タクラマカンにあるという仏教遺跡を探ろうとしている。ところがそれは、俺たちとはまったく無関係に存在しているんだ。発見のために人間が考えるいろいろな手段とは無関係に、な。俺が執念といったそのことは、こんなところなんだろうよ」

ウーヴァーははっきりうなずいた。それは、しかし、ヤーノシュと彼とのあいだの落差を認めたものでしかないようだった。ただ、異なった二つの肉体がこれからともに何かをしようとするときの、耐えがたいうっとうしさからであった。ウーヴァーはぱっと立ちあがり、掌に握った砂をさらさらと撒き落とした。

「東へ行こう」

呟くようにまたも言ったヤーノシュの声が、足もとできこえた。

タクラマカン砂漠では、崑崙山脈と天山山脈のふもとに沿うて流れその周囲をうるおす河をめぐる公道のみが、人間の往き来をゆるしている。多くは崑崙、天山など大山系の春を走り来たった河であったが、氷河の融ける時期ですらも、溢れんばかりの水は、タクラマカンに流れこんだとたんに、砂のなかに没してしまう。海を知らない河なのであった。それでも、いく条（すじ）もの流れを求めて、カラヴァンは山麓の公道をひらいた。スウェン・ヘディンが生死の境をさまよい、「死の都」と呼んだタクラマカンは、じつは、その山麓の河をよぎる公道の周辺にすぎない。地図にあるタクラマカンは、うすい褐色のいくばくかの平面を、チベット高原の無気味な黒褐色の北に示していた。それは陥穽のようにおとなしやかに静まりかえっていた。

ウーヴァーは、その地図の上に面を伏せた。「たんなる魅力という点では、たしかにKと

L・ノールとを結ぶ直線コオスにまさるものはないだろうなあ。そこには、タクラマカンではさしてあてにもならぬ河の、その一条すらもない。おそらく無駄なことなんだが……」ヤーノシュの新しい思いつきは、しかし、ひたひたとウーヴァーにしのびこんでいた。「俺はしかし、一つの冒険としてこの未知のコオスに魅せられているだけだ。冒険というだけでは、探険と別種のものだからな……」

ヤーノシュはカンテラをかざした。眉の奥にひっこんだ小さい灰いろの眼が、濃い陰影のなかでチラッとひかった。

「K・ダリヤは、一ばん信用おけないそうだよ」

ウーヴァーは不審げに顔をあげた。二つの表情が、カンテラと地図をはさんでかっきりむかいあった。

「コータン・ダリヤやタリム・ダリヤもときにはそうだが、K・ダリヤは根こそぎ、つまりいま俺たちのキャンプの前を流れているようなものでさえ、消えてしまうことがある」

「しかしヘディンは河沿いに行ったよ。そしてそれは一応の成功だった……」

河に対して絶対といってよいほどの信頼を抱いているウーヴァーは、不満げに反撥した。ヘディンの名を言った彼は、ふと口をつぐんで崑崙とヒマラヤとを結ぶチベット高原のしたたかな黒い相貌を見た。そして、タクラマカンを見た。彼の長い人さし指が、つと、その地図の上をすべった。

ヤーノシュか俺かが死ぬかも知れない――タクラマカンの途方もない広さを前にして、彼はそう思った。……俺は死なないな。――ヤーノシュの顔をふと見ると、それはほとんどうつろに近い表情のまま、ただ異常に瘦(こ)けた頰の尖端で、くすんだ色の唇が二枚、かすかに動いていた。

ウーヴァーは、そのままの姿勢でまた地図の上に視線を落とした。いくつかのダリヤと、L・ノール周近のオアシス、そういったかぼそい線の群れが、これからの旅のなかでわずかの僥倖を約束するものとして彼の前にあった。息を押しとどめて、彼はそれらをみつめた。

二

ヤーノシュは、駱駝(らくだ)の背で睡気に襲われた。いくどとなく欠伸(あくび)をかみ殺した彼の眼球のなかに、うねりうねってつづいているタクラマカンの地平線がかすんで映った。波状の紋様をかき消して、駱駝が駈けるように砂丘を登りきったとき、彼はつと振り返った。すぐうしろの、ウーヴァーを乗せた駱駝は、いましがたのヤーノシュの駱駝とまったくおなじ姿勢で、まったくおなじ速度で従っていた。ウーヴァーの、ほとんど直角にきり立ったような肩のあたりが、駱駝の背とともに揺れている。――もう何時間もことばを交わしていなかった。

ヤーノシュは声をかけようと唇をかすかにひらいたが、話すこととてないのであった。彼は、登りきった砂丘の頂きで、双眼鏡をかざした。砂丘が果てしなくつらなるこの巨大な平面を、スパリと区切るなにものもなかった。わかっていることさ。——ヤーノシュは胸のなかで呟いた。シナ新疆省に、仏教徒ののこした巨大な遺跡がある——ヤーノシュが、そしてウーヴァーが憑かれたようにタクラマカンへ彷徨(さまよ)い出た、それはたった一つの理由であった。だが、何と、二人は離れているのだろう。ウーヴァーは、そのことを嗤(わら)いながら、ヤーノシュ同様の睡気と緊張とで、砂のなかをさくさく進んでいくだけなのだ。

ヤーノシュは、ほとんど何も考えなかった。ふと、あのコータン遺跡のすがたをかすかに思い出し、また、ウーヴァーに声をかけようかと思うぐらいであった。だが彼は、次々と砂丘を越えながら、この単純な思索をもつれるまでにくり返しもてあそんでいた。疲れはなかった。眠くなるのであった。駱駝の上、動いていることが、あまりにもあたり前であった。そのくせ、彼は動きを感じることができないでいた。被(かぶ)さってきてはねばついて離れないまぶたを、額の皮膚ごとこじあけては、彼は進んでいた。ウーヴァーは何を考えているのだろう？——Kを出発してから、十日たっていた。

ルーズクリフト卿はおもしろくなかった。それゆえ、卿は、白いカヴァーにおおわれたソファに小さなからだをうずめ眼をつむったまま、プランク博士の発言に苦々しい一瞥を与えたのみだった。まひる、しかし冬の陽は灰いろの雲にとざされ、窓から見える高楼のビルディングも、くすんだ色あいで沈んでいる、そんな空間のなかに、ロンドン東方研究所の所長室はしらじらしく電光に照らされていた。プランク博士は椅子を離れ、ひろい窓際を往き来しながら、中央アジア、とくにシナ新疆省探険のプランについて彼らしい学識の深さを披露しているのであった。ルーズクリフト卿をなかにして、ヨーカイ・ヤーノシュ博士、地理学者ウォルター博士、シナ文学者モリソン博士、仏教学者クラウス博士らがテーブルをかこんでいる。紫煙がたちこめるなかで、どことなく野暮ったいヤーノシュが背をまるくしてメモをとっているほかは、みなゆったりとソファにもたれて、プランク博士のことばに聴きいっていた。

窓の左側の壁、つまりルーズクリフト卿の正面にあたる壁いっぱいに、中央アジア大地図が掛かっている。卿は時折、ほそめに眼をあけてその地図をにらんだ。卿はおもしろくないのであった。

「プランクが行くって？　とんでもないことじゃ……」卿はこのことばを肚のなかでくり返している。プランク博士は、あい変わらずその巨体をゆっくり運んでいた。

「新疆に仏教徒の大遺跡がある、これはいかにもありそうなことです。また、当然あることでしょう。われわれがそれを探し索(もと)める、絶対必要なことと思います。しかし……」

「しかし、なんだね？」

言いよどんだプランク博士のほうへ、ルーズクリフト卿がいきなり上体を向けた。博士の巨軀がゆっくりと、窓際を去り、卿の椅子に近づいた。博士はこころもち腰をかがめ、両の腕を背に組み合わせると、木乃伊のそれのようにくろずんで萎えた卿のくび筋へキラリと視線を落とした。

「しかし、タリム盆地の探険はまだまだ準備期というところなんです」

ルーズクリフト卿の上体はふたたび正面を向いた。そして、あの大地図を黙視した。プランク博士も、ヤーノシュも、またほかの三人の学者たちもいっせいに地図を見た。急に静まりかえった室内で、ウォルター博士が灰皿にのせた燃えさしの煙草の煙が、まっすぐにたちのぼり、上でかすかにゆらいで空間に散っていった。

「準備期というのは、じゃんじゃん未知のものを見つけていく段階のことじゃないのかね？」

「それはそうです。ですが、投機的な探険行はまだゆるされないのですよ」

クラウス博士がまばゆげに眼をしばたたいた。彼は退屈だ。濃紺のネクタイの尖端が、彼の指先のなかでもみくちゃになっていた。

「ラードロフも言ってましたがね、ペテルブルグに集まった国際的な中央アジア学会の方針はじつに地味な探険でしてね。これは、無鉄砲になにかを見つけよう、ってんではなくて、どこそこの地域をくまなく踏査しようというのが原則になってますよ」

ウォルター博士は、先月ペテルブルグから帰ったばかりだ。早口にそう言っているあいだに、灰皿の煙草がぼそりと灰をくずしながら、テーブルに落ちた。

「ペテルブルグのことなんか、わしは知らん。新疆のその大遺跡さえ見つければ、それでいいのじゃないのかね。ほかのことはラードロフたちに任せておこう。わしが派遣しようとしている探険隊というのは、そういったものだ。それだけの目的をもった……」

「それだけの目的しかない探険隊というのは、危険きわまりませんよ」

モリソン博士が、尖ったうわずった声を出して、細いその面をルーズクリフト卿に向けた。卿の背後で、プランク博士がおもおもしくうなずいた。

ヤーノシュは痴呆のように沈黙している。彼はうっとうしかった。彼は幾何学を好んだ。ルーズクリフト卿と、同僚たちとがはげしく言い交わしているなかで、彼は、メモ用紙に五芒星の図形を描いていた。「直線——ほら、まったくうまくいく。線だけの概念がうまく平面の概念に転化する……」

従者の迎えでルーズクリフト卿は憤然と邸へ帰っていった。緻密な直線群から眼をはなし、ヤーノシュは、杖に支えられながら部屋を出る卿のちっぽけなからだを見送った。

「禁欲主義者の成れの果て、といったところですな。あの執念は……」クラウスがいたずらっぽい口調でいった。「偏屈……」

「清教徒主義（ピューリタニズム）はとんだ神秘思想を招くものだ」ウォルターがクラウスにささやいた。

「いわば罪悪だね。俗界を知らなすぎるというのは」モリソンが謹厳につけ加えた。

「相続人もつくらないといった貴族には、底知れぬうす気味わるさがつきまとうな」

プランクが欠伸をする。ヤーノシュは五芒星を引き裂いた。ルーズクリフトには息子がいるのさ――こなごなのメモ用紙を、そっと灰皿にいれたヤーノシュは、ちいさく、胸のなかで呟いた。

二年前の白夜のオスロー。灰色の街角にヨハンセンがいた。たまたま一緒に飲んだこのノルウェー人二等航海士が、ルーズクリフト卿の数多い庶子の一人であった。

結婚もしない清教徒といって嗤うウォルターたちに、ヤーノシュは突然反感をおぼえた。

「それはともあれ」プランクがソファにもどった。「今度の新疆探険はあくまで原案どおりやろうと思う。爺さんをもう一度だけ説得することだ」

モリソンがチョッと舌を鳴らして言う。

「爺さんは、そんな案なら銭を出さないよ。むしろこの研究所じゃなくって、学会から繰り出すようにすべきだな」

俺が行こう、ヤーノシュは思った。俺が行くのだ。そして、是が非でも、その大遺跡を発見してみせる。

「いや、私立の研究所である以上、爺さんの銭をもらわないわけにはいくまい……」

吐き捨てるようにクラウスがそういうのを、ヤーノシュはじっと聴いていた。

「それはそうだ。しかし隊長が僕であることを忘れてほしくないものだな。ラードロフのほうとも連絡をつけてあることだし……」

プランクは、同じく探険隊員に予定されているウォルターの顔を見た。ハンガリーの原籍をもつヤーノシュのみが、彼らのなかでうつろな空間を占めていた。

その夜、彼はひとり、ルーズクリフト邸に卿を訪ねた。シナ緞子（どんす）の帳（とばり）をわずかにひらいた卿のベッドの傍らに椅子をひき寄せたヤーノシュは、卿のねがうような新疆探険に赴きたい旨を告げた。

……彼が、研究所の同僚たちへの背信の意識と、ルーズクリフト卿の漠とした神秘思想と、そしてプランク博士の弟子セオドル・ウーヴァーとを伴ってロンドンを発ち、インドへ向かったのはそれから半年後のことであった。

ウーヴァーは、何時間も前からヤーノシュの背のまわりを旋回しながらついて来た一疋（ぴき）の蛾をみつめていた。色というべきものはなかった。だから、ともすれば砂漠の色に捲きこまれてしまいそうなちっぽけな生きものの動きをみつめることは、思ったより彼を疲れさせた。この蛾が疲れ果ててヤーノシュの黒い防寒服に翅を休めるのを彼はひたすら待っていたのだった。が、蛾はいつまでもとまらなかった。コータン・ダリヤに沿うて行けば、こんな生きものはもっといたにちがいない。しかしウーヴァーは、吸いこまれてしまったかのように、この世界に落ちついていた。ヤーノシュに対するさまざまな疑惑、反感はもう起こりえないほどに、黙々と進みつづけるだけだった。蛾のせまい生活圏が、カラヴァンとともに移動する、その、とるに足りない事象が、いま彼をたのしませているらしかった。この蛾を殺すのはどうだろうか？

ウーヴァーは、駱駝の手綱をぐいと引いた。遅鈍な頸が、急にヒクンと前へのめるようにして手綱を避けると、つつと、先行するヤーノシュの駱駝を追い、大きな岩が半ば露出している砂丘の中腹で、ちょうどヤーノシュの左に並ぶかっこうになった。ヤーノシュは、ようやく救われた気持になり、横のウーヴァーを見た。が、なぜか話しかけようとはしなかった。一方、黙りこくったままヤーノシュの背のうしろに手を伸ばし、蛾を追うウーヴァーは、そんなヤーノシュに腹立たしささえおぼえた。

「どうした？」

たまりかねたヤーノシュがやっと口をひらいた。

急にうれしくなったウーヴァーは、いぶかしげに彼の所作を見るヤーノシュの視線をしっかりとらえた。

「蛾だよ」

「蛾？」

「うん、ずうっと前から君の背のまわりを廻りながらついて来たのさ」

そう言いながら、ヤーノシュの右肩のほうへ逃げた蛾の一枚の翅を、ついと伸ばした二本の指で、しっかりつまんだ。彼は、褐色の粉を思いきり散らせてばたつく蛾を、ヤーノシュの鼻先へもっていった。

「これさ――」

翅の粉を避けてすこし顔をそむけたヤーノシュは、蛾をひとめ見るなり言った。

「放したまえ」

ウーヴァーはびっくりした。彼は急きこんで言った。

「僕は殺すつもりでつかまえたんだ」

「殺すつもり？」

「そうさ」

ウーヴァーは、いきなり、生きものをつまんでいる掌をぐっと締めつけた。掌をあけると、蛾は傷ついた翅をぐったりひろげ、小さな腹部からどす黒い粘液を流して斃れていた。彼は、その屍骸を、ヤーノシュと彼の駱駝のあいだに棄てた。そして掌にのこっている翅の粉とねばねばの粘液をぬぐいとると、まだ悪臭を放つ掌をそっと鼻先に押しつけてみた。

「どういうわけで殺したのだ？」

怒っているような口調ではなかったにしろ、ヤーノシュは怒っているにちがいない、とウーヴァーは思った。しかし彼は応えなかった。のみならず、浮き浮きした調子でたずねた。

「あの蛾は、このあたり一帯にいるんだろうか？」

「さあ、どうかな。何かの叢(くさむら)の周囲にいると思うが……」

「生活圏はおそらくせまい範囲だろうね。それがカラヴァンについて来る。彼にとって、生活圏の移動だってことがわかるだろうか？」

「生活圏の移動じゃないよ。彼がわれわれについて来た以上、あの種の蛾の一般的な生活圏はもはや意味がなくなり、むしろ、生活圏の拡大ということになるのだ」

「いや、あれは、われわれがゆうべキャンプした檉柳(タマリスク)のところに棲んでいたにちがいない。してみると、われわれのカラヴァンという有機体があの蛾を支配してたのさ」

「あの蛾にとって絶対的なことは、ここまで移動したことだ。彼を支配するものが何であれ、彼の生活の次元が変化したことだ」

ルーズクリフト卿のかたくなな考えを肯(がえ)んじてタクラマカンまでやって来、そして、卿の目的を達成することはとうてい難しいと思われるコースをここまでたどったヤーノシュは、彼を支配しているルーズクリフト卿すら煩わしく思った。単調な疲労が、すべてを拒みつつあった。

「あ、タマリスク！」ウーヴァーが小さく叫んだ。

ふと気をとりもどしたヤーノシュは、双眼鏡をかざした。

「そうだな……」

うれしさが二人の顔にみなぎった。

「今日は、あそこでキャンプするのか？」

「どうかな」ヤーノシュは精密時計（クロノメーター）を見た。そして、砂丘に落ちたカラヴァンの長い長い影を見た。「まだ行こう」

その日、ヤーノシュのカラヴァンはまだほとんど水を口にしていないのだった。タクラマカンを行く人びとは、タマリスクにつながる液汁の多い緑の葉を嚙み、その周囲に井戸を掘る。タマリスクは地下七尺ほどの含水層にまで、強靭なその根を下ろしているからだった。

ウーヴァーは振り向いて、ハッサンに声をかけた。

「スウ（水）！　スウ！」

髯だらけのこのキルギス人の顔がはっと前方をながめた。ウーヴァーは、水平に手を伸ばし地平線を指し示すと、もう一度「スウ、スウ！」と言った。

ハッサンのうしろに一列につづいているムラーにも、カシムにも、イスラム・ベイにもこのことばは伝わった。ポーターたちのあいだに小さなざわめきが起こり、やがてカラヴァンはより静かな前進をつづけた。

「水は」と、ウーヴァーは考えた。「昨日も今日もありつけた。しかしあしたは？　あさっては？　まだまだタクラマカンの入口だ。Ｌ・ノールまでの横断に、どれだけのタマリスクを期待できるだろう……」さむざむとした思いとともに、はげしい咽喉（のど）の渇きをおぼえ、彼の思考は涸渇しきったかのように、はたと停（とま）った。しかし、声を出さないにもかかわらず、かすれたようなそれはなおもつづく。「ヤーノシュの考えるような遺跡のありかた、それが考えかたなどといっているうちはいいが、水はどうなんだ？　水は！　ここでは、水は絶対なんだ。そして、それは、連続という自然さに忠実であることのもとでのみ確保されるものなんだ」

彼は、Kで、コータン・ダリヤを下る計画を主張したときのことを思い出した。しかし、思い出は、探険のさなかにあってはどこかへ消えてしまい、水の欠乏を予想することだけが彼をしめつけた。そうなれば、彼は、絶望的に「死は」と考えた。「水が足りなくなって、俺や俺の仲間を襲うもの、としていいだろうか。俺は、いやだ。死など、ないんだ。おそらく、これは、むかしからこのタクラマカンを横切った人間みんなが考えたことなのだろう。みんなが……」

一直線の隊伍を乱して、ハッサンが駈け出した。ムラーも駈け出した。彼らの姿はみるまに小さくなり、そして、タマリスクの群れに着いた。その葉を貪るようにかじっているらしい二人を、ウーヴァーは、駱駝の上で頸を伸ばして見た。

カテヴァンはタマリスクに着いた。そして、ほどなく、彼らは、ポーターたちの掘り下げた井戸の水——それはいくらか鹹(しおから)いが、しかし滾々(こんこん)と湧き出る清冽な水であった——を、心ゆくまで飲んでいた。ウーヴァーは、何杯めかのカップをしっかりつかまえ、これもまただまりこくったまま飲んでいるヤーノシュと並んで、急激にやってきた安堵のために平衡のとれない心臓の、ドックドックという音をきいた。

三

カラヴァンは砂丘を越え、地平線を望むと誰にもきこえないかるい吐息を洩らし、そのまま果てを行った。いく日たったのか——日を数えるのはほとんど無意味であった。ヤーノシュもウーヴァーも、何一つ見あたらぬ旅をつづけながら、ここ何日もぶつからぬタマリスクを求めていた。ヤーノシュの推量によると、タクラマカンの北部を西からやって来て大きく東へ迂回するタリム・ダリヤが、このあたりで時折その流れを変えることになっていた。だが、タリム・ダリヤはもとより、河床の痕跡すら見あたらなかった。

ウーヴァーは激しい悪寒に襲われていた。病気なのだ——いく日も砂嵐と水気の不足に見舞われた彼のからだは、砂漠特有の熱病の兆しを見せ、間歇的に脊髄をズウンと走るふるえと絶えまない悪寒のために、駱駝からずり落ちそうになっていた。そして悪寒の次には、水気の乏しくなった体内を、高い熱が走りまわった。彼は、しかし、その苦痛のなかで、彼の背後でポチャンポチャン鳴る音を、じっと聴いていた。ムラーの駱駝の背に、鍍金(メッキ)した鉄の水タンクが載っている。音は、その底でむなしく反響しているのだった。もはや宿営せねばならない。目立って岩石の増えたこのあたり一帯は、思いなしか陽のかげるのも早かった。

が、あい変わらずタマリスクはなかった。

「トグラーク！」と目ざといカシムが叫んだ。大きな岩蔭に幻のようにぬっと立った樹木があった。それは、おそろしく苦い樹液を豊富に含んだ肉質の葉をもつ白楊樹(トグラーク)であった。

次の瞬間、ムラーとイスラム・ベイは、その根元の砂をかき分けていた。七尺ほど掘り下げても、タマリスクのそれとは異なり、湿り気を含まぬ砂が、さらさらと穴の底へ流れるだけだった。トグラークの葉をかじったヤーノシュは、苦い液汁がねばった唾液にからまるように咽喉(のど)を下るのを感じて、砕いた葉の滓をペッと吐き出した。

ハッサンとカシムがしつらえたテントのなかに、ウーヴァーはくずれるように横たわった。「水、水！」と、彼の思いは空転していた。が、イスラム・ベイの絶望をこめた荒い叫び声を耳にすると、枕元のカーペットに腰を下ろしているヤーノシュの名をそっと呼んだ。不自然な笑い顔のヤーノシュが彼のほうを振り返ったとき、テントの外で水の量をたしかめる音――タンクがわずかの水と共鳴するかん高い音がひびいた。横たわるウーヴァーは、掌をかたく握りしめ、脇腹へしっかり押しつけた。仰向きのウーヴァーの頭の上に、のぞきこむようなヤーノシュの顔があり、そしてそれは、あの黄いろく痩せしぼんだ貴族、ルーズクリフト卿の像とダブった。ウーヴァーは、ヤーノシュに斥(しりぞ)けられた師プランク博士を頭に泛(うか)べた。しかし、それも消え去ると、ヤーノシュとただ二人、この世界にいるという実感がひしひしと彼を襲うのだった。

「絆は、絆は何によってあるのか？」

ヤーノシュも、やはりタンクのむなしい響きに全神経を傾けていた。彼は、熱に苛まれる若い友人を救わねばならぬと、ひそかにくり返していた。

「俺は出かけねばならぬ。この附近を、できるだけ、水を求めて歩きまわるのだ」ゆっくり腰を上げたヤーノシュが出ていくテントの入口に、暮れようとする天空の一部が橙いろに四角く見えた。

「絆は何によってあるのか？」熱っぽい思索が、ウーヴァーの頭脳にたたみかかってくる。「同じ目的のために、同じ行為をしているからだろうか――それとも、このまったき極限状態のなかで、おたがいに何かを信頼しあっているからなのだろうか――ああ、それとも、単なる愛情なのだろうか――」

作業をつづけるポーターたちがちらちら見えるテントの入口へ、ウーヴァーは熔鉱炉のような頭部をねじまげた。唇にはいく条もの亀裂が生じていた。「ヤーノシュと俺との絆は、何によってあるのか？……二人が、こうしているからだ。それしかありえない……」彼は握りしめた拳をといて、だらりと地に落とした。が、その手はすぐに、力いっぱい胸をかきむしった。ぶ厚い防寒服は彼の手で脱ぎ捨てるにはあまりにこわばっていた。いくどかそれを試み、ぐったりとしたとき、湿ったタオルを額に押しあてているイスラム・ベイに気づいた。

「水が、出たのか？」

イスラム・ベイはまっ黒い髯にうもれた唇をわずかにひらいた。笑っているようでもあったが、わなわなとふるえるそれは、悲しげに訴えていたにちがいない。イスラム・ベイは一度だけ首を横に振った。ほんのわずかの湿気を含んだタオルは、たちまち乾ききった。イスラム・ベイは、それを取り換えようとした。がっしりその腕を押さえたウーヴァーは、かすれる声で言った。

「いらない！」

ヤーノシュは歩いた。岩、砂、そして風。疲れきって萎えた脚の跡が彼のうしろにつづき、すぐに風のために消されていった。生きものは彼のみであった。あとは漠とした無機体がうごめいている。河床の痕跡でもいい、彼はよろめくからだを運んでいる。そして、立ちどまった。孤独に耐えられなくなった彼の背後に、「ヤーノシュ！」と呼ぶかすかな声――それは、鷹の尖った叫びにも似たルーズクリフト卿の声のようであったが――を聞いた。ひきつったように彼は振り向いた。彼の名を呼ぶ何ものもないのを見とどけるや、愕然と、この砂漠に棲んでいる悪霊のことが思い出された。

「ヤーノシュ！」

またしてもルーズクリフト卿の声だ。戦慄。彼は岩石に身を寄せ背をかくした。激しい動悸が鎮まると、彼は、老いたルーズクリフト卿の執念にこりかたまったちいさな肉体を頭に泛べ、わけのわからぬいまいましさでかるく舌を鳴らした。そして、もたれかかったざらざらの岩石を叩いた。石灰質の脆い岩石の砕片がばらばらと崩れ落ちたとき、まさにタクラマカンを包みきろうとしている夕暮のにぶい光のなかで、ヤーノシュは、その岩石に刻みつけられた無数の人工的な瑕瑾をふと目にした。彼は背筋を走る感激と驚きに駆りたてられ、おそるおそる、静まりかえったその岩の表面をなで、同じような岩石が立ち並んでいるそのあいだを、歩き出した。頭上を、巨大な砂塵が飛んだ。砂に脚をさらわれ、腰をなかば地面に屈しようとしたそのとき、彼の眼のま正面に、まんまるい二本の石柱にはさまれた巨大な仏の頭がひっそりと、しらじらと浮きあがった。幻、と思ってヤーノシュはぞっとした。が、それは冷やかな質感をたたえて、彼の前にあるのだった。次の瞬間、彼はそろりそろりと進み出ていった。

仏は、長い眼をうっすらとあけていた。が、瞳が彫られていないために、むしろ睡っているかにも見えた。左の頬と額と顎に刮りとられたような瑕瑾があったが、それによってかえって完璧に近づいているようですらあった。微笑んでいるのか、唇の神秘な反りは、無限の慈悲と冷酷とをたたえ、かっきりとした幾何学的曲線を描いている。眉から鼻への強い単純な線が、消え去ろうとするわずかな光を、大胆に区切っていた。あくまでまるい顔の輪郭をたどると、豊かな顎が垂れんばかりに砂中にめりこんでいる。そして何よりも、脆い自然石に近い石柱の奥で、おそらく彼をみつめているのだろう、不可解なまなざしの静けさ、ずぶとさが、ヤーノシュをさむざむとさせた。彼は仏の頭を仔細にしらべようと、石柱の奥へ進んだ。仏像は彼の背丈より高いその頭だけをでんと砂の上に据えていたので、頭の両側に侍立している方形の柱にしがみつくと、彼は、柱の蔭から頸を伸ばしのぞきこんだ。東洋の神性が、慈悲という名で、この砂漠に棲みついているのだった。「キリストは」ヤーノシュは柱を抱く両腕をつっぱり掌に力を入れた。「たった一つの存在を証すために、あれほど苦痛に満ちた歴史を刻んだ。血の痕すら見える十字架上のキリスト、あの人間くささ、そして滑稽なまでの誠実さ、罪悪への小心な顧慮、そういったものが渾然たるイデエとしてわれわれに沁みこんでいる。ところが――どうだ！　東洋では仏の冷酷さ、慈悲ぶかさを苛責なく偶像として彫りつけただけじゃないか？　ひとを嘲弄するようなこの微笑み、慈悲といえるのか、慈悲と！　この、人など住みっこない、また通りっこない、いわば極地で――。誰の信仰も必要ないといったそらぞらしさ。ただ、天と地との絶対の交合のなかを、人間を無視した冷酷さで、何百年も存在しつづけたんじゃあないか？」

……石仏の頭は、依然としてそこにあった。ヤーノシュの疲れきった神経は、もはや仏の凝視に耐えられなかった。彼は、その巨きな頭がもたれているうしろのテラスによじ登った。砂丘と岩石とが果てしなくひろがるタクラマカンに、この石仏がぽつんと存在しているのをたしかめた。胴体すらも見あたらなかった。頭は、はじめから頭としてしかなかったのだろうか？　つまりは、この遺跡を裏づける連鎖的なものは何ひとつないのであった。ただ、彼の足もとに、頭を護る石柱が、風化した姿をさらしていた。石仏の頭は、それにまつわるべき何物をも従えていない――ヤーノシュは、自分のうちに秘めた可能性らしいものをこちんと探りあてた。「コータンの城壁の廃墟も、こういったいわばまったき偶然のなかにあったのだ！」彼は自信に満ちた足どりで、テラスを降りた。誇らかに足を砂地につけたそのとき、ある思いが背筋を走り、灼けつくような渇きでひからびた咽喉もとに達した。彼は足を停めた。「水は？――」

水は、ない。ヤーノシュはいくたびか反覆してこの事実をたしかめた。彼は駈け出した。つめたい水を必要とする若い友人の生命が、いま、駈ける彼のまえにひきもどされていた。が、あの石仏は？　巨大な仏像群を求める彼にとって何らかの可能性を示しているらしい石仏の頭は？　彼は振り返る。「とにかく、俺たちが滅びるか、遺跡が発見されないままで終わるか、どうあろうとも、遺跡は存在しつづけるのだ。プランクがどう言おうと、俺は生命（いのち）と遺跡との接点で、その瞬間で、何か生命感といったものをしっかりとらえる、それしかありえないのだろう……」

彼は走った。水がない以上、走ることは無意味であった。だが走らないわけにはいかないのだった。砂が足をすくい、じっさいには走っていなかったかも知れない。が、彼はやはり走った。

ヤーノシュは、彼のテントがはるかに見えると、駈けるのをやめた。目ざといムラーが、彼の駈けもどるのを見て水があったのだろうといたずらによろこぶのをおそれてであった。ゆっくりとした足どりは、彼に、はじめて疲れらしいものを感じさせた。

「水の代わりに、ひとつの可能性を発見したんだ」

歩きながら彼は、思いきり大きな声でこう言ってみた。その声が無限大の空間にパッと散っていくと、彼は、自分の言ったことの無意味さにうちのめされた。

果たして、ムラーが駈け寄って来た。ヤーノシュは肩をすくめ、両手をひろげると、首を大きく横に振った。井戸掘りの作業で、汗がにじんだムラーの黒い顔がよけいにくろずんで見えた。その失望の色が、うつろに彼につたわったとき、ヤーノシュは、ルーズクリフト卿の顔と、北欧の街をコツコツ歩きまわる船員ヨハンセンのそれとが、二重うつしにぼやけたものとして空中に映るように思った。彼は、急いで、テントの入口をくぐった。入口にかたくなに背を向けて寝ているウーヴァーが、なにか聞きなれたメロディーであり、自分はそれのみにすがりつこうとする老楽士であるかのように、彼は思った。

ウーヴァーは、ヤーノシュが帰って来たこと、そして水はなかったことを知っていた。振り向いて何かひとこと言うべきなのだろう、と彼は考えた。背後にいるヤーノシュの影が前方に映るのをうすくひらいた眼で追いながら、しかし何も言わなかった。

ウーヴァーは、師プランク博士に似ていた。きっちりした学問体系の美しさに惹かれて、彼はプランク博士のもとにはいった。が、おそらくは博士に同行しないでよかったのだと思った。学説、体臭、すべてが相似しているプランク博士の投射を、このテントのなかの自分に見出すのは何としてもたまらないことだと思いながら、ウーヴァーは、ヤーノシュがその探険行の仲間として仇敵の弟子をえらんだときの研究所の驚きを、おぼろに頭に泛べたのである。

「ウーヴァーは、遣らない」

ひとことポツンとヤーノシュに投げつけたプランク博士の傍らで、ウーヴァーは不気味に迫る緊張を抑えながら、じっと彼を見ているハンガリー人をみつめていた。いま彼は、あのときの研究所内の猜疑や陰謀の粘膜を一枚ひっぱがしたところに現われたヤーノシュと、同じカーペットの上にいる。

「何か、しゃべってくれ」

突然、ウーヴァーは乾いた唇をひらいた。ヤーノシュはなぜかぎくっとして脚を折りまげ、おしかぶさるようにウーヴァーの顔をのぞきこんだ。

「眠っているかと思ったのだよ。どうだ？」

それには応えず、苛立たしげなウーヴァーの声がくり返された。

「何か、何かしゃべってくれ」

ヤーノシュは、いましがた見た巨大な石仏の頭について話そうかと思った。が、暗い灯りのなかで鋭くえぐりとられた彼の頬を見るや、それがあまりに石膏のマスクに近かったため、ヤーノシュは思わず頭をひきはなした。

「寂しいんだ。僕は……」ウーヴァーがこう言っているらしい声がかすかにふるわす空間のなかを、彼はそろりそろりと後退した。

「寂しいって？」

「うん」

ウーヴァーの「うん」が、あまりにも自信たっぷりだったので、ヤーノシュはためらった。

「Kで話したことが、ようやく僕にはわかってきたよ」

「どうして？」

「何かが滅びようとしているときには、何でも真実に見えるものなのでね」

「何が滅びるのだ？」

ちょっとした沈黙が流れた。

「僕が、だよ」

ヤーノシュは、唾液(つば)をのみこんだ。「正直のところ、俺もそんな気がするんだ。しかし気がするだけだ。気がするだけ……」危険きわまりないこの予感が、彼をいっそうウーヴァーにひきつけた。彼は、はじめて、ウーヴァーを愛している、と思った。

「そんなことはないさ。たいしたことはないさ」

ヤーノシュはかくそうとしてかくしきれないことばのもつれを、へどの出そうな気持で解きほぐすとやっとこれだけ言った。ウーヴァーは、しかし、先に滅びゆくものの尊大さといった調子をこめてつめたく呟いた。

「遺跡は、それを発見する人間にとってはまさに滅びようとしている古代そのものだよ。まさに滅びようとする……。そういったものと現代との交合がたとえばわれわれの仕事なんだ。そうなると、古代とわれわれのあいだにある絆は、どちらかが滅びようとしているときに生まれる……」

「ひじょうに、非連続的な約束といったものでね」

ヤーノシュのこのことばは、ウーヴァーにはきこえなかったかもしれない。ただウーヴァーは、灼けつくような不安から、頭をずらせた。

チラチラまたたくカンテラのわずかなあかりのなかで、ヤーノシュは、野菜やマカロニやチョコレートの罐詰をザックから取り出した。もっと水分の多いものを、と思って野菜の罐をガシュガシュと切った。ウーヴァーは拒んだ。乾燥しきった咽喉がそれを嚥下できないのだった。

ヤーノシュはテントから這い出した。陽はすっかり落ちていた。彼は岩の前に立ちすくんだ。ひざまずき、西南を向いて伏している回教徒のイスラム・ベイとカシムのまるい背中のふちを、焚火のあかい光がいろどっていた。はるかメッカのアラーの神に祈りを捧げる彼らのその姿勢を、ヤーノシュはいくどとなく見ていた。「異教徒!」彼は、はじめてそう思った。その思いがかるくよぎると、いいしれぬ恐怖をおぼえ、彼はそっと岩蔭にかくれた。キルギス人のハッサンが、うずくまる駱駝にもたれ、水タンクに力ないまなざしを注いでいた。ハッサンに近づいたヤーノシュは、テントを指しながらことばをかけた。

「水をくれ」

ハッサンはうなずいて立ちあがり、タンクの蓋をあけた。水は、まるいタンクの底にあった。のぞきこんだヤーノシュは、その底にぼんやり映った自分の顔――それは何かはげしく詰め寄るルーズクリフト卿の顔におどろくほど似ていたが――を見た。

回教徒たちは祈りを終え、彼の背後にやって来た。ぎょっとして面をあげたヤーノシュは、しかし、早口に命令を下した。

「ムラーとカシムは、さっき言った遺跡の周囲をすこし掘って来い。いますぐ、まっ暗にならないうちに」

そう言って彼は、タンクの底に手を伸ばし、チョコレートの空罐にわずかの水をすくい上げた。

「もし見込みがなければあしたすぐ発つ」

水を入れた罐を持ってテントのほうへそろりそろりと歩き出したヤーノシュに、ムラーがついて来た。彼は振り返ってムラーの眼をじっと見た。主従の眼は一瞬、不安げに光った。

「何もなければあした発つのだよ」

もう一度こう言うと、彼はテントへもぐりこんだ。

ウーヴァーの口に無理に水を注ぐと、ヤーノシュは日記をつけた。聖書を手にしてみたが、パラパラとめくったその音だけにふしぎな安堵を感じた彼は、手垢がにじみいまにも外れそうになっている表紙の縁を指先でいじりまわした。煙草も吸わず、そのまま長い時間が流れた。「ウーヴァーは眠ったのだな」かすかな寝息とともに上下する肩と背を時たま見やって、彼はいつまでも起きていた。

ウーヴァーはしかし、眠らなかった。全身をつっ走る苦痛に耐えながら、彼はじわじわと押し寄せてくる想念にとらわれ、縛られ、身じろぎもできないでいるのだった。「二人がいるから、絆はあるのだ。それだけだ。俺が滅びようとするからでもあるな。たくましい生存のなかでは、人間はおのおの好き勝手の方向につっ走ってしまい、もっともらしく見える絆をさえ脆いものにしてしまう」彼の想念はこれ以上、一歩も出なかった。枕辺には、時たま紙の音をカサカサさせるだけのヤーノシュの生存が、うずくまっているのだった。

タクラマカンの長い夜はすっかり更けた。ヤーノシュはいくどもカンテラの灯をたしかめた。かすかな人の声がテントの縫目から洩れ、つづいてムラーの暗い顔が、入口の覆いをそっとかざした。ムラーは、大きな眼玉でなかを見まわし、疲労しきった主人のほうへ、とがった口もとを向けた。

「旦那、あれ以外、何一つ見つかりませんでしたよ。棒切れ一本、石ころ一つ、ね」

四

彼らはタクラマカン横断の旅を終えていた。そして達したL・ノールのオアシスは西域南道、つまりKからニヤ、チェルチェンを経て、チェルチェン・ダリヤに沿うた公道をたどればよかったところであった。それゆえ、水と、一頭の駱駝と、いくつかの資材を失った数十日を、タクラマカンのまっただなかですごさなくてもよかったのである。カラヴァンが目指した遺跡はついに発見できなかった。風土病に冒されたらしいウーヴァーは、それでも若い強靭な生命力に支えられ、頑強に死を拒んでいた。カラヴァン全体が、涸渇しきった生命を、辛うじてL・ノールまで運んだ。

一九〇七年四月のことである。

コズロッフの地図に見えるのとは比較にならないほどちがう位置に、L・ノールはあった。鹹湖(かんこ)とはいえ、その周囲に繁茂するタマリスクやトグラークの根からは、ほとんど純粋に近い美味(うま)い水が得られた。そして何よりも、小さな集落が点在している。水を思うだけ飲み、浴びた彼らは、しかし心が重かった。

からだを洗い何十日ぶりかで髯を剃ったヤーノシュが、溢れるばかり水を入れた鉢をもってテントにはいって来た。

「顔をすっかり洗ってやろう。髯も剃ってやるぞ」

ウーヴァーは、ひっきりなしに彼を襲う強いふるえに身をまかせ、あい変わらずテントに横たわっていた。彼には、もはや駱駝に跨る力もないようだった。ヤーノシュの声に力なく笑った彼の顔は、ほとんど土いろであった。彼は、笑った瞬間、あの危機のどん底のときにピンと張りつめたように感じたヤーノシュと自分との絆が、すうっと消えるようだと思った。その代償に水がある。それが何になろう――彼は自分の頰や顎に触れるヤーノシュの指先の動きを、じっと眼をつむって追っていた。

「ここで思いきり休息をとったら、トルファンへ行くのだ。できればウルムチに行き、そこで君を医者に診せよう」

「………」

「それに、トルファンまでの路にも希望がないとはいえないし……」

ウーヴァーは、剃刀をもったヤーノシュの手が顎をはなれたときにうなずいた。しかし彼は、まったく逆のことを考えていた。「俺はそんなことに希望をもたない。いままでと同じじゃないか！　それよりこのあたりを探るんだ、このあたりを！」

ヤーノシュの手にある剃刀が動いている。それでも、ウーヴァーは言った。

「このあたりを探ることが先だよ。L・ノールは天山南路と西域南道の分岐点だということ、それに、だからこそ仏教移入の拠点だということは重要だよ。僕の希望は、そういったごくまともなところにあるんだ」

剃刀がぴたりととまった。ウーヴァーは、刃の動きをやめたヤーノシュの反駁を待ちかまえた。そしてそのことは、たまらぬほど彼をいらいらさせた。

ヤーノシュは何も言わなかった。「欲望がごくまともなところにあるって？　無謀なタクラマカン横断を責めているんだな。そして何ひとつなかったことを。西域南道を通って来ても同じだったってことを……」彼は、むろん、あの石仏の首の発見をウーヴァーに伝えていなかった。そして、あの些細な遺跡がじつは目指すものではなかったにしろ、コータンで彼を襲ったのと同様に、突発的な可能性を暗示するものだということも、病気のウーヴァーには話さなかった。じっさいのところ、それは残酷に思われた。「タクラマカン横断の意味は、これで終わったわけじゃない」たしかに、ここL・ノールを中心として、タリム盆地の大半を占めるタクラマカン砂漠はひとまず区切られている。人びとはこのオアシスで、タクラマカンの一端にたどりついた錯覚をもった。だが、ここよりさらに東へ、シナ本土といわれる甘粛へ至る道にも、渺々たる大砂漠がつづいている。「あの断片的な可能性、それゆえにまた、俺の快楽ででもあるんだが……」ヤーノシュの手は、ウーヴァーの頸にごつんと突き出ている咽喉ぼとけをなでていた。「それは必ず、絶対的なものに近づいているのだ。ウーヴァーは、しかし、あの蛾を殺したと同様、タクラマカンの意味を棄てようとしている──」

が、ウーヴァーはそれを棄てたわけではなかった。むしろ、ヤーノシュに対して切実に感じた絆がオアシスに至るやみるまに萎縮していく自分の感傷を嘲っていた。「あの、危機のどん底を俺は責めやしないさ。ただ、これからが問題なのだろうなあ」

L・ノールは、たしかに彼らにとって魅力ある土地ではなかった。ああ言ったウーヴァーすら、できるだけ早く目指すものへ達したいといった焦りを、どこかへ出発することの期待で抑えているらしかった。トルファンに行く。ウーヴァーは逆らわなかった。ポーターたちも準備をはじめた。

ヤーノシュは、テントにウーヴァーをのこして、このオアシスの周辺に集まる人の群れのなかを歩いた。ちっぽけなバザールを抜け、木立のあいだからかいま見える砂の海をながめ、道端にたたずんだ。彼はいく本もの煙草を吸っては投げ、投げては吸っていた。

もちろん、彼はこの村に着いたときからできるだけ多くの住民と話をした。しかし、コータンやKとちがい、移住民族の少ないこの地方では、L・ノールという絶好のオアシスから他所(よそ)へ出ようとしない。この地の回教徒たちからは、彼は、とりたてていうほどもないような、いくばくかの知識を得ただけだった。ヤーノシュは、コンチェ・ダリヤを渡河し、狩猟してはまたこのせまい生活圏、L・ノールのオアシスにしがみつく住民たちの姿を、ぼんやりと眼で追うだけだった。そして、彼のうしろにおそるおそる群れなす子供たちの頭をなでた。「無謀なのかも知れないが、また、やみくもに砂漠のなかをつっきるのだ」いく度も自分にいいきかせたこのことばを、もう一ぺん言って、くわえた煙草を思いきり地面に叩きつけると、両手をポケットにつっこんだまま、村の街道のほうへひき返そうとした。

旅人といっても、こういった村ではヤーノシュの注意をひかなかった。だが、そのチベット人——十二頭の駱駝から成るカラヴァンの先頭を、ゆっくりバザールのほうへ進んで来た男——は、まんなかの駱駝にラサ風の女を乗せているといったことから、煙草を地面に叩きつけて顔をあげたヤーノシュにふと興味をいだかせた。彼は、そのカラヴァンの近づくのを待とうともう一ぺん立ちどまり、バサリと額に垂れた髪をなびかせながら、話しかけることばをえらんでいた。旅商人の群れが彼のすぐ前までやって来た。彼らは、ヤーノシュの視線をいぶかりながらも逆に、この白色人種をもの珍しげにながめて通り過ぎようとした。彼は先頭の男のほうへ足を運んだ。男は、それを予期していたかのようにピタリととまり、同時にのろのろと十二頭の駱駝の腹が地面に吸いついた。ヤーノシュはすかさずたずねた。

「どこから来たのかね？」

不完全なチベット語も、彼の巧みな手振りでたやすく彼らに伝達された。すがめるようにヤーノシュを見るチベット人の重そうな口がひらいた。

「東からでさあ」

「東？　東ってどこかね」

「甘粛でさあ」

「うん、甘粛、シナ本土だな」彼の手は、ポケットを探っていた。

いつか、カラヴァンの男たちは路上に彼をとり巻いていた。その男たちの頭ごしに、卵型の顔の女が、おびえるようにヤーノシュをみつめていた。

ウーヴァーのからだは、苦痛になれてきていた。彼は、自分にかかわりのない天然の物音に耳をすますかのように、高熱と悪寒、そして果てしないふるえが顳顬を打つ音を聴いていた。「いく度こういう夜があったことか！」彼は、ヤーノシュとともに探険の旅をつづけながら、この極度の病態が、時としてたまらぬ羞恥に変わることがあった。「何のために俺はこうして苦しんでいるのだろう……、いや、そう考えることも無駄なことだ」

ウーヴァーの眼は暗闇になれてきた。はげしく寝返りをうった彼に、ヤーノシュのことばがよみがえった。「あしたは、甘粛のほうへ発つといった。チベットの旅商人の話。すべて寓話めいた思いつき。何も得られなくとも成り立つこの男の感覚は――いや、もはや俺には関係のないことなのだろう……」駱駝の大きな瘤と瘤とのあいだに、バランスを失った彼のからだがゆわえられ、またどこともわからぬ方向へ揺られていくことを考えると、理由もなしに赧くなった。赧くなる自分が見えるようで、それすらもはずかしく、テントの内と外とに迫りくるこのL・ノールの夜をのろった。

　L・ノールを発って五日、タマリスクがどこまでも群がるステップ、新疆省と甘粛省の境い目に、ヤーノシュらはいた。砂漠の紋様と、砂嵐の恐怖から逃れたヤーノシュは、灌木と白い雑草の叢に落ちたカラヴァンのわびしい影を見た。ステップのなかに、ウオッチ・タワーの廃墟が次々と現われるのを、力ないまなざしで見やるだけだった。コータンの城郭、そして水尽きたタクラマカンのどまんなかにある石仏の首——「チベットの男はああ言ったが、甘粛にある巨大な仏像の洞窟なんて、じつはあてにはならないものさ」それでも彼は、ウオッチ・タワーに出っくわすたびに、丹念に調べてみた。それは、病んでいるウーヴァーのためだった。「せいぜいこんなものだ。オーソドックスな文明史——」唾液を、タマリスクの砂まみれの葉にかけると、それは砂と埃をぱっと吸収し、どす黒くじわじわとちぢみ、葉をかすかにたゆませた。「俺という人間がはじめて発見してやろうというもの——」そう考えただけで、無意味なまでの恍惚に胸を灼いた執拗な想念は、いまや懐疑でいっぱいになった末端の神経のなかで、葉の上の唾液と同じように、じわじわとちぢまった。「いや、ふとした偶然に、俺の興奮は呼びもどされるだろうが……」

「俺は死ぬ。しかし、あるぞ！　甘粛の西、新疆省へもろもろの可能性を運ぶ突端だ。それにどうだ！　このウオッチ・タワー！　L・ノールから絶えまなくつづいたのだ。その行きつくところだ」

「ヤーノシュ！」その声はほとんど聞きとれぬ弱さだった。久し振りに叫んでみて、ウーヴアー自身も、自分の衰弱を知ってはっとした。「知らぬまに、死はこんなに近づいたのか――」うしろにその声を聞いたヤーノシュはギクッとした。彼もまた、そう思ったからである。彼は自分の駱駝をとめ、ウーヴァーのそれと並行するのを待った。

「むこうに見える、ほらあのウオッチ・タワーの、そのもっとむこうに……」

ヤーノシュは、手をあげる力もないウーヴァーが、しきりに遠方へ放つ視線と、ステップのかなたのその方向とを照らし合わせながら空間を探った。

「村だ」

「そう。その、そのもっとむこうに山が見える……」

双眼鏡のまるい視線の中央に、ヤーノシュの言った、それらのものが見えた。かすんで、どことなくのんびりしたその風景は、ウーヴァーに失望を与えた。四つの目は、奇妙なぶつかりかたをした。そして、別れた。

ハッサンも、ムラーも、イスラム・ベイも、そしてカシムも、うずくまる駱駝の瘤に身をもたせかけていた。ムラーが欠伸をした。彼は、はるかに見えるハサック人の包をながめていた。包の附近で、羊皮を鞣す彼らの家族の集団がうごめいているのだった。繁みに敷かれたカーペットに横たわったウーヴァーは、ムラーの眼になんの表情もないのをいぶかしく思った。そしてまたもや全身にこみ上げるふるえと吐気に抵抗するかのように、痩せた左腕で顔を蔽った。

ややはなれた石の上に、ヤーノシュが腰を下ろしている。彼の横には、だぶだぶの僧衣をまとったシナ人が、その小さな目をパチパチさせて坐っていた。集落ともいえるのか、ともかく彼らがたどりついたこの村のはずれで、最初に出会った人間であった。急ぎの用でもあるのか、とヤーノシュにたずねられ、困ったように首を振ったその男は、このカラヴァンの白色人種と、キルギス人とアラビア人とをおどおど見やって、腰を落ち着けたのである。神経ばかりが異常に冴えているウーヴァーを避けて、一行から五〇メートルほどへだたったところに席を設けたヤーノシュは、シナ人との会話の途中で、慌ててもどっては、コズロフの地図やノオトや華英辞典などをザックから探り出したずさえていったりもした。僧は、ヤーノシュに馴れるほどに、からだをにじり寄せ、一筋の音の糸もかき消されまいと、彼の口もとに耳を近づけた。落ち着くにつれて、僧の老いた顔にはつややかな光があらわれ、どこか侵しがたい気品がヤーノシュを圧しているようであった。

ヤーノシュとシナ人僧とのメタフィジックな会話の一節——

「汝は仏家の僧なりや？」

「否、道士なり」

「されば、かかる地に、独り孤高を恃み道を覓むる者ならん」

「然り。おぞましき人間に鞠躬如と生くることの愚かしさよ。されど吾れ、原来道士ならず。粛州巡防軍の兵士なり。一日、堡塁を望みて冥想せり。俄然に覚むるあり。往昔、荘子、夢に胡蝶となるの故事あり。栩々然と舞い自ら愉しみ志に適えりと云えり。吾れ、亦た胡蝶とならんか。軍を遁走し此地に至りし所以なり。されば、朝に廟を掃い、夕に黙想す。之れ、吾が道を覓むるの日々」

「道を覓むるは、至難の技なり。吾れ、泰西より来りせば、泰西の道を述べんか。キリストなる聖者ありて、人のすべて罪人なるを説き給えり。吾れら小人、罪過の無為にしてなせるを彼地にて救わんとの教えなり……」

「姑し待て。彼地の救いを得んとは何ぞ。僻地の大聖曰く、物に乗せて心を遊ばしめ、已むを得ざるものに託して中を養わば至れり、と。彼地への懼れこそ作しらなる。現世にて物に乗せて胡蝶たらんとし、己れに託して中を養わんとするに如かず」

「されど、汝の奉ずる道教こそ、現世に適うものにあらず。そは過ぎし日の偶像にて、乗せる物の虚ろなることよ」

「然らば汝に問う、泰西より来りし人よ。汝の砂漠に遊び、かく異国の辺疆を跋渉せしその妄念こそ如何？」

「空しくも、故きを尋ねんというのみか……」

「されば、泰西のキリストとかいいし聖者の宣える、罪人の条との関連は如何？」

「否、否。吾れは此地の砂漠の渺茫として焉なき地に、一点の遺跡を索めんとするのみ。そは無為の所作なれば、キリストの教えには毫も関わりなきものなり」

「……汝、索むるもの在りや否や？」

「苦しきことを訊くものなり。性命をも棄てんほどに漂泊うこと久しきが、絶えて見ることなきは如何せん」

「そは千仏洞ならん乎」

「千仏洞？　そは如何なる意味ぞ？」

「千仏洞、亦たの名を莫高窟と謂う。此地より隔つること幾何もなき山嶽に、蜂窩に似たる洞の千余もありて、まさに千余の仏陀、万巻の経典を祀るなり」

「嗚呼！　そは如何なる地にぞある?!」

「敦煌なり」

五

「それこそ、吾が索むるものに然らん！　してそは如何なる洞なりや」

「仏徒の往昔築きしものにて、幾百年を閲したるやを知らず。漆黒の闇夜にも似た洞に入りて灯を掲ぐれば、そこに現世の極楽ありという。道士たる吾れの仏跡を護りおりしは、蓋し故なきに非ず」

「願わくば、吾れをしてその洞を見さしめよ」

「怪なる哉。此年、泰西人の訪ぬることの多きは——。已(すで)に洞が旁らの廟に紅毛人一人ありて……」

「已に？　そはいかなる時ぞ。いかなる？」

「現在(いま)、現在なり。就近(ちかく)発たんか、帰途の旅路を慮(おもんぱか)りつつあり」

「そは誰ぞ！　誰ぞ?!」

「オーレル・Sとかいいし……」

肉いろの道衣、寛(ひろ)い袖口を交叉し腕を組み合わせて、静かに去った道士の後姿を見送って、ヤーノシュはのろのろとカラヴァンのところへもどってきた。道士の言はおそらくまちがいないであろう。してみれば、すでにオーレル・Sが千仏洞を発見し、なんらかの収穫を得、やがて帰ろうとしているのもまた事実なのであろう。ヤーノシュは、よろめきをおぼえた。

「敦煌、そしてオーレル・S——」彼は飄然と遠ざかる道士を見まもって、おそらく彼にとってもっとも無意味な、そしてもっとも有意義なこの二つの固有名詞を、いく度となく呟いた。「敦煌、そしてオーレル・S——」

ヤーノシュをたったいままでもちこたえさせた想念の糸はもつれた。そしてそのもつれを解きほぐす力さえ、ないかに見えた。彼は自分のカラヴァンに力ないまなざしを注ぎ、やがて遠くへ転じた。ハサック人の包（ゲル）、村の点々とした屋根、L・ノールからつづくヤルダンと呼ばれる風蝕土堆群。空には灰色の雲がたれこめているにちがいなかった。だが、すべてが茫々たるひろがりをもっているこの風景では、たれこめている雲さえ、天空高く流れているかに見え、ただ、彼らの通過したタクラマカンの方向へとごうごうと渡りゆく砂塵だけが、ヤーノシュをとりかこむ死に近い物象のなかで、まだしも生きた猛獣の感があった。

「ウーヴァー」と声をかけると、これはすべてを察知しているかのように、眼を見ひらき、ヤーノシュの顔の中央をまじまじとながめた。彼は、ヤーノシュがこれから言おうとしていることばを聞きたくなかった。

「ここにも何もないそうだよ。ウーヴァー」

「そうかい……」俺がいま、女を抱き愛撫したいということだけを考えているのを、ヤーノシュが知ったら何と思うだろう。俺にいま許された生命力がなしうること、それは、都邑（とゆう）にいる誰もがしたいとねがい、そしてし、よろこび、悩んでいるあのことだけじゃないか！

「じゃあ、どうする？」

「まだわからない。まあ、この村を通り越して、あの山脈の裾まで行き、天山南路をたどって帰るんだな。それだけだ」

「天山南路？　インドを発つときの、最初のプランだったね」

「そう」ヤーノシュは微笑んで、やさしくうなずいてみせた。彼らが求めた巨大な文明の廃墟は、ヤーノシュのいうような、断片的な、偶然的なありかたではなかった。大砂漠のまっただなかに、人間の行動範囲を否定した尊大さであるわけはなかった。風化した遺跡、というより、人間化する自然、といった彼の幻想は、シナ本土より新疆へ入るその拠点に巨大な仏跡があるという道士のことばのまえで、あっというまに飛び散った。一方、ウーヴァーがKで主張した探険の信念は、原理的には正しい、とヤーノシュは思った。とにかく敦煌は、そこにあるが、ヤーノシュは眼をつむって言った。

「僕の考えでは、天山南路にもないと思う。タクラマカンを横断し発見できなかったといっても、あの大砂漠に、僕らはたった一本の線しか引かなかった……」

「そう、だからあのなかに、無数の線を、それこそ網の目のように引きまくるんだ」

「それには、われわれはあまりにも力がないじゃないか」

そう言ってからヤーノシュは、ウーヴァーのいまのことばは皮肉じゃないのかな、と思った。彼は、叢のなかにしゃがみこんで、煙草に火を点けた。「俺は、ウーヴァーの笑いものになってるのかな——」

いや、ウーヴァーは、ものうげにヤーノシュのことばに応じてはいたものの、誰にでもあるあの欲望のなかを、いくらでも沈んでいた。いくらでも——。風が吹いて、めくれかえったカーペットの端が彼のくび筋にばたんと突きあたり、それにうっすらと積っていた砂の粒が、ざらざらと背中にはいった。彼はその砂の粒を取り除けようと、ぶるぶるする右腕を背後にまわした。

ヤーノシュは、敦煌の千仏洞を見ないわけにはゆかぬと思った。すでに征服されたということだけでためらうのはおかしいことだ、と考え、それでも、最初の発見者となれなかった絶望がこみ上げてくるのをどうしようもなく、ステップに張ったテントの前で、彼は粉っぽい珈琲を沸かしていた。最初の発見者という名誉をオーレル・Sに譲ったこと、このことにさほどの辛さはなかった。しかし、最初の発見者としての興奮を、オーレル・Sに譲ったのだ、と思うと、コータンでのちいさな興奮が恨めしく甦るのであった。コータンから敦煌まで、地球のおそらくはもっともうつろな部分を這いずりまわったその結果として、素朴な興奮を得られなかったのだ、と彼は珈琲沸かしからチョコレート色の液体をコップに移した。興奮とは何だろう、と冴えわたった頭で考えているうちに、ヤーノシュもまた、おぼろげながら泛びあがった女体につきあたり、熱い湯気のたちこめるコップを急いで口にした。

宿営から明けたいつもの朝のように、彼らのカラヴァンは荷を積んだ駱駝を促した。ヤーノシュはウーヴァーに言ったとおり、この集落をつき抜け、地平線上に這うように見える山脈の裾まで行こうと思った。敦煌の街があるであろう、そして千仏洞も。オーレル・Sなる男がすでに達してしまった千仏洞をめざすのは、無意味だとも思われる。だが彼は、やはり行って、見ないではいられないのだと、いく度も自分にいいきかせた。カラヴァンを整え、その先頭を進むヤーノシュは、こうした思念を顔面のどんな筋肉にも表わしてはいない。L・ノールや、水がなくなったキャンプや、もっと遡ってKを出発したときの無表情に近い、しかしかすかにこわばった面をまっすぐあげ、時折すぐうしろのウーヴァーの容態(ようす)を探るために振り向くだけだった。そしてこの緊張と、どうしようもない弛緩との不均衡を、喚き出したい衝動と、かすかにのこった尊大さとで支えているのだった。

村は静まりかえっている。泥が剝落した壁、ゆるやかな傾斜の屋根、すべてが砂っぽい家のうしろに立っている樹、朝もやに包まれたこれらを見ると、そこから後方はまたしても果てしない砂漠がひらけているのではないかと思われるほどの静寂さだ。人びとはめざめているのだろうか——いままで彼らが通過したどんな村でも、住民たちは紅毛人の珍らしさからカラヴァンをとりかこんだものだった。ところが、夜が明けたばかりとはいえ、彼らに一瞥も与えない村であった。通り抜けると、ステップと砂丘とが入り乱れてひろがっている。その平面は、ヤーノシュの頭にちらつくあの山脈でとまった。ここから、あの麓まで歩けばいいのだ。それだけの小さな旅が、ヤーノシュには思っただけで疲れるのだった。そして、千仏洞という目標ができたいま、はじめて確たる目標ができたいま、進むことへの執念など不必要な、ただ肉体だけが吸い寄せられるという事実をしか、彼は感じなかった。

イスラム・ベイが走り寄ってヤーノシュの肱をつついた。ウーヴァーの頭ががっくりうしろに垂れ、からだが駱駝の両瘤のあいだですべり落ちそうになったからである。ヤーノシュは、頸骨が折れてしまったかのような彼の頭を、うしろから支えた。痙攣するウーヴァーの、全身の細かな動きが、掌を通してヤーノシュに伝わってきた。彼は、ウーヴァーと平行して進んだ。ステップのところどころに、朽ち果てた古代の材木が傾き散乱している。ヤーノシュは、そういった小さな廃墟には目もくれなかった。「いま、若いヨオロッパ人が、アジアのどまんなかで命を落とそうとしている」大袈裟な科白(せりふ)を言ってみることによって、彼は、自分の身のまわりのできごとを抽象しようとした。だから、悲しみ、といったものも湧かないのであった。

「……ウーヴァーには言うまい、まもなく目にするだろう敦煌の千仏洞が、すでに、オーレル・Sによって占拠されているということを」ヤーノシュは、そのいたいたしい感動を伝達すべき友すらないことに気づいた。ツンと鼻孔を刺戟する悲しさがふいにこみあげ、近づきつつある黒い山脈を見やった。

双眼鏡を、オペラグラスをかざすようにとりすまして眼もとに運んだヤーノシュは、小さく「あっ！」と叫んだ。

黒い山影と見えた鳴沙山(ミンシャターグ)のつらなりのより手前に、灰色の低い禿山がえんえんと横にひろがっている。それは、オアシスらしき緑の木立ちに、なかば姿を隠されてはいたが、あまりに荒涼としたこの平面のなかで、あまりに突飛な色彩に抱かれた気はずかしさ、といった感じもした。木立ちのあいだにうごめく人間の姿。そして——繁みの横に、また繁みのわずかなすきまに、無数の洞窟が、うつろな古代の眼を炯々とあけ、灰色の禿山の崖につづいている。敦煌千仏洞——。

双眼鏡から眼をはずすと、それらはかすんだ網の目のように、地平線に這いつくばっている。ヤーノシュのカラヴァンは、じわじわと千仏洞との距離をちぢめた。ステップは、いつか石礫の混じった平面になっていた。草原の、駱駝の脚にからまる叢の抵抗から抜け出ても、ヤーノシュは気づかなかった。その禿山は次第に近づく。緑の木立ちと、不規則な洞窟の連続がはっきりするほどに、ヤーノシュは、驚異と、かたちを伴わぬ恍惚に征服された自分を駆った。想念というものは、ほとんどなかった。

絶壁に刻みこまれた壮烈な黒い洞窟が、肉眼で弁別できる地点にまで来たとき、それまで中空をつっ走っていた感覚が、ぴたりと凍りついた。「果たして、あそこまで行っていいものだろうか？」少年のような懐疑で、彼はカラヴァンを制止した。

「俺は見た。見ただけで充分じゃないか？　見ろ、あの千仏洞、人間ののこした文化、そう考えることすら不遜な気がする、果てしなくつらなっているのだ。山腹に、小さな窓をあけて、シナのさいはてに、あれは息をしつづけた……」

彼は振り返ることができなかった。タクラマカンの旅、そしてウーヴァー。爆発しそうに彼をつつんでいる大きな感動は、しかし、けっして歓喜にはならなかった。息を呑み、じっと肺のなかにその息を押しこまねばならない生理的な苦痛が、じっと、感動の下によどんでいるのだった。そのよどんだ淵のようなものを、彼はかきまぜねばならないのだろうが……。

千仏洞は、彼らの疲れきった足どりにつれて近づきつつあった。ムラーや、ハッサンが早口に交わすことばもきこえたが、ヤーノシュは、近づくほどにはげしく迫るこの廃墟の巨大な姿に完全に呑まれている。敦煌にのぼった鈍い太陽の鉛いろの光が、屹っとそそり立つ絶壁に投影し、洞窟の暗い入口は、それぞれの形や大きさをはっきり示した。それは生きものの眼のように見ひらき、吸いこまれるかとさえ思われる生理的な穴であった。のみならず、それら洞窟のすぐ下に繁る木立ちのみずみずしさが、いく千もの洞窟の乾ききったよそよそしさを強烈にかかえあげているのだった。

ヤーノシュは、若い友人の肩に手をあて、頭ががくんと垂れているあたりを、はげしく揺さぶった。

「ウーヴァー、ウーヴァー！」

辛うじてピクッとふるえただけのまぶたは、ひらかなかった。ヤーノシュの、感動の底に沈澱していた何ものかが、愕然と頭をもたげ、ぐるぐると捲きあがった。彼は、とっさに、駱駝の上でからだをねじまげ、ウーヴァーの顔面に両手をあてがうと、重く閉じたまぶたを、鎧戸をこじあけるかのように上下に押しひらいてやった。

「わかるかい？　ウーヴァー」木偶のように変貌した、しかしまだ生気のかようウーヴァーの頭部がかすかにうなずいた。ヤーノシュは、ささやくようにことばを発した。

「俺の指の方向を見るんだ、敦煌なんだ、千仏洞なんだ……」

「もはや俺には、無意味なことだ……無意味な……」

そのことばを、千仏洞にまなざしを向けたまま聞きとったヤーノシュは、そっと唾液を呑みこみ、次いで、蒼い木立ちの繁みを抜け出る人と駱駝の群れを見つけた。その群れは、禿山に沿うて歩いていく。千仏洞を指し示すヤーノシュの腕がだらりとさがった。よろめくように、彼はウーヴァーのからだに自分のそれを寄せた。

「……無意味な……いまの俺は……いや、こうして……」

途切れ途切れに発せられるウーヴァーのことばにしがみつき、ヤーノシュの暗い表情はこわばった。彼はウーヴァーの顔をのぞきこんだ。千仏洞の存在をも忘れたかのように、彼は若い友人の生命を見まもった。帝王のそれのように尊大なことば、しかし呟きはつづく。

「無意味だ……俺は……最後の俺を……いや、まだだ、まだ死にはしない……」

応えてやるすべもなく、息を呑みこんだヤーノシュが友の顔から眼をそらすと、千仏洞での探索を終え、いまし立ち去ろうとするオーレル・Sの一行の黒い群れが、無数の洞窟のまえにちらと見えた。

掌篇四話

考古綺譚

——Villiers de L'isle-Adam "*Véra*" に擬す

一九一七年のさる初冬の午後、霧深い倫敦(ロンドン)郊外の楡木立の中を走る黒塗りの二頭立馬車があった。それはやがて、暗い蔦葛(つたかずら)の門闕(もんけつ)をくぐり抜け、石甃(いしだたみ)を蔽う湿った落葉を踏みしだいて、苔むす白堊の館の車寄せに停った。黒いフロックコオトに身をかためた従僕達が駆け寄って扉を開けると、粗い縦縞の外套を無造作に着こんだ年の頃四十二、三歳の男が降りたち、雕像のように硬(こわ)ばった面(おもて)をまっすぐに挙げ、左右に一瞥も与えず階(きざはし)を登り、更に大股に広間を横切って奥に消えた。彼こそオーレル・S伯爵であった。

彼は蒼ざめた頰を自(みずか)ら支えて、二階に続く階段を登った。二階の回廊を廻り、突き当る奥の一室、そこはS伯爵夫人イレーヌの寝所であった。部屋の前に彳立(てきりつ)していた年若い従僕が、重い樫の扉を戞然(かつぜん)と開いた。羅帷(らい)を繞(めぐ)らせた絢爛の茵(しとね)が真先に伯爵の目に這入った。それは微かな空気の顫えにもそよぐ蠱惑の化身であり、いまにも夫人がその帷(とばり)をかき分けて艶冶(えんや)に伯爵をさし招くのではないかとさえ思われる。しかしながら、それは沈鬱な霧瘴のごとくに垂れ罩め微動だにしない。伯爵は、帷に綾なす襞の一本一本を凝視した。次いで、彼の暗澹たる瞳は、帷の前に安置せられた柩に落ちた。柩を覆う黒い天鵞絨と、その中央に縫いとられたS家の紋章、即ち盾形の金地の中に勇躍する魁偉な牡獅子と、その足もとに散乱する梔子の花弁とが、柩の中に横たわる人の何人たるかを、明瞭に物語っていた。

伯爵は、柩に喰い入るような視線を向けたまま、外套を脱ぎ、傍らの従僕の腕に無言でそれを預けた。そして、踉踉と夫人の閨に踏み入った。背後で、再び扉が閉じられる重い軋みが響いた。S伯爵は柩の覆布を剝ぎ取った。

何という痛ましい再会であろうか。S伯爵が支那トルキスタンでの一年にわたる探険を終え、サザンプトン港に錨を投じたその朝、夫人イレーヌは自ら生命を絶ったのであった。何故に？　何故にだ？

――S伯爵は激しく問いかけながら柩を覗いた。

柩を覆う硝子の蓋の内側は、溢れんばかりに亡骸を包んだ花の精気のために、微細な点滴を附けてみずみずしく曇っていた。ただ、夫人の顔の真上だけは、生命の営みの絶えた証しである如くにぽっかりと乾燥し、不可解な死に招かれた女人の安らかな寝顔をはっきりと映している。その頰に施された紅の化粧は、生けるが如き鮮烈な色を放ち、倏忽として魂の飛翔し去った唇は、いましも夫に語りかけんばかりの微笑を湛えている。最期の懺悔も祝福も拒み、果ては夫に接吻も与えずに死を急がねばならなかったイレーヌの苦悩は、その美しい死顔のどこからも窺うことができなかった。伯爵は悚然（しょうぜん）と硝子を外し、固く閉じられた冷たい瞼に唇を触れた。

明くる午後、木枯しの吹くＳ伯爵家累代の墓所、霊廟の鉄の扉の外には、忠実なる老僕が一人、喪服に身を固めて佇んでいた。司祭もなく、眷属も加わらぬ葬儀が、凍てついた大理石の墳塋（ふんえい）の中で営まれているのである。

Ｓ伯爵は、イレーヌ夫人の柩の傍らに屹立（きつりつ）したまま、久しく開かれることのなかった墓室の中を見渡した。亡骸の枕頭に揺らぐ蠟燭の円い光が、由緒あるＳ伯爵家の渺茫たる歴史を照らしていた。

だが、何人に予測し得ようか――後胤も途絶え、Ｓ伯爵自身もまたその人生を終えてイレーヌの隣りに横たわって更に幾星霜、荒廃したこの墓室に無遠慮な輩共が這入りこみ、好奇の眼差で朽ち果てた骸（むくろ）を眺め、挙句は此処に埋もれた財宝をば拉致し去るであろうことを。それは、あたかもＳ伯爵その人が、支那トルキスタンの沙磧（させき）の中で行なったと同じ所業であり、その故に、Ｓ伯爵に名声が冠せられもした、考古の学の忌まわしい宿命ではなかろうか。

Ｓ伯爵の心に、吐魯番（トルファン）盆地で発掘した千五百年昔の墓葬の全貌が沛然（はいぜん）と蘇った。……槨室（かくしつ）の中央、磚瓦（せんが）に穿たれた腰坑の周辺に散乱する一体の人骨、更に室内に点在する夥しい随葬品の数々。その墓葬が、晋代の貴族孫世蘭（そんせいらん）の夫人周（しゅう）氏のものであることは、同じ墓窖（ぼこう）から出土した墓誌から知れた。S伯爵はその碑文の精萃を解することはできなかったが、周氏の概その生涯はおぼろに会得した。即ち、周氏は、前尚書郎周攸、字は介甫の女であり、洛陽に遍くその名を知られた美貌の持主であった。やがて孫世蘭のもとに嫁すが、一子も得ぬまま、吉木薩にて急死するのである。行年二十九歳。

だが、孫世蘭が如何なる人士であったかは知る由もない。また、洛陽の都に華やかな噂を醸した女人が如何なる理由で、辺陬の吉木薩に於て急死したのかも分らない。周氏が没した建元二年は、晋朝が未だ西域経営に着手しておらず、漢人の麴氏による高昌国も建国されておらず、まして、唐朝が該地に北庭都護府を設けるに先立つこと三百年の昔である。漢人が安んじて暮すには、あまりにも厳しい自然であり、加えてまつりごとも能く行なわれてはいなかった筈である。

S伯爵は、しかし、それらの疑問を忖度することは敢てしなかった。考古学者にとっては、そこに何が在るかが最大の関心事であり、何故にそれが在るのかは、いわば出土品をめぐる物質的な解釈に他ならぬ。従って、この周氏墓葬から出土した随葬品、例えば鉄剪、陶盤、陶盃、銅勺、銅環、瑪瑙環、金花等は、周氏の所持品であった以上に、同時代人のものとして演繹せられねばならず、周氏をめぐる不可解な運命の謎は、これを顧る必要もなかったのである。

然るにいま、S伯爵は自殺したイレーヌの傍らに在って、墓室に次々と沈黙し果てていく個々人の生涯を思わずにはいられなかった。それは、靄々とたなびく妖霧の彼方に一つずつ没し去る宝玉であった。把握しようにも、黄泉に連なるその霧の中には、血の通うわが素手をさしのべることは不可能に思われた。

S伯爵は、遽かに親密になった死の観念を弄びながら、殆ど意識せぬままに柩の縁に腰をおろしていた。それは、かつて幾度となくそうしたように、即ち、イレーヌの枕辺に優しく凭れかかり、その白い腕の嫩やかに伸びてくるのを待つ一瞬の姿に似ていた。伯爵は寛衣を着け、その秘密めかしたポケットにしのばせた古蒼たるパイプの腹をまさぐりながら、一方の手は夫人の肌理に触れなんとしているあの姿に。――S伯爵は、いまし、茵ならぬ柩に腰を掛け、閨房での習性を以て、上衣の隠しに手を挟んでいた。彼は、旅から帰った時そのままの服装であった。伯爵の指頭が堅いものに触れた。摘み出すと、それはかつて伯爵がイレーヌに贈った碧玉であった。

伯爵は、夫人の指からこの結婚指環を抽き取ったであろうか。否、否、彼は断じて斯様なことはしなかった。のみならず、彼は、花に埋もれたイレーヌの手に触れさえしなかったのである。伯爵は卒爾として、夫人を覆った香わしい花を払い除けた。胸もとに組み合わされた夫人の嫋々たる手が露われた。その左の薬指には、碧玉はなかった。伯爵には見覚えのない黒燿石が、碧玉の代わりに、燭光を受けてカチリと瞬いた。

伯爵は蒼白になって立ち竦んだ。そして、掌中に在る碧玉をかざした。その艶やかな曲面を透して、蠟燭の橙の光の穂先が紺碧の中に溶けこみ、淡い光芒を発した。白銀の環に施された精巧な蔓草の浮雕もまた、伯爵の記憶になじんだ所である。その内側には、《愛ヲコメテ。いれーぬニ贈ル。一九〇三年。巴里ニテ。A・S》と刻まれた文字が見える筈であった。即ち、伯爵が巴里でイレーヌに求婚し、そして結婚した動かし難い証しなのである。伯爵はその文字を読むべく一層目を凝らした。そこには、《愛ヲコメテ。周玳瓊(しゅうだいけい)ニ贈ル。咸康元年。□□》とでも訓じられる于闐(うてん)文の銘が鮮やかに読みとれた。

S伯爵の脳裡に、一瞬、ありありと二人の女人の姿が浮かんだ。一人は、洛陽に在る夫孫世蘭のもとを去り、于闐人と共に朔北に出奔し、恐らくは塔里木(タリム)の沙漠を放浪して吉木薩(ジムサール)に死んだ支那古代の佳人であり、一人は、言うまでもなく、道ならぬ恋に疲弊し、夫の帰郷を待たずして自殺したイレーヌである。

伯爵は、これが幻覚であることを希いながら碧玉を大理石の石甃に叩きつけた。それは鏗(こう)鏘(そう)として転(まろ)び、やがて墓室の壁に遮られて静止した。

ワクワクの樹　亜剌比亜綺譚

亜剌比亜（アラビア）はアッバース朝の御代、第二代の教主（カリフ）アル・マンスール治世下であった。

このところ、支那（シン）人の捕虜たちが陸続とダマスカスに送られて来たというので、教主はそのうちの一二を見たいと思った。支那のことは、広府（カンフー）まで貿易船で行った商人から聞いたことがある。彼は、その広府から都の金殿（クムダーン）まで陸路を五十日も歩いたあげく支那の皇帝に会ったそうだ。皇帝の居所の壮麗なことはこの世に並ぶものがないと、商人は縷々（るる）語りはじめたが、教主は遽（にわ）かに不機嫌になり、「黙れ！」とて引き下らせた。以来、支那はアル・マンスールの心に巣喰った。

さるほどに、サマルカンドの北なるタラスにおいて、教主の軍は支那の軍を破った。夥しい支那人が捕虜としてサマルカンドに連行され、又ここダマスカスにも送られて来た。支那が如何に広大であれ、又その皇帝が如何に奢侈を窮（きわ）めているとはいえ、亜剌比亜が地上で最も強い国であることには渝らない。にも拘らず、支那は、依然、教主の心に巣喰っていた。

廷臣にひきたてられて来た支那人は、両の腕と片足とを鉄鎖で縛られ、鎖の末端を三人の兵士に委ねていた。だが彼は、傲然と顔を挙げ、教主アル・マンスールの御前に来ても平伏はおろかひざまずきもしなかった。廷臣がまず喚き、兵士たちが蹴倒したが、支那人はなお顔を挙げていた。

教主は、この捕虜が真直ぐ教主を凝視めていると思った。次に、斜眼かと思った。次に、教主の背後の何物かを観ていると思った。無礼な男の視線に誘われて、教主は大理石の玉座の上で身を捩らせ、振り返った。

そこに、見馴れぬ鉢植の樹が在った。つい先刻までは無かったものであった。

「何だ、これは」

と教主が叫んだ時、かの支那人が不思議な音声を発した。

「何と申しておる。此奴が知っておるのか」

廷臣達のうしろから、通訳が三人、恐懼しつつ進み出た。先ず、一人が支那語を土耳其語に訳す、一人がその土耳其語を波斯語に訳す、更に一人が、波斯語から亜刺比亜語に訳す。こうして教主の耳に届いた支那人捕虜の言葉は世にも奇怪なものだった。

「その樹は、支那よりももっと東の海の果てに生えていたものでございます。よく御覧下さいませ」

タラスの戦いに敗れた支那人捕虜が、教主に献じるべく、支那より更に東の国に生える樹を鉢植として持参するはずがない。まして、この支那人は今、手足を鉄鎖で縛られているのだ。とはいえ、今の今まで教主の玉座の背後にさような鉢植が置かれたためしもなかった。

教主も、廷臣達も、通訳達も、兵士どもも、一斉にその鉢植に目を注いだ。

果実と思っていた数顆のまるいものが、もぞもぞと動きはじめた。よく見ると、それ等は嬰児が裸でぶら下っているのだった。愛らしい顱頂（ろちょう）に蔕（へた）があるとみえ、手足をばたつかせると枝がゆらめいた。

「おお！」

と、教主は呻いた。その声が、果実の嬰児をよろこばせた。一斉に、赤ン坊らしい笑い声をたてたのである。

「どこの国の産物なのか」

教主は、興奮して立ち上った。かくも珍奇な貢物にめぐりあったことはなかった。

「倭国（ワークオク）でございます」

問いと答えが三人の通訳を経て往き来するもどかしい時間を、教主はただ耐えて珍木の鉢植に見入った。果実の嬰児、いや嬰児の果実は、笑い、そして愛くるしく手足を動かした。

「ワクワクでございます」

という答えを聞いたその時、教主は驚異の念を如何ともし難く、嬰児の果実、いや果実の嬰児に手を触れた。と、数顆の果実は忽ち萎み、そのまま落下した。あとには、ウシャルの実のようなまっ黒い殻が残っているだけである。

件の支那人捕虜は縛(いまし)めを解かれ、以後久しく、教主に支那及びその東の海上の国ワクワクに就いて進講し、十年後、手厚く送られつつ広府(カンフー)に上陸した。

この支那(シン)人捕虜、名を杜環(トーホワン)という。彼は、帰国後こう書いた。

大食(アラビア)ノ王ハ、常ニソノ西ノ海ニ人ヲ遣ワシテイルガ、マダソノ西岸ヲ極メテオラヌ。ソノ西海ニ四角イ岩ガアリ、岩ノ上ニ枝赤ク葉青キ樹ガ生エテイル。ソノ樹ニハ六七寸ノ長(たけ)ノ小児ガ生(な)ル。人ヲ見レバ何モ喋(しゃべ)ラズシテ笑イ、手足ヲバタツカセル。頭ガ枝ニ著(つ)イテイテ、摘ミ取ロウトスルト即(ただ)チニ乾イテ黒クナル。王ノ使者ガ、ソノ樹ノ一枝ヲ手ニ入レタガ、ソレハマダ王ノ処ニアッタ。

海獣人

福建路の市舶司（しはくし）に任じた趙汝适（ちょうじょかつ）が、蕃坊（ばんぼう）に宏壮な邸第を構える大食人（アラビア）アブー・ザイドを訪ねると、折しもその中庭において、内外の商人たちが珍貴なる物産を列（なら）べ、品定めしている最中であった。

交易は関税局たる市舶で行なわれるべきであるが、それに先立ってしばしば催されるアブー・ザイド邸での内見の会は、禁制の物産すらおおっぴらにやり取りされ、もちろん市舶の長官である趙汝适の懐中には、少なからぬ賄（まいな）いが届けられていた。とはいえ、趙汝适は、賄いの有無にかかわらず、禁制の物産を見るのを、ひそかなよろこびとしていた。

その日、アブー・ザイド邸に集まった商人は十数人ほど、多くは趙汝适の旧知であったが、中に一人、同邦でありながら知らぬ顔がいた。蒸暑いこの泉州（ザイトン）の初夏というのに、異様な裘（かわごろも）をまとい、浅黒い顔は婆娑（ばさ）たる蓬髪と虬髯（きゅうぜん）におおわれている。その男は、趙汝适を注視していた。

「あの者は誰だ」

招じられて奥の椅子にかけた趙汝适は、傍らなるアブー・ザイドにたずねた。漆黒の、よく手入れされた鬚のなかで、アブー・ザイドの厚い唇がうごいた。

「金国のもっと北から来たという、毛皮商人です。見たこともない毛皮をもっています」

なるほど、甃には、南方産の水果や象牙や犀角などとともに、奇怪な色と形の獣の毛皮が展べられている。それも、一枚や二枚ではなかった。

「連れて来い」

趙汝适が言うと、アブー・ザイドはただちに従僕に目くばせした。

その男が来た。アブー・ザイドのなめらかな支那語が、その男に、趙汝适のなんぴとであるかを伝えたが、少しも動じなかった。

「お前の商わんとする毛皮はなにか」

「海獣だ。海馬、海狗、海驢などだ。北の冷たい海のなかで泳いでいる。だから、毛皮はなめらかで暖いのだ」

海中を遊弋する獣がいるとは、聞いたこともない。

趙汝适は、にわかにそのことが知りたくなった。傲岸な面つきと、横柄な口振りでその男が語ったところは、次のようである。

その男は、去る年の冬、金国のはるか北の海岸から、氷結した海を徒歩(かち)で渡って対する島に着いた。島には、毛人と称する土着の民がおり、その案内で島の東端の岬に至り、岬のさらに沖合いに横たわる小島を望見した。すると、狗頭人身の女たちが無慮数千、狗(いぬ)のように吠えながら、海中を泳いだり、陸(おか)に上って息(やす)んだりしていた。男はいない。海中を泳ぐだけで子種(こだね)を得て、孕むのである。その島にいるのは海狗というが、この近くの海には、海狗と似た海馬や海驢などが数多く棲んでいる。毛人が捕えた海狗や海馬を毛皮にして、泉州まで商いに来たのだ。

趙汝适は、聞くほどに、どこかで同様の話を読んだことがあるような気がしはじめていた。東海の果てに女だけの国があるとは、古来の正史にも誌すところであるが、それが狗頭人身の海獣であり、海中を泳ぐだけで孕むと誌す書物もあったように思う。しかし、思い出せない。……

すると、アブー・ザイドが言った。

「この男は、北の海などと申しておりますが、嘘にきまっていますぞ。私の曾祖父のアブー・アルザフル・アルバルハティは、インドの南の海中で、これとよく似た海獣を見たことがあると話していたそうです。やはり狗頭人身で、バターのようになめらかな毛皮をもち、脇腹に亀の鰭(ひれ)ほどの二枚の翼があるというのです。ごらんなさい」

と、アブー・ザイドはかがみこんで、足もとに展(の)べられた毛皮の一枚をたぐり寄せ、裁ち切られた脇腹部分に付いている鰭とも足とも翼とも判然としないものを指さした。

毛皮商人は、フン、と鼻を鳴らした。

「北の海なればこそ、この見事な毛皮が要るのだ。私が渡った島がどんなに寒いかは、凍傷で壊(くず)れ指を失(な)くしたこの手を見ればわかるだろう」

と、男は両手を突き出した。十本の指は悉く半ばを失い、火傷のあとのような醜い瘢痕をとどめていた。

「海も凍る。だから、歩いて島まで渡れるのだ。そのつめたい氷のすきまから、この獣たちは、自在に海に跳びこみ、また上ってくる。南海の産ではないぞ。大食人(アラビア)どもは、むかし支那人から聞いた話をもとにして、出鱈目をでっちあげているのだ」

……………

その夜、アブー・ザイド邸から帰った趙汝适は、閑雅な書斎に一人になった。窓から、月がさしこみ、庭の刺桐(ザイトン)の葉がゆらめいている。夜半というのに、蒸暑さは衰えない。しかし、あの男が語った北海の寒冷の気が趙汝适の身辺に漂っているようである。

アブー・ザイドがあの男から重価をもって買い上げた海獣の毛皮は、その一枚を趙汝适が贈られて、いま足もとに展べられている。茵(しとね)として、その上で愛妾と戯れたいとも思ったが、そうせずに、一人で横たわった。短いやわらかな毛が密生したつややかな毛皮は、彼が知っているどの獣のものよりもなめらかだった。一枚の毛皮と化しているが、もしここにはだかの女人を横たえれば、くるくるとその女体をつつみこんで、ゆらゆら動き出しそうにも思われる。

　するうちに、趙汝适は、自分のからだが男としての逞しい稜角を失い、女体に変わりはじめているのを感じた。いつのまにか、衣服も解け、まっ白いはだかのからだがあらわれ、やがて、その海獣の毛皮が、彼の幻想そのまま、生あるかに彼をすっぽりとくるんでしまった。

　趙汝适は狼狽して大声を出したが、すでに自分の声は失われ、犬の吠える忌まわしい声に変じていた。

　毛皮を剝ぎとるため立ちあがろうとすると、すでに両足は失われ、鰭とも足とも翼ともつかないものが自然に動き、それにつれて下半身が奇妙にうねり、それで少し前進した。焦りが前進を生み、前進が焦りを生んだ。しかし、趙汝适は、海獣となった自分が、海をめざして歩きはじめたのを知った。書斎から庭に出、奇巌を多くあしらった庭を横切り、正面の耳門（じもん）から表通りに出た。家人の姿は全くない。また、街路にも人影はなかった。月明りのなかに、蕃坊に聳える大食人（アラビア）の寺院の尖塔が見えた。港は近い。足もないのに、歩みは思ったより疾く（はや）、焦りは少しずつ消えていった。

　港には、南海から来た巨大な船が何艘となく舫って（もや）いたが、彼はそれには目もくれず、海中に身をおどらせた。

　思いもかけぬ光景が現前した。

かねて噂に聞いていた鮫人たちが、数えきれぬほど遊弋しているのである。下半身の魚身の銀鱗が、海中にわずかにさしこむ月光を受けて煌めき、上半身の女体の美しさは、たとえんかたもなかった。

そこは、姿こそ異形だが、女人の天国であった。しかし、自分はいったい女人なのか、男のまま海獣となってしまったのか、判然としなかった。なまぬるい海水は、彼の意志のすべてを溶かし、途方もないどこかの涯へと押し流してしまいそうだった。

鮫人たちは海獣となった趙汝适を見ようともしなかった。彼女たちに、俺は見えないのかも知れない、と彼は思った。言い知れぬ寂しさが襲い、それと同時に、強い潮の流れが、彼を鮫人たちの群れからひき離した。……

北海とも南海ともつかぬ未知の海へ、彼は流されていくのである。趙汝适は、それでいいと思った。

屍体幻想

いつのじだいなのか、よくわからない。しかし、永泰公主がほうむられてほどない盛唐のことではあるらしい。わたしはなかまたち五にんとともに、ここ永泰公主墓にしのびこんだ。首領がいうには、公主（ひめぎみ）の墓にはうまみがあるというのだ。それがどんないみなのかさだかではないが、ともかく公主の副葬品といえばそうぞうにあまりある。墓道をかざる青龍、白虎、朱雀、玄武の四神像にはどぎもをぬかれたが、壁画なんぞはかねめのものではないから、墓室へとおしいった。

われわれのせたけよりたかいひつぎ、げんみつにいえばひつぎをおさめる石づくりのくろい石槨（かく）が、墓室いっぱいをしめてあんちしてある。

「皇帝陵とちがって、公主のはかとなればケチなもんだな」

と首領がいったが、わたしは陵墓のとうくつがはじめてなので、このばかでかい石槨に、ただもうびっくりしてしまった。かよわいむすめのしたいをおさめるには、あまりにも大きく、それだけに、副葬されたきんぎんざいほうもすくなくないであろうとおもわれる。墓室のかべにも、生前の公主につかえていたとおぼしい侍女たちのすがたがえがかれていたが、それよりも、墓室のてんじょうに、まるいものがふたつ、ひとつにはからすが、それも三ぼんあしのからすが、ひとつにはひきがえるがくっきりとえがかれているのがめについた。

「これはなんですかい」

と首領にたずねると、石槨によじのぼりかけていたそのひげづらがしたうちして、

「おてんとさまとつきにきまってるじゃねえか」

とどなった。

ふうん、なるほど、とかんしんしたが、おてんとさまのなかのからすがなぜ三ぼんあしなのかさっぱりわからない。てんじょうをみあげてかんがえこんでいると、またも首領のばせいがとんできた。

「このうすのろめ、ぼやぼやしてねえで、甬道にあっためぼしいものをかきあつめておけ」

「ヨードーって、なんですかい」

「ばかもン！　墓道のりょうがわにいきどまりのちいさなみちがあったろう。それだ」

「へい」

とてわたしは墓道からおいやられ、甬道とやらの一ぽんにもぐりこんだが、さいほうどう

ぐやら、すえもののちゃわんやら、公主が生前につかっていたらしいこまごましたにちようひんばかり、あまりかねめのものはみあたらない。それでも、めぼしいもののひとつやふたつはあるだろうとて、せまい甬道をいくほんもいったりきたりうろつくうちに、墓室では、石槨のふたをなんとかどけたらしい。てなれたものだ。

首領がわたしの名をよんだ。いってみると、首領があごをしゃくって、

「おまえ、このなかにはいって、さいごのかんぶたをあけてみろ。なにごとも、なれなくちゃいかん。なあ」

と、いやにやさしいくちょうである。そとがわの槨からじゅんぐりにふたをあけたらしく、大中小の石づくり木づくりのふたがかべにたてかけてある。

「さいごのかんぶたをあけるとな、まちがいなくきんぎんのかざりものがでてくるぞ。おまえは、それをひろいあげて、そとのおれたちにわたすんだ。うまくやったら、いっとうでかいやつは、ほうびとしておまえのものにしてやろうじゃないか」

おもいがけない首領のことばにうちょうてんになったわたしは、ふたつへんじで石槨にあしをかけた。長安城内のぬすっとであったわたしには、あしがかりもないつるつるの石槨をよじのぼるのはいかにもやさしいことであったが、うちがわにおりてさいごのかんぶたのうえにたつと、あたまがかろうじて石槨のそとにでるだけで、すでにふたをとりさった内槨のふちにあしをかけなければ、なかまのすがたもみえない。こころぼそいきもするが、なにし

ろ金銀のかざりものは、わたしのてのなかにあるのだ。首領にてわたすにしても、ひとつふたつはこっそりくすねることだってできそうである。

「じゃ、いきますぜ」

とて、わたしはからだをかがめてかんぶたをどけにかかった。みっぺいされていたにしては、らくらくとひらいた。

そして、そこに、うつくしい女人のかおがあった。おそれていたしにんへのきょうふはなく、あまりにもなまなましいわかいおんなの美がわたしを衝いた。死後どれほどのねんげつがたっているものか、わたしにはわからない。しかし、かつてかいだこともないようなよいかおりがゆらめきたって、もしこれを屍臭というならば、そのなかにはなをうずめてしまいたいとさえおもった。

朱をさしたくちびるはあいらしいままにかすかにひらき、なかに白玉をふくませてあるのか、石槨のふちにおいたあかりを受けて、あおじろいひかりがちらともれたが、あるいはそれは、まっしろな歯がみずからはなったひかりかもしれなかった。

「なにをしとる。はやくさがしてわたせ」

首領のいらだったこえで、わたしはそのうつくしいかんばせのまわりに、ふるえるてをさしこんだ。

ある!

ゆたかなかみにさされたきんの鳳釵がまずてにふれた。それをぬく。ついで、くびもとをさぐると、ひやりとしたくびかざりがかすかにすずしげなおとをたてた。それをはずすには、女人のあたまをもちあげなければなるまい。やすらかなねむりをさまたげられた公主のしたいがいかりのあまりからだをおこすのではないかと、そのときはじめてせんりつがはしり、わたしはおぼえずたちあがった。首領がのぞいていた。

「それをよこせ。くびかざりもあるはずだ。いふくもはがせば、しゅぎょくをちりばめてあるぞ。はやくするんだ」

わたしはきんの鳳釵を首領にわたした。

あとは、むちゅうだった。くびかざりをやっとのおもいではずし、首領のさしのべたてにのせると、かれは、

「やったぞ！」

とさけんで墓室のゆかにとびおりた。なかまたちのかんせいがきこえた。

いふくをはがしにかかった。うつくしいしたいは、たましいのまいおりたけしきもなく、わたしのなすがままにゆれている。鳳釵をぬいたせいか、かみはみだれ、からだがゆれるにつれて鬢の毛をしろいほおにちらした。

いふくをはがしたが、しゅぎょくらしきものはひとつもちりばめられていない。しゅぎょくはなくとも、しかしあでやかなそのいふくには、さきのよいかおりがまつわりついていて、

しかも、きのせいか、かすかなぬくもりさえのこっているようだった。ふたたびせんりつがはしった。きょうふをしずめようとして、わたしはおおごえをだした。

「しゅぎょくなんて、どこにもありませんぜ」

へんじがない。

たちあがり内槨のふちにあしをかけてそとをのぞくと、なかまのすがたはきえていた。

そのとき、ながい墓道のはて、この墓室からははるかななめうえにあたる地上へのいりぐちのあたりに、ちらとあかりがみえ、ついでそのいりぐちのとびらがギーッととじられるおとがつたわってきた。

「やられた!」

なかま五にんは、わたしひとりをあんこくのはかのなかにとじこめていってしまったのだ。きんの鳳釵とくびかざりは、しかるべきあきんどのてにゆだねれば、ばくだいもないとみをもたらすであろうが、なるほど、わたしひとりを欠くことによってわけまえはいっそうふえる。しんざんもののわたしをばかでかい石槨のうちがわにおいやって、めぼしいものだけてにしてとうそうするというのが、首領のやりかただったのだ。

「わーッ!」

わたしは、とほうもないこえをだして石槨のなかからはじかれたようにとびおり、まっくらな墓道をいりぐちへとかけぬけた。いりぐちのいしのとびらがいかにおもいかは、よくしっている。おしいるときにみはりをひとりたてて五にんでやっとあけたのである。わたしがひとり、おしてもたたいてもどうにもなるものではない。また、さけんでも、冥府からのこえは地上にはとどかない。

それでも、わたしはちからのかぎりさけび、そしていしのとびらをたたきつづけた。そして、ちからつきて、そこにたおれた。

きがつくと、しろいいしょうをはだけた永泰公主が、常夜灯をてにしてわたしのまえにたっていた。うつくしいかおはそのままに、めをひらいているだけにいっそううつくしかった。あのよいかおりがたちのぼって、しろいむなもとがきらめいた。

これがしかばねだろうか——と、わたしはきのとおくなるようなきょうふとみわくにつつまれながら、しかし、やはりこしのちからはぬけたまま、墓道をはいまわった。

永泰公主は、なにもいわない。しかし、わたしにうったえるものがあるがごとくに、わたしをおってくる。

これは、しかばねがよみがえったのか、いや、しせるままのうごくしかばねなのか。

わたしはこしであとずさりしながら、さきほどの甬道の一ぽんのおくにおいつめられた。

永泰公主は、わたしにせまり、わたしをほうようしようとしている。ふくはすっかりはだけ、そのしろいはだかがくまなくみえた。とうとう、わたしにふれ、わたしのうえにのしかかった。

よいかおりはたちまち屍臭と化し、おんなのしかばねにおかされたわたしも、あらゆるせいきをうばわれてしんでしまった。ししゃとなったわたしは、もはやおそれることはない、ししゃのおんなとおもうさまましわろうとたちあがった。しかし、永泰公主のすがたはない。墓室にもどると、かべにたてかけられていたかんぶたはことごとくもとにふくし、おおきな石槨がひとつ、しずかによこたわるのみである。

ただわたしのあしもとに公主のみだれたいふくのうちすてられているのが、あんこくのなかでもしるくわたしのめを射た。

翩篇七話

狄〈テキ〉

某教授がポルノ解禁国からひそかに持ち帰った写真小冊が、教授出入りの書肆の主(あるじ)を経由して手元に至った。

美国の男女モデルが織りなすあからさまな性戯は異国人のこととてさながらお伽噺のようにも見えるが、中に一人、東洋人の女がいて、それは色あさぐろく四肢も俊敏に見えるところから、おそらくヴェトナムの女かと思われる。するうちに、濃艶な化粧の下、なかばつむった目となかば開いた紅唇とが過去の記憶に甦り、豪州の旅舎で一夜を共にしたさる富商の令嬢と見えた。

写真における彼女の桃色の花蕊には、白人男の灼熱した地軸が突きささっていたが、それをとり除いて潜っていくと、牡蠣(かき)貝の溷濁(こんだく)した世界の中に、一条の隧道が穿たれていて、その先に、ほの暗い暖い空間がひらかれた。息苦しさから解き放たれて思いきり手足をのばした私の前に、くだんの白人男が彼女を左手で擁しつつ黒い拳銃をつきつけてきた。

杪*〈ビョウ〉

南唐の副宰相韓熙載は、夜ごとの宴に耽っていた。国主たる李煜の度重なるお呼びにも応ぜず、反って歌妃寵童を侍らせ、酔うては唱い、飽みては宴席の榻上で戯れ、その靡爛、言おうようもなかった。

ある夜、新顔の少年が加わった。珠玉を刻んだような美童ぶりに目を欹てて榻上に召し、接吻したのちその特技をたずねると、些かの画才のみあると言う。興を催して描かせると、たちどころに宴席のさま巨細にわたって描ききった。称讃してその絵を寄こせというと、これは下絵だからいずれ完成させて献ずると答えた。韓熙載、心中に感ずるところがあったが、強いて求めず、美少年はそのまま退去し、二度と宴席に来ることはなかった。

美少年の名は顧閎中。李煜が密偵として韓熙載のもとに放ちその遊蕩ぶりを描かせたが、絵が成るや李煜は宋の太祖に捕えられ、南唐は滅んだ。宴席でその報を聞いた韓熙載は卒然として邸を抜け出し、乞丐の旅に立った。

* 梢・末端の意。

膏〈コウ〉

敦ちゃんと克ちゃんがうみべでなみにさらわれました。でも、しんせつなくじらさんにすくわれて、そのおなかのなかでくらすことになりました。おなかのなかはあたたかく、たべものにもこまりませんでした。くじらさんがしおをふくとき、しおふきのあなをあけてくれるので、あおいそらをながめることができ、また、おいしいくうきをむねいっぱいすうこともできました。そのあなは、まるで引戸のようにあけたてするのです。

あるひ、くじらさんがいきなりあばれだしました。いつもたいらでしずかだったへやのなかは、たてとよこがぎゃくになり、いすやテーブルやベッドがひっくりかえりました。びっくりした敦ちゃんと克ちゃんは、しっかりだきあっているうちに、おそろしさをとおりこして、へんなきもちになりました。そのきもちのままのことをしていますと、敦ちゃんの引戸がするりとあいて、克ちゃんのからだはもとのうみべにもどることができたのです。

蝕〈ショク〉

大正十三年九月、そのころはまだ珍しかったコダック社の写真機を携えて杭州は西湖に遊覧に来た一戸源蔵は、西湖南岸の岡の上に異様なものを見た。

かつては紛れもなく磚塔（せんとう）であったであろうが、いまは巨大な蓑虫（みのむし）が地から屹立しているかのようである。八角五層の壮麗な塔であったろうこと、四十米余のいまの貌（かたち）からも想像できるが、各層に穿たれた窓は上下に連なる醜怪な穴となり、最も堅牢なるべき基底部も、虫に食われたかのように磚が抜きとられ、全体がいまにも崩れそうなけしきである。

あの煉瓦を抜きとってもち帰れば家内安全だという迷信があってね、支那人が片端から盗んでいくのだ、と案内の叔父が説明した。

そんな塔でも、まだ塔内の階段を登る二三の男が望見できた。そのうちの一人が五層目の窓に姿を現わし、傍らの磚を引き抜きはじめた。と、この世のものとも思えぬ轟音が大地をどよもし、雷峰塔は砂塵の中に倒壊したのである。

戩*〈セン〉

ニネヴェにて登極しわずか十数年のアッシリア王サルダナパロスは、某日、常のごとく鍾愛の寵姫たちを寝所にあつめ戯れていた。政治はとうに佞臣たちの手にわたり、斯うするしかないことを、彼は知っていたが、その日、彼は奴隷に命じて、愛用の名馬数頭を宏壮な寝所に牽いて来させた。

　馬たちは、そこに這入るや遽かに凶暴になり駆けはじめたが、宏壮とはいえ馬場とは勝手の違う寝所では、徒らに寵姫たちを蹴り倒すのみで、その絶叫と戛然たる蹄の音が不気味に響いた。

　やがて王は、奴隷たちに寵姫と愛馬の殺戮を命じた。奢侈を極めた寝所はたちどころに血の海と化し、女と馬の首が散乱し、裂帛の悲鳴が夜を劈いた。

　王は、眉一つ動かさずこの地獄絵図に目を凝らしていた。そして、別の奴隷たちに放けさせた火が程なく寝所をも襲うはずだと、傍らに毒酒を捧げて侍立する美童の奴隷を瞋み見た。

＊　切断する、の意。

魈*〈ショウ〉

はい、教皇猊下、二年まえに猊下がタルタルの国につかわされましたジョヴァンニ修道士プラノ・カルピニが、このほど帰国いたしましてございます。タルタルの皇帝グユク・ハンより猊下への返書をたずさえておりまするこ と、もちろんでございますが、それよりおどろきましたのは、ツィクロペデスの民をばいく人か連れてまいりましたことで――。

え？　はい、さようでございます。イシドールがかつて述べましたように、手も足も一本ずつ、しかも駿足の名射手という連中でございますが、なんともはや忌まわしい怪物でございまして――。

は？　カルピニをこれへと？　はい、ただいま。……これ、カルピニはどうした。なに、カルピニはツィクロペデスの怪物どもと消え失せたと？　どら、タルタルの皇帝の返書を見せろ。ペルシア語だな、なんと書いてある。……かるぴにハ、つぃくろぺです卜化シテ教会ニ反乱スルデアロウ。……もし、教皇猊下――

＊　一本足のすだま、の意。

⿰骨鹿* 〈キョク〉

黒嶺(ヒンドゥークシュ)を越えると迦畢試国(カーピシー)だった。颯秣建国(サマルカンド)にて拝火教徒に荒らされた仏寺を見、黒嶺のただなか梵衍那国(バーミャーン)にて百五十尺と百尺の、金色晃曜として宝飾煥爛たる大石仏立像を拝した玄奘(げんじょう)は、迦畢試国に百余の伽藍が櫛比(しっぴ)し、僧侶また数千いるのを知って、いよいよ天竺が間近いことを実感した。

とある伽藍を遠望すると、その前庭に夥しい僧形(そうぎょう)が蹲坐(そんざ)して頽(たむ)ろしている。近寄ってみて、玄奘は慄然とした。悉く外道(げどう)なのである。塗灰(とかい)外道に露形(ろぎょう)外道。その浅ましい姿に玄奘は思わず観世音の御名を唱えた。まだ、いた。迦波釐(カーパーリカ)の外道どもが人の髑髏(どくろ)を連ねて頸飾とし、空ろな目でそれを綺(いら)うているのだった。

迦波釐の一人が玄奘を見て蹌踉(そうろう)と立ちあがり、蛮語で声をかけた。コレ悉皆(しっかい)ナンジノ髑髏ナリ。見ると八個の髑髏である。茫然とするうち、玄奘の魂魄は飄然と舞い立ち、中有(ちゅうう)に漂って地上を俯した。その外道の頸なる髑髏は九個になっていた。

＊　頭骨の意。

跋

いつの頃だったか、十数年は昔になるだろうが、「塔里木（タリム）秘教攷」というヘンな題で長大な小説を書いてやれ、と思ったことがあった。どうしてこんな題を思いついたのかは、思い出せない。ともかくも、まず題が頭に浮かぶというのが、あらゆるジャンルを通しての私の執筆手順なのだが、この「塔里木秘教攷」も、題の意味すら自分でもろくろく判じ得ぬまま放置して久しい。

するうちに、小説の構想についての成算が一切ないまま、冒頭の一行四十七字だけ決まってしまった。題とは、縁もゆかりもなさそうである。これで、少しは動き出すだろうと思ったが、一向に動いてはいない。「塔里木」とは、タクラマカン砂漠を擁する現中華人民共和国新疆維吾爾（ウイグル）自治区のあのタリム盆地であろうから、この題を思いついたときの私には、その方角に対する強烈なあこがれがあったこと、ほぼ疑いない。「塔里木」よりもっと西の、つまり旧ソ連領中央アジアには、耶律楚材の『西遊録』の翻訳をしながら紙上旅行し、一九七五年にじっさいに行ってみた。そして、「塔里木」の東の端には、一九七九年に行ってみた。そのころから、「塔里木秘教攷」は、私の脳裏で密度がうすくなってきたようだ。『西遊録』ならぬ小説の『西遊記』と縁が深くなってからは、孫悟空のおかげで、私は「西遊」より「南遊」に興味をもちはじめた。「耀変」は、ここ十年来つづいている私の強い南海志向の序幕であり、同時に、「塔里木秘教攷」が解体しつつ再生するためのきっかけとなった。いつになるかはわからないが、私は「塔里木秘教攷」を書くだろう。なにしろ、その冒頭の一行四十七字を、本書所収「翩篇七話」のうちの或る一篇の冒頭に、私なりのマルジナリアとして書きこんでしまったのだから。

ところで、『西遊録』の著者である耶律楚材は、契丹人である。契丹人の王朝である遼朝の末裔で、女真人の金朝に仕え、のちチンギス・ハーンの招きを受けてモンゴル帝国の高官となった。私は、この耶律楚材を、けっして好きにはなれないのだが、しかし面白く思い、「史劇・耶律楚材」(戯曲集『鮫人』所収。一九九〇年、日本文芸社刊)というのを書いたりもしたが、それはともかく、このしたたかな男がきっかけで契丹にも興味をもった。というより、契丹(キッタン、キタイまたはカタイ)ということばが好きになった。遼は一一二五年に金によって滅ぼされたが、最盛時の勢力は中央アジア一円に及び、ペルシアやアラビアからの来貢もあった。滅亡後も、遼朝の一族耶律大石が中央アジアに逃れて西遼(カラ・キタイ)

を建国したが、チンギス・ハーンに追われたナイマン族によって一二一一年に滅亡した。

契丹の名は、こうして十一〜十二世紀ごろ中央アジアをへてひろく西方に伝わり、やがてその名は、遼朝を興した契丹人というよりも、シナ人を指すようになる。ロシア語における Китай がそうであることはもとより、英語に古語ないし雅語として残っている Cathay も、このキタイあるいはカタイを語源とする。十三世紀末のマルコ・ポーロが早くもカタイ人と呼んでいるのをはじめとして、今世紀初のオーレル・スタインの探険記録の大著『カタイ砂漠の遺跡』にも、カタイの名が見える。香港の航空会社キャセイ・パシフィックにも……

というわけで、私も、書名を「キタイ伝奇集」とでもすれば、起こりうべき誤解は少しはまぬかれたのかもしれないが、このキタイを見る私の視線は、やはり漢字文化圏から発しており、かくて「契丹伝奇集」となった次第である。

ついでに言えば、「伝奇」ということばも、本場キタイでは多様な意味をもつが、ここでは、せいぜい「文学的な私小説ではない」といった程度である。

くどくどと自著の書名の解説をするばかな小説家がいるだろうか。私が小説家ではない証拠である。

ともあれ、こんな旧作をかき集めて、馬子に衣裳を着せてくださった日本文芸社の小山晃一氏、及び過分なる馬子衣裳をデザインしてくださった芦澤泰偉氏には、心からの感謝の念を捧げたい。それに、本書月報において、私の貧相な台所のあらかたをあばいてくださった田中優子氏にも、敬愛をこめて謝意を捧げたい。田中氏もまた、奇想天外な小説を書かれるであろうことを期待しつつ……。

一九八九年十月十九日　塔里木(タリム)なる楼蘭への旅を前にして

中野美代子

文庫版あとがき

本書初版の跋で、いつか書くであろう長篇小説『塔里木秘教攷』のことに触れた。まだ、書いていない。しかし、本書初版および『ゼノンの時計』につづく三冊目の小説集『眠る石――綺譚十五夜』（いずれも日本文芸社刊）が、その粗いエスキスになったのを予感する。

本書初版の跋を「一九八九年十月十九日　塔里木なる楼蘭への旅を前にして」と結んだことが、なつかしく思い出される。その年の十一月下旬、たしかに楼蘭の仏塔址のかたわらなる風蝕土堆群のまっただなかで宿営した私は、三十年も昔に書いた「敦煌」を思い出した。アンドレ・マルローの『王道』を下敷きとしたこの青くさい小説に発する私のささやかな円環は、集英社刊「中国の都城」シリーズ③として執筆した『敦煌物語』（一九八七年刊。『敦煌ものがたり』と改題し中公文庫として近刊）において、その環を閉じた。

マルローが『王道』の舞台としたカンボジアのアンコール遺跡群には、一九九〇年に行った。ただし、一九二三年にマルローがその壁面から女神像を剝ぎとり逮捕されたバンテアイ・スレイ寺院は、アンコール・ワット東門から東北わずか三〇キロのところにあるにもかかわらず、一九九〇年当時はポル・ポト軍支配下にあり、地雷の危険があってついに行けなかった。

一九八〇年代から九〇年代はじめにかけての私の足跡は、楼蘭を除けばおおむね南海に向いた。なかでも、福建には三度おとずれた。一九八六年の訪閩のときには、「耀変」中の舞台のひとつともなった建窯にも行った。「耀変」では、「泉州から陸路北上して閩江を渡った。ここから建窯の所在地建陽県までは閩江の北源である建渓に沿うて谷間の道を行かなければならない」と書いたが、私の行程は次のようであった。福州から閩江沿いに走る鉄道によって南平まで行き、車で建渓沿いに建陽へ、そこから東北の水吉鎮へ、さらに建窯址へと至った。一九三五年にアメリカのクレイマー博士が調査して以来、外国人の訪問は稀ということで歓迎されたが、地元での窯址調査がはじまったばかりということで、写真撮影は禁止され、足もとの土砂から時あってのぞく陶片の採集もきびしく禁じられた。それでも、記憶にのこる建窯址周辺の地形をもって、「耀変」に描かれたそれを書き更める必要は感じていない。

本書初版の刊行直後、十数篇にのぼる好意的な書評をいただいた。うち、池内紀氏と高山宏氏による書評をここに再録させていただいた。当代屈指の「読み手」であるこの両氏が、どうやらたのしんで本書を読んでくださったらしいことに、感激したからである。明年三月末をもって教師を辞し、晴れて自由の身となる私が、いま企画中の小説（『塔里木秘教攷』ではない）を書くための、ひそかな発条ともさせていただきたいと思う。池内氏と高山氏には、深い謝意を表する次第である。

武田雅哉君と共編した『中国怪談集』が、河出文庫編集者の内藤憲吾氏とのおつきあいのはじまりであった。次いで、『仙界とポルノグラフィー』を出していただき、さらに本書となった。いつの場合もやさしく、かつきびしい内藤氏には、心からの感謝を捧げたい。

一九九五年十一月初雪の日

中野美代子

『契丹伝奇集』をめぐって

綺譚を口実にポップ・マニエリスム

高山　宏

古今東西の正史秘史に通じ、ポスト澁澤龍彥の一番手と目されている中国文化史家、中野美代子氏の多才の面目躍如たる綺譚集、一読魅了とはこのことである。中国、アラビア風の幻想物語の語り口の達者なことはこれは氏の専門だから別段改めて驚くまでもないが、描かれる世界に応じて文体自体くるりくるりと万華鏡のごとくに変幻とどまることを知らぬ自在無碍に、作品世界に湿潤にのめりこむことをよしとしない乾いたマニエリスムを感じて気持がよい。作品世界を完全にコントロールしきり、これと遊び抜くところが、好くにしろ嫌うにしろ、中野綺譚世界の本領である。私小説は嫌いと氏自身ことわっているが、そんなことは作品一篇読めば一読明瞭である。

中篇五、掌篇四、そして耳なれぬ言葉ながら一ページ完結の「翩篇」七という構成である。まず掌篇「女俑（じょよう）」。長沙国の国王の座をねらう男たちの間で自らの保身のため汲々（きゅう）として浅はかな謀りごとをめぐらす宰相家の侍女頭玉瑛の心の動きを「あたし」玉瑛の目を通してあるがままに点綴していく。結局玉瑛に殺されることになる主家の女主人は「きょうようがおありになり」、玉瑛とよしみを通じたことが因で落命する主家の跡とり息子は「いまはやりのぼうそうぞく」といった具合に、開巻いきなり徹底した平仮名文で、漢語脈を自在に操りルビだらけの難しい漢語句をちりばめる中野氏の文体に泥(なず)んだ者にとっては異様な一篇である。色香だけで窮地を脱しようとする玉瑛、古典に一向に通じぬその「むがく」ぶりを嗤われることしきりであるから、こういう無学な女の中で生じていく「意識の流れ」をたどるにはだらだらと取りとめのない平仮名の文脈が似つかわしいということのようで、この意図は成功している。自分の目に映るものを脈絡なく綴っていくだけの「あたし」の女性世界が、実はどういう苛烈な現実を見誤っていたものであるかを、最後に笑う者尹伯達(いんはくだつ)の男性的言葉からわれわれは知らされる。印象の断片からなる物語(イストワール)を「歴史(イストワール)」に編み上げてしまうのは所詮男性意志なのである。「あたし」のべたべたした独白が突然三人称半過去形の客観文体で断ち切られるところに、そのことが肉体的衝撃をもって体感されるという仕掛けのようだ。

玉瑛の目に映じた散漫な印象が伏線の集合体と化して国家的陰謀の所在を浮かび上らせていく過程はよくできた推理小説のようでもあるし、しかも作中絵師たちによって描かれていく「非衣の絵」が作品構造そのもののありようを織布(テクスチュアル)のように映しだすみごとな「紋中紋(ミーズ・アン・アビム)」になっているところなどポストモダン小説の妙味にもこと欠かず、平仮名のわずらわしさを忘れて耽読させせられている。

この「非衣の絵」に玉瑛の口を通して下される図像学的解釈は学者としての作者の確かな腕をみせつけられる部分で舌を捲いてしまった。「むがく」な女にできるわけのない芸だが、まあそんなことはよい。ついにくだんの絵は完成し、それが同時に悪女玉瑛の生の完結でもある。主家への殉死を免れたと思った玉瑛自身、女俑、即ち殉死の人形と化して絶命していく。「非衣の絵」は「だまし絵」であった。玉瑛はそこからひとつ意味を引きだしたが、運命を決する別の意味をみ損った。

他の掌篇中でもだまし絵の主題がくさぐさ変奏される。「蜃気楼三題」はそのものずばり。「耀変（ようへん）」は現在の日本と宋代の中国を往還するタイム・トラベル小説である。中国窯（よう）業に通じた作者ならではの、奇跡的な焼きものをめぐる集中第一の高品格の作とみた。洞穴の象徴学と不死の人のテーマが絶妙に組み合わされている。「のぞく目の位置によって」別の星宿図がそこにみえる問題の焼きものもまただまし絵であろう。「青海（ククノール）」も「敦煌」も、現実と思って近寄っていったものが幻と化して霧消していく物語である。下手糞な夢や探究心を抱いたばかりに、「だまし絵」の世界に裏切られていく男たちの話である。特に「青海」は「耀変」と相並ぶ品格のものだ。謎の国の「中心」に意味を求めて進もうとして挫折する主人公の話はまさにカフカであり、迷宮的風景の描写はまごうことなく「不死の人」のボルヘスである。妙に不愛想で無機質な文章は実にカフカやボルヘスの邦訳書の文体そのもののパロディである。実にしたたかなものだ。これはオリエンタリズム綺譚を口実としたポストモダンである。レイモン・クノーの『文体練習』に近い。マニエリスムと呼んで間違いのない珍かな風景であろう。

（『中央公論』一九九〇年二月号）

ダイヤを切り出すには、時間がかかる

池内　紀

収めるところの小品、掌篇は比較的新しい。これを除いて主だった作品が四篇。そのうちの二つは三十年前にできた。あとの二つは十年前の作。「ともあれ、こんな旧作をかきあつめて」と作者自身があとがきの中に書いている。つまりは中野美代子旧作集。通常はそうだろう。半ばはケンソン、半ばはテレぎみにそんなお断りをつける。編集者のすすめにしたがい、旧作をあつめて一冊をつくったという。実は新作が払底していたものだから。

この場合は、まるきりちがう。作者は通常の時間的約束を尊重したまでだ。文学的約束からいえば、まさしく中野美代子新作集だ。それが証拠に、どの作品も拭ったように新しい。三十年などモノの数ではないのである。小説そのもののありようがまるきりちがう。たとえそうだとわかっても、この伝奇集を堪能しおわった読者は、誰もがこう思うだろう。これだけ書ける人が、なぜもっと書かないの？

答えは簡単である。要するに作者は、自分のエネルギーを放縦に費やすことをいさぎよし

としないのだ。小説書きという一つの放縦——これが放縦でなくて何だろう——そんなものにでたらめなエネルギーを浪費するには、何よりもこれまでつづけてきた読むことの仕事が、あまりに正確で、あまりに責任感に富んでいる。中国文学者中野美代子は古い大陸の文章を読む。精密さを求める点で、それはどちらかといえば文学よりもむしろ数学や工学や医学などと近接している。このなかで、ある気まぐれな思いつきにはじまり、たのしく、無責任に、いつわりをつづった作品が立ちあらわれるには、よほどの時間を必要とする。

　むろん、それだけではない。

　当然のことながら、中野美代子の小説は、強烈なことばのスタイルにつらぬかれている。「伝奇集」とは称しても、もの珍しい事件や伝承や体験記に、ほどのいい色どりをつけて差し出すていの報告ではない。終始一貫、ことばをつむぐというただ一つの努力から生み出された。中身をつくったのは形の法則であって、中野式ことばの幾何学である。気分や偶然や感情のただよいをいさぎよく免れている。ダイヤのように硬い宝石を切り出すのは、やはり時間がかかるのだ。

　ためしに四篇の出だしをみておく。

　最初に置かれた「女俑（じょよう）」はこうだ。

「『あら、旦那さま、おかえりなさいませ』

　くろぬりのベンツがまえぶれもなくくるまよせにすべりこみましたので、あわててドアをおあけしますと……」

つぎの「耀変(ようへん)」

「駅の近くに窯をひらいて十数年という老いた陶匠が耀変天目茶盌を焼成したとの噂が立った」

つづく「青海(クク・ノール)」

「私の隊商は、濃霧に道を失って、ル・ツァン国にはいりこんだ」

そして「敦煌」

「崑崙(こんろん)山系の氷河が大きく動いた」

冒頭一行から、ある状況の只中にいる。語り手、あるいは主人公は、ことごとく緊張している。そっと身がまえをして、われ知れず緊張のさなかにある。

それというのも、コトはとっくに起きてしまった。くろぬりのベンツで旦那さまがともなってきた「くろずくめのしょうぞく」、黒メガネの男は、ひとめで刺客とわかったし、その用向きもいわずと知れた。宋代の名品にして世界に数点遺るのみの天下の名器が、おりしも現代に蘇った。隊商は知らず知らずのうちに隊商路を逸(そ)れていた。気がついたときはガスのたちこめる沼沢に踏み迷い、完全に路を失っていた。

崑崙山系の氷河が動いたのは、いまが増水期であるからだ。しかし、風景は乾いている。風が強い。砂塵をまじえて吹きつけてくる。峨々たる山系がタリム盆地を圧している。ここはタクラマカン砂漠の南端、街のはずれ。長い旅路だった。ヤーノシュを圧倒した。彼は風景のなかにつっ立っていた。
「巨大という名でのみ呼ばれる中央アジアは、しかし、ヤーノシュを圧倒した。彼は風景のなかにつっ立っていた」

つっ立っている。いかにもそうだ。五体はおのずから緊張しつつ、まだ身がまえの姿勢がとれない。構えたとたん、足の下がホロホロと崩れるだろう。砂の中に探検家が見た廃墟は、大海のただなかにあって波がひたひたと打ちよせる小島に似ていたというが、近寄って手を触れたとき、ボロリとくずれ落ちた。この点、四篇のどの主人公にも同じである。手を触れるとボロリと落ちる。足をのせるとズブリと沈む。踏みしめる足元はもろくも崩れ、彼らはいわば飛砂の上に立っている。

一つの主題の巧みな変奏というものである。全体に及んですこぶる端正につくられた物語は、彫刻師の見るもあざやかな手さばきで彫りあげられた木俑（もくよう）とそっくり。木の人形（ひとがた）であって、高官の埋葬に際し、殉死者をかたどって棺とともに埋める。大きいもので二尺あまり、小さいものは指ほどの背丈。女なら女俑――

その「女俑」の語り手はつぶやいた。

「このおとこのいうことは、すべてつじつまがあうのですが、なにかしら、ばかでかいうそのなかにつつまれているようなきもします」

ばかでかい西洋奇譚、中野美代子のうそばなし。それというのも、うそのなかでこそ、どの人物も人間以上にいきいきとしているからだ。うそだからこそ、ひたすら現実の法則に従って行動する。いつわりの現実を代用するつくられた人物は、真実ではないかもしれないが、より現実的ではあるだろう。西域では、河はすべて西に向かって流れるというのに、その西のはての途方もない砂漠のなかで、東に向かって流れる、途方もない大きな河を見た者がいる。

「その河源をくらべたところ、崑崙のにしのはじからながれでてきたにむかい、やがてひがしにまがり、またみなみにむかってさばくのなかをながれていた」

そして崑崙の東のはしで地下に消えたというが、まさしくそれが「現実的な」水のながれというものではあるまいか。

変転してやまない世界に対して、石川淳はそんな、より現実的なうそばなしを書いた。澁澤龍彦は人形をかたどっていきいきとした幻想譚を書いた。中野美代子にとっても同様である。小説は小説。それが意味をおびるのは個人のワザ。頁をひらいて読み終えたあかつきの根なし葉なしごと。奇妙な戯れに告白を託すなど、もってのほか。

だからこそ奇談集を書いた。以前たしか魯迅だったと思うが、『西遊記』のまえに『四遊記』というのがあって、そこではすでに桃の宴会や、観音、龍王の出現があり、天上から地獄までを無台にして斉天大聖(せいてんたいせい)があばれていた、といったことを述べていたのを読んだような気がするが、とすると、集中の四篇はさしずめ『四遊記』、九尺はあろう大男の刺客が、孫悟空の如意棒のように、やにわに一尺ばかりにちぢまっても一向に不思議はない。

死にかけていた老翁がむっくりと起きあがり、目にもとまらぬ早わざでとんぼ返りを打つだろう。押し開けられた扉のかなたには、丸天井が満天に星をいただく宇宙のようにおしかぶさってきた。その大広間の中央にならぶ柱や壁の表面には、おびただしい数の人間が昆虫さながらにへばりつき、うごめいていたという。そしてタクラマカンの夕ぐれ、砂塵の吹きすさぶ砂漠の中に巨大な仏の首が一つ、凝然とこちらをみつめている。ぽつねんとした存在であって、この遺跡を裏づける「連鎖的なもの」は何ひとつない。作者はつづけてこんなふうに書いている。

「ヤーノシュは、自分のうちに秘めた可能性らしいものをこちんと探りあてた。『コータンの城壁の廃墟も、こういったいわばまったき偶然のなかにあったのだ！』彼は自信に満ちた足どりで、テラスを降りた」

タクラマカンを横断したといっても、それはつまるところ、はてしのない広大な空間のなかにたった一本の線を引いたにすぎない。たとえ網の目のように引きまわったとしても、敦煌にいきあたるのは万に一つの偶然だ。それはちょうど、窯の中の回りがたい熱の変化によって生まれる耀変が、万に一つの僥倖を恃むのと同じ。

すべての事件、そしてかくあるものすべては、つまるところは偶然だというのである。それを必然とするものなどこの世にない。必然となったとたん、それも偶然であろうからだ。

いかなる超越的な倫理もない。たとえ倫理めいたものがあったとしても、そんなものは語ることができないし、それは罪とも報酬とも関係がない。

「女俑」の主人公は、すでに人形になっていて叫ぼうとしても声がなかったし、「私」が手にした耀変は地に落ちて、無残にこわれた。ル・ツァン国の尖塔は、ぐらりと揺れ、やがてポッキリと折れて倒壊した。探検隊がようやく敦煌に往きついたとき、すでに探索を終えた先の一隊が、いましも立ち去ろうとするときだった。

当然の終わり。はりつめた緊張ではじまって、緊張が切れたとたんにハタと終わる。ことばのスタイルからして当然の終わりだが、いくぶんかは——あるいは少なからず——中野美代子のメッセージを伝えるものではあるまいか。心ならずも告白をおびき出す。そんな文学の意地悪さを警戒して、聡明な作者は、こんなにめったにしか書かないのではなかろうか。あるいはせいぜい、裏切られる恐れのない小品にとどめる。一例がここに収めた「翩篇七話」。そういえばこの人は、行きついては一字一句かたくなに立ちもどる回文の名手だった。

（『文學界』一九九〇年三月号）

初出一覧

女俑　「海」一九八〇年三月号
耀変　「海」一九七九年六月号
蜃気楼三題　「北方文芸」一九七〇年四月号
青海　「三田文学」一九六〇年十二月号
敦煌　「三田文学」一九六〇年一月号
考古綺譚　「夜想」四号・一九八一年十月
ワクワクの樹　「夜想」三号・一九八一年四月
海獣人　「夜想」五号・一九八二年一月
屍体幻想　「夜想」五号・一九八二年一月
狄　「遊冶郎」創刊号・一九八五年三月
杪　「遊冶郎」二号・一九八五年四月
膏　「遊冶郎」三号・一九八五年五月
蝕　「遊冶郎」四号・一九八五年七月
戳　「遊冶郎」五号・一九八五年九月
魈　本書初出　一九八六年十一月執筆
髏　本書初出　一九八六年十一月執筆

本作は、一九八九年日本文芸社から単行本として刊行され、一九九五年河出文庫に収められました。本書は、河出文庫版の新装版です。なお、今日では配慮すべき必要のある表現を含む作品もございますが、作品発表時の状況に鑑み、原文通りとしております。

契丹伝奇集（キッタンでんきしゅう）

一九九五年一二月　四日　初版発行
二〇二一年　九月一〇日　新装版初版印刷
二〇二一年　九月二〇日　新装版初版発行

著　者　中野美代子（なかのみよこ）
発行者　小野寺優
発行所　株式会社河出書房新社
〒一五一－〇〇五一
東京都渋谷区千駄ヶ谷二－三二－二
電話〇三－三四〇四－八六一一（編集）
〇三－三四〇四－一二〇一（営業）
https://www.kawade.co.jp/

ロゴ・表紙デザイン　粟津潔
本文フォーマット　佐々木暁
印刷・製本　中央精版印刷株式会社

Printed in Japan　ISBN978-4-309-41839-1

突囲表演

残雪　近藤直子〔訳〕　46721-4

若き絶世の美女であり皺だらけの老婆、煎り豆屋であり国家諜報員——X女史が五香街（ウーシャンチェ）をとりまく熱愛と殺意の包囲を突破する！世界文学の異端にして中国を代表する作家が紡ぐ想像力の極北。

中国怪談集

中野美代子／武田雅哉〔編〕　46492-3

人肉食、ゾンビ、神童が書いた宇宙図鑑、中華マジックリアリズムの代表作、中国共産党の機関誌記事、そして『阿Q正伝』。怪談の概念を超越した、他に類を見ない圧倒的な奇書が遂に復刊！

東欧怪談集

沼野充義〔編〕　46724-5

西方的形式と東方的混沌の間に生まれた、未体験の怪奇幻想の世界へようこそ。チェコ、ハンガリー、マケドニア、ルーマニア……の各国の怪作を、原語から直訳。極上の文庫オリジナル・アンソロジー！

海鰻荘奇談

香山滋　41578-9

ゴジラ原作者としても有名な、幻想・推理小説の名手・香山滋の傑作選。デビュー作「オラン・ペンデクの復讐」、第一回探偵作家クラブ新人賞受賞「海鰻荘奇談」他、怪奇絢爛全十編。

日影丈吉傑作館

日影丈吉　41411-9

幻想、ミステリ、都市小説、台湾植民地もの…と、類い稀なユニークな作風で異彩を放った独自な作家の傑作決定版。「吉備津の釜」「東天紅」「ひこばえ」「泥汽車」など全13篇。

澁澤龍彦訳 幻想怪奇短篇集

澁澤龍彦〔訳〕　41200-9

サド、ノディエ、ネルヴァルなど、フランス幻想小説の系譜から、怪奇・恐怖・神秘を主題に独自に選んだ珠玉の澁澤訳作品。文庫初の『共同墓地』（トロワイヤ）全篇収録。